KB115325

ALCHEMIST

알케미스트

FUSION FANTASTIC STORY

시이람 장편 소설

알케미스트 12

시이람 장편 소설

초판 1쇄 찍은 날 § 2016년 7월 15일
초판 1쇄 펴낸 날 § 2016년 7월 22일

지은이 § 시이람
펴낸이 § 서경석

편집책임 § 고승진
디자인 § 이혜정

펴낸곳 § 도서출판 청어람
등록번호 § 제387-1999-000006호
등록일자 § 1999. 5. 31
어람번호 § 제1-2486호

주소 § 경기도 부천시 원미구 부일로 483번길 40 서경B/D 3F (우) 14640
전화 § 032-656-4452 팩스 § 032-656-4453
http://www.chungeoram.com
E-mail § chungeorambook@daum.net

ISBN 979-11-04-90894-1 04810
ISBN 978-89-251-3165-8 (세트)

ALCHEMIST

알케미스트

FUSION FANTASTIC STORY

12

시이람 장편 소설

[완결]

CONTENTS

CHAPTER 01

데스나이트

패트릭과 창준은 드디어 애틀랜타에 도착했다.

애틀랜타까지 오는 데 어려움이 있었던 건 아니었지만, CDC 고위층을 만나기 위해 준비한 시간이 그리 짧은 것도 아니었다.

애틀랜타에 도착하고 나서도 패트릭의 일정은 매우 바빴다. 지역 방송에 출연하는 것은 기본이었고, 시장부터 주지사까지 정치인과의 약속부터 각종 단체들과 미팅까지, 패트릭의 나이를 생각하면 거의 살인적인 일정이었다. 아마도 엘릭서를 먹고 신체 나이가 중년에 가깝게 변하지 않았었다면 어딘가 크게 탈이 나기는 했었을 것이다.

패트릭이 이렇게 바쁘게 돌아다니니 그의 근접 경호원 행세를 하고 있는 창준 역시 꽤나 바쁘게 생활을 할 수밖에 없었다.

사실 알케미의 사장인 창준이 본래 자신의 신분으로 대외적인 활동을 한다면 지금 보이는 패트릭이 받는 대우와 스케줄 정도는 가뿐히 갱신할 수 있었을 것이다. 지금은 그의 회사가 세계에서 가장 주목받는 회사였으니 말이다.

하지만 이런 일은 단 하나도 행하지 않고 있던 창준이었기에 바쁘게 사람을 만나고 정해진 스케줄을 소화하는 패트릭의 모습에 살짝 질리고 있었다.

지역 방송에서 진행하는 주식 관련 프로에 출연을 마친 패트릭이 창준과 함께 리무진에 탑승하자 리무진이 미끄러지듯이 출발했다.

창준은 살짝 피곤한 듯이 보이는 패트릭을 보며 입을 열었다.

"생각보다 스케줄이 엄청 많네요. 많이 피곤해 보여요."

그 말을 들은 패트릭은 피식 웃었다.

"겨우 이 정도로 피곤하다고 하면 안 되지. 지금 소화하고 있는 스케줄은 그나마 편한 일정이라네."

"헐… 그러면 이것보다 더 바쁘기도 하다는 말인가요?"

창준이 봤을 때, 패트릭의 스케줄은 이동하는 시간까지 모두 예상하여 남는 시간이 거의 없는 수준이었다. 그런데 패트릭의 말에 따르면, 더 힘들 수도 있다니 상상이 되지 않았다.

"일정은 없더라도 주가가 요동치는 상황이 오면 더 힘들지. 주식시장이 열리는 동시에 주가의 변동을 확인해야 되고, 주식시장이 닫히면 변수가 없는지 시뮬레이션부터 각종 상황을 예측하는 등, 밤에 잠을 한숨도 잘 수 없다고 생각하면 되네. 그거에 비하면 지금은 머리가 아픈 상황은 아니니 훨씬 편하다고 할 수 있지."

"…제가 주식을 하지 않는 게 다행이네요. 주식은 하나도 모르지만요."

"나도 별로 권하지는 않네. 주식을 모르는 사람이 주식에 손대면 한순간에 알거지가 되는 상황이 올 수 있으니까. 뭐… 자네는 알거지가 된다고 하더라도 큰 문제는 없겠지만 말이야."

그렇기는 하다. 한순간에 거지가 된다고 하더라도 엘릭서 몇 개만 만들어서 팔면 대부분 복구할 수 있으니까 말이다. 물론 현재 알케미의 위상을 생각하면 알거지가 될 상황이 과연 오기나 할까 하는 생각도 들었다.

어쩌면 패트릭이 이런 얘기를 한 것은 그의 아들이 현재 벌이고 있는 주식 사업을 보고하는 것일 수도 있다. 사이먼은 투자하는 족족 돈을 날려 먹기 바쁜 상태였으니까.

잠시 창밖을 바라보던 창준은 하고 싶었던 말을 꺼냈다.

"그런네 언제쯤 CDC 사람들을 만나는 거죠? 애틀랜타에 도착한 지 벌써 며칠이나 지났잖아요. 그쪽에서 연락을 줄 거라면서요. 아니면 먼저 연락을 하든지……."

패트릭은 창준의 물음에 미소를 지으며 물었다.

"다음 스케줄이 뭔지 알고 있나?"

"근접 경호원이라고 알려주더군요. 무슨 파티를 한다면서요. 자선 파티라던가, 뭐라던가……."

"자선 파티가 맞네. 그리고 그곳에서 자네가 말한 CDC 고위직을 만날 생각이고."

"파티에서요?"

전혀 예상을 못했었는지 창준의 눈이 살짝 커졌다.

창준이 생각하는 CDC 고위직과 만나는 자리는 커다란 회의실이었다. 그곳에서 서로 마주보고 앉아 가식적인 인사와 형식적인 악수를 나누는 것을 상상했었다.

그런데 그의 예상과 전혀 다르게 파티에서 그들을 만난다니 솔직히 상상이 되지는 않았다.

창준의 얼굴에 그런 기색이 보였는지 패트릭이 다시 입을 열었다.

"자네가 어떤 생각을 하고 있었는지 모르겠지만, 어느 정도 위치에 있는 사람은 쉽게 미팅 자리를 만들 수 없네. 아무래도 위치가 제법 되는 사람들이 만나면 뒷말이 많이 나오거든. 지금도 내가 지원하기로 한 지원금에 대해 여러 좋지 않은 추측들이 나오고 있는 상황이니까 말이네."

그렇기는 했다. 아무래도 CDC에 직접적인 지원금이 들어간다고 하니 향후 패트릭이 제약 분야에 대한 힘을 키우기 위해 움직이는 것은 아닌가 하는 추측들도 나오는 상황이었다.

"그래서 실질적인 협상에 들어가기 전, 이런 파티에서 관계자들을 만나고 기본적인 협상을 끝내는 게 보통이라네. 그리고 자네가 만나고 싶다고 한 사람이 CDC의 한 사람이 아니라 고위층이라고 하지 않았나. 그들을 모두 자연스럽게 만나는 데 지금과 같은 파티만큼 좋은 것이 없지."

다시 한 번 말하지만, 창준이 직접적으로 경영 일선에서 움직였다면 모두 알고 있을 내용이었다. 미국과 한국의 차이는 있으나 한국 역시 이런 자리를 갖지 않는 건 아니었으니까 말이다.

하지만 전혀 그런 경험도 없고 경영을 케이트에게 일임한 창준이었으니 패트릭이 하는 얘기는 제법 흥미가 돋도록 만들었다.

'영화에서나 봤었던 파티에서의 밀담이 사실이었다는 말이네.'

직접적으로 파티에 참가한다면 여러 가지로 곤란했을 것이다. 어떤 대화를 해야 하는지도 모르고, 몸에 맞지 않는 옷을 입은 것처럼 어색했을 테니까.

하지만 경호원으로 파티에 참가하는 거라면 영화에서나 봤던 파티를 제법 즐길 수 있을 것 같았다. 그래서인지 괜히 기대되는 마음에 가슴이 살짝 두근거렸다.

애틀랜타 최고급 호텔의 스카이라운지에서는 파티가 열리고 있었다. 정재계 유명인사는 물론이고 할리우드 유명스타들까지 모인, 패트릭이 주최한 자선 파티였다.

1억 불이라는 엄청난 돈을 내놓은 패트릭이 주최한 파티였기에 기자들이 어떻게든 파티에 들어오려고 노력했지만, 파티를 통제하고 있는 경호원들에게 막혀 단 한 명도 안으로 들어갈 수 없었다.

파파라치들에게 시달림을 받는 유명인사들이었기에 기자가 없는 이런 파티는 매우 즐거운 시간이라고 할 수 있었다. 물론 단지 즐겁기만 한 것은 아니었다. 바로 이곳에서 평소에는 친분을 쌓기 힘든 사람들이 나오는 만큼 바쁘게 얼굴도장을 찍고 다니기도 했다.

창준도 나름 즐거운 시간을 보내고 있었다.

'이건 뭐지? 오! 이것도 맛있는데!'

파티이니만큼 스카이라운지에는 음식들이 잔뜩 마련되어 있었다. 흔한 뷔페식으로 되어 있었는데, 창준이 아는 일반적인 뷔페와는 차원이 다르게 고급스럽게 꾸며져 있었고 처음 보는 음식들도 많았다.

엄청난 돈을 갖고 있는 창준이기는 했으나 그의 씀씀이는 소시민을 벗어나지 못했다. 그가 생각하는 가장 고급스럽고 맛있는 음식이 꽃등심이었으니 말이다.

그런데 이곳에는 정말 맛있는 음식들이 많았고, 당장 할 일이 없는 창준이었기에 즐거운 식도락 시간을 갖는 건 당연한 수순이라고 할 수 있었다.

창준은 현재 패트릭의 경호원 신분이었다. 그러니 원래대로라면 다른 경호원처럼 외진 곳에서 안전에 문제가 없는지 눈을 부라리고 있어야 정상이기는 했다. 그렇지만 창준이 정말 패트릭의 경호를 책임지고 있는 건 아니었고, 그가 아니어도 일반적인 경호는 진짜 경호원들이 철통같이 하고 있었다. 애초 창준이 경호에 대해서 알고 있는 것도 아니었고 말이다.

그러니 창준이 할 수 있는 건 이렇게 식도락이나 즐기며 그가 알고 있을 정도로 유명한 사람들, 정확히 말하면 할

리우드 스타들을 구경하며 즐거운 시간을 보내는 것뿐이었다.

물론 그렇다고 아무런 일도 하지 않는 건 아니었다.

—하하! 안녕하십니까?

—시장님 아니십니까, 허허! 전에 LA에 오셨을 때 파티에서 인사를 드리고 오랜만에 뵙는군요. 바쁘실 텐데, 이렇게 파티에 참석해 주셔서 감사합니다.

—회장님이 주최한 파티고, 장소도 애틀랜타인데 제가 빠질 수 없는 일 아니겠습니까. 하하!

창준의 귀에 착용되어 있는 이어링에서는 패트릭이 만나는 사람과 대화하는 소리가 흘러나오고 있었다. 언제 CDC 고위직이 나타날지도 모르니 이어링으로 확인하고 있어야 했다.

파티장이 넓은 만큼 찾아온 사람들도 많았고, 패트릭이 얘기하고 다니는 사람들도 당연히 많았다. 그렇게 얘기를 하고 다니면서도 패트릭의 미소는 전혀 흔들리지 않았다.

'참… 대단하시네. 어떻게 계속 저렇게 웃을 수 있지? 얼굴에 경련도 없고 말이야. 분명 불편한 사람도 있을 텐데.'

창준은 자신의 위치에 대한 자각이 부족하다는 걸 스스로 잘 인식하고 있었다. 앞으로 자신도 저런 삶을 살아야 할지 모른다는 생각에 패트릭을 관찰했다. 지금까지의 바쁘게 사는 모습은 생각보다 나쁘지 않았으나 지금과 같은 자리는 피곤할 것 같았다.

중년의 부부가 패트릭에게 접근하고 얘기를 하는 것이 보였다. 그리고 드디어 기다리던 단어가 들려왔다.

—CDC에서 근무하고 있는 앤더슨이라고 합니다.

—아! 부국장님이라고 들었습니다. 만나서 반갑군요.

—저야말로 막대한 금액을 지원해 주신다고 하셔서 고마울 따름이지요.

두 사람은 부드러운 분위기에서 대화를 나누기 시작했다.

창준은 두 사람이 무슨 얘기를 하는지 관심이 없었다. 그저 부국장이라는 저 사람이 흑마법사와 관련이 있는지가 궁금할 따름이었다.

'그러면 확인을 해볼까?

CDC에서는 해독약에 수작을 부린 사람이 당연히 흑마법사라고 생각하고 있었다. 이미 만들어진 약품에 수작을 부리려면 그만큼 마기를 능숙히 다룰 수 있어야 하니까.

흑마법사가 아무리 자신의 마기를 숨기려고 하더라도 노골적으로 숨기려고 하지 않고 마나를 측정하면 바로 알 수 있었다.

"디텍트 마나."

누구도 듣지 못하도록 작게 마법을 사용하자 창준에게서 흘러나온 마나가 CDC 부국장과 그의 부인에게 은밀히 다가가 스며들었다.

'…이 사람은 아니군.'

CDC 부국장에게서는 일반인 수준의 마나를 제외하고 어떤 이상도 발견할 수 없었다.

살짝 긴장되었던 마음을 내려놓은 창준은 패트릭에게 접근한 CDC 고위직을 기다리며 다시 음식을 주워 먹기 시작했다. CDC에서 고위직이라고 할 수 있는 사람들에게는 모두 초대장을 보낸 상황이었고, 초대자가 패트릭이었으니 거부하는 사람은 아마 없을 것이라 생각하면서.

적당히 배가 찬 창준은 한적한 곳으로 이동했다. 그렇다고 패트릭이 시야에서 사라질 정도로 멀리 떨어진 것은 아니었다.

부드럽게 흐르는 음악을 들으며 눈을 감은 창준은 생각에 잠겼다.

지금 창준이 생각하는 건 8서클에 대한 것이었다.

7서클에 올랐지만, 이것으로 만족하는 것은 아니었다. 아스란의 유지 때문이기도 하고, 무엇보다 숨어 있는 흑마법사가 어느 수준인지 모르니 한시라도 빨리 자신의 수준을 올리고 싶다는 욕망 때문이었다.

다행이라면 8서클부터는 마나의 총량이나 지식과 같은 것들은 의미가 없어진다. 다음 단계로 넘어가기 위한 깨달음만이 필요할 뿐이다. 깨달음만 얻는다면 신체가 재구성되고 마나는 그 수준에 맞게 알아서 늘어나니까.

'후우… 7서클은 조화를 알게 되면 오르는 것이고… 그럼 8서클은 어떻게 시작해야 할까?'

7서클의 조화 덕분에 모든 마법의 위력이 두 배는 상승할 수 있었다. 아마 다음 단계인 8서클이 있다는 걸 몰랐다면, 지금이 궁극이라고 생각할 수 있을 정도로 자신의 힘이 강해졌다. 그렇기에 지금도 스스로의 힘을 인정하며 적극적으로 흑마법사를 찾을 수 있는 원동력이 되지 않았던가.

아스란은 자신의 후계자가 무난히 서클을 올릴 수 있도록 안배를 해놨었다. 하지만 단초가 되는 단서까지 명백히 잡아놓은 건 아니었다. 일반적으로 화두를 던지고 그것에 대한 증명 및 이해에 들어가는 것이 정답이지만, 아스란이 남긴 안배는 반대에 가까웠다.

'밥을 차려놨으니 숟가락만 들면 된다, 라고 말하는 것 같은데… 그 숟가락은 어디에 있는 거냐고.'

아스란이 왜 이런 방식으로 안배를 했는진 모르나, 이유가 있을 것이라 생각했다. 그러니 이제는 그 화두를 찾아야 했다.

눈을 감고 있는 창준은 끊임없이 아스란이 남긴 지식을 둘러보고는 간혹 CDC에 대한 얘기가 나올 때만 눈을 떠 상대가 흑마법사인지 확인하기 시작했다.

파티를 끝내고 돌아가는 리무진 안의 공기는 무거웠다.

파티에서 문제가 있었던 것은 아니었다. 초대한 사람들은 거의 모두 참석했고, 그들과 은연중에 많은 협상을 해 이번에 투자한 것에 상응하는 정도는 얻어낼 수 있었다. 비록 물질적인 것들은 아니었지만 말이다.

그러나 이건 모두 패트릭에게 해당하는 말이었다. 리무진 안의 공기를 무겁게 만드는 건 잔뜩 인상을 쓰고 있는 창준이었다.

패트릭은 창준을 보며 슬쩍 물었다.

"파티에 원하던 사람이 없었나?"

"안타깝게도 그렇더군요."

"그래? 이런… 그럼 어떻게 할 생각인가?"

"괜찮습니다. 어느 정도 감은 잡았으니까요."

"그렇다면 다행인데… 분위기가 너무 무겁구만."

패트릭의 말에 창준은 희미하게 웃어 보였다.

파티에 참석한 CDC 고위직들은 하나같이 마기가 검출되지 않았다. 그들은 흑마법사와 아무런 연관이 없었다.

패트릭이 참석을 요청한 사람들이 모두 파티에 왔던 것은 아니다. 딱 한 명이 패트릭의 요청을 완곡히 거절하고 파티에 참석하지 않았었다.

'CDC 다운스 국장이라…….'

파티에 참석하지 않은 유일한 CDC 관계자는 다운스뿐이었다.

박신우가 고위직이 흑마법사와 연관이 있을 거라고 얘기하기는 했지만, 상대가 국장이라고는 생각하지 못했었다.

물론 다운스 국장이 흑마법사라고 확정된 것은 아니었다. 다운스가 파티에 참석하지 않았으니, 아무래도 그가 직접 다운스를 찾아가 확인을 해야 할 것 같았다.

'기왕이면 조용히 다녀오는 게 좋겠지?'

상대가 흑마법사가 맞다면 조용히 나오지는 않을 것이다. 하지만 그마저 흑마법사의 흔적이 나타나지 않으면 조금 곤란할 것 같았다. 박신우의 말과 달리 고위직이 아니라 다른 연구원일 수 있고, 어쩌면 CDC에 흑마법사가 없다는 것일 수도 있으니까 말이다.

창준은 좌석에 깊게 몸을 묻었다.

'그렇지만 다운스 국장이 맞다면… 그는 그저 시작일 뿐이지.'

입가에 머금은 창준의 미소가 조금 서늘하게 느껴졌다.

"CDC 국상의 집 주소네."

"감사합니다."

자신이 내민 쪽지를 창준이 받아 들자 걱정스러운 얼굴로 패트릭이 물었다.

"지금 CDC 국장이 있는 곳으로 가려는 건가?"

"아무래도 그래야겠죠."

창준은 미국으로 오기 전에 CDC에서 일어난 폭발에 대해 깊이 생각해 봤었다.

흑마법사들에게 어떤 의도가 있을까? 단지 미국에 유전자 변형 마약의 해독약이 풀리는 것을 막기 위해서 그랬을 뿐일까? 그렇다면 미국이 흑마법사의 본거지일까?

이 모든 질문들은 당연히 정보 부족으로 유추할 수 없는 일이었다.

미국에서는 해독약에 대한 검증이 끝나지 않았기에 제대로 풀리지 않고 있기는 하나, 중국에서는 이미 해독약을 적극적으로 활용하고 있었고, 유럽 역시 영국을 중심으로 해독약을 시민들에게 풀기 직전까지 간 상황이었다.

그러나 유럽과 중국, 그리고 몇몇 우호국을 제외하고 전 세계에 해독약이 풀리지는 않고 있었다. 아무래도 미국에서 CDC 인증을 받지 못했다는 사실이 발목을 잡고 있는 것 같았다.

만약 흑마법사들의 목적이 해독약이 세계에 널리 퍼지지 못하도록 막는 거라면 현재까지는 아주 효과적인 상황이라고 할 수 있었다.

그렇다고 CDC에서 언제까지 해독약을 인증하지 못하게 막을 수는 없을 것이다. 주변국의 상황이나 해독약에 대한 신뢰도가 올라가면 굳이 CDC의 인증을 받지 않더라도 모두 사용할 수밖에 없게 될 테니까.

그런데 이런 상황을 흑마법사라고 원하지 않았을까?

창준은 그렇지는 않을 것이라 생각했다.

그렇다면 흑마법사의 목적은 아마도… 시간을 끄는 것일지 모른다고 생각했다.

물론 이 모든 것은 모두 창준의 유추일 뿐이고, 그의 생각일 뿐이다. 그러나 자신의 생각이 맞을 수 있기에 최대한 시간을 끌지 않으려는 게 창준의 계획 중 하나였다.

패트릭은 창준에게 이러한 사실에 대해 적당히 설명을 들었었다.

"그러면… CDC 국장을 어떻게 하려는 건가? 혹시… 죽이려는 건가?"

"거짓말을 하지 않겠습니다. 최선은 사로잡는 것이고, 그게 여의치 않으면… 어쩔 수 없겠지요."

창준은 직접적인 단어를 사용하지는 않았다. 하지만 그의 말이 어떤 의미인지 패트릭이 모를 리가 없었다.

자국의 중요 위치에 있는 사람이 죽을 수 있다는 것 때문인지, 아니면 그런 사람이 악의 축이 되었다는 것에 실망한 것 때문인지 패트릭의 얼굴은 착잡했다.

창준이 이런 것까지 신경 쓸 수는 없었다. 그리고 패트릭이 어떤 생각이든 다운스가 흑마법사가 맞다면 처리하는 것이 미국에게도 도움이 될 것은 분명했다. 비록 제대로 된 재판을 받는 것은 아니었지만 말이다.

호텔에서 나온 창준은 사람들의 시선을 피해 플라이 마법을 사용해 하늘로 날아올랐다.

사람들은 CDC라고 하는 정부 기관의 수장이라면 대단히 큰 궁궐과 같은 집에 살 거라고 생각할 수 있다. 하지만 결국 그래 봐야 공무원이었기에 패트릭이 살고 있는 것과 같은 궁궐과 같은 집에서 살 수는 없다.

그렇지만 한국과 비교하면 엄청나게 큰 궁궐과 같은 집이라고 말할 수 있기는 했다.

다운스 국장의 집은 흔히 이천에 있는 전원주택처럼 생

졌다. 크기는 전원주택보다 더 커서 한국 사람이라면 집을 보고 입을 떡 벌릴 수준은 되었다.

창준은 다운스 국장의 집을 보고 크게 놀라지는 않았다. 이미 패트릭의 집을 봤으니 이 정도 집을 가지고 놀랄 일은 없었다. 오히려 CDC 국장이 소박한 집에 산다고 생각할 정도였다.

어두운 곳에 모습을 숨긴 창준은 다운스 국장의 집을 향해 마나를 넓게 퍼뜨렸다. 마나를 퍼뜨리면 그 범위 안에 있는 생명체의 기척을 느낄 수 있다. 이번에 7서클에 오르고 배운 마나 응용 방법 중 하나였다.

'하나… 둘… 어라? 생각보다 사람이 많네.'

창준의 감각에 걸린 인원은 모두 합쳐 넷. 그중에서 어린아이의 기척은 느껴지지 않았다.

'다운스 국장과 그의 부인을 빼고 나머지 두 명은… 뭐지? 경호원인가?'

그럴 수 있겠다 싶었다. CDC가 딱히 범죄의 타깃이 되는 별로 없지만, 이번 CDC 폭파 사건과 관련하여 경호원을 구했을 수 있으니까 말이다.

창준은 투명화 마법을 사용해 자신의 모습을 감추고 담장을 사뿐히 넘어갔다. 아마 정원에서 개를 키우고 있었다면 자신의 주변을 결계로 설정해서 냄새까지 차단했을 테지만, 동물의 기척은 없었으니 이 정도로 충분했다.

어차피 투명화로 몸을 감췄기에 당당히 집으로 걸어가던 창준은 문득 무언가를 느끼고 걸음을 멈췄다.

잠시 후, 문이 열리며 남자와 여자가 한 명씩 걸어 나왔다. 온통 검은 정장을 입은 모습으로 인해 한눈에 경호원이라는 걸 알아볼 수 있었다. 그리고 한 사람을 확인한 순간, 창준의 눈이 커다랗게 변했다.

'저 사람… 헨릭 아니야?'

라스베가스에서 자신과 날을 세웠다가 결국엔 같이 흑마법사와 싸웠던 능력자 헨릭을 본 창준은 일이 묘하게 돌아간다는 생각을 하지 않을 수 없었다.

헨릭이 있다는 것은 같이 나온 여자마저 능력자일 확률이 높다는 뜻이었다. 그걸 증명이라도 하듯, 그들은 모두 독특하게 생긴 안경을 쓰고 있었다. 그랜드캐니언에서 헨릭이 쓰고 있었던 바로 그 안경이었다.

아니나 다를까, 두 사람은 창준을 똑똑히 바라보고 있었다.

"거기에 있는 거 다 알고 있다. 그냥 모습을 드러내는 게 어때?"

이미 들켰다는 걸 알고 있는데 더 이상 모습을 숨길 이유는 없었다.

투명화 마법을 해제하자 백인으로 위장한 창준의 모습이 드러났다. 그의 모습은 패트릭에게 문제가 생기지 않도록 얼굴을 한 번 더 바꾼 상태였다.

헨릭은 창준의 얼굴을 물끄러미 바라보더니 옆에 있던 여자에게 물었다.

"이봐, 엘리. 혹시 아는 얼굴이야? 나는 모르는 얼굴인데."

엘리라고 불린 여자는 대답 대신 고개를 저었다.

"흠… 마법을 사용하는 걸 보면 유럽에서 온 사람 같은데… 저번에 라스베가스에서 일이 있던 이후 그것도 믿지 못하겠단 말이지. 자기소개 좀 해줄 수 없나? 어디에서 왔는지, 이곳에는 무슨 일인지 말이야."

창준은 헨릭의 질문에 대답하지 않고 집 안에서 느껴지는 두 사람이 있는 곳을 힐끔 바라봤다.

"네가 그러지 않아도 다운스 국장님에게 용무가 있어서 온 건 알고 있어. 그렇지 않으면 여기에 올 이유가 없었을 테니까. 설마 암살이라도 하려고 온 건가?"

"……."

"대답이 없네. 벙어리는 아닐 테고……."

"쓸데없는 얘기는 그만해, 헨릭. 어차피 잡아서 물어보면 될 일이잖아."

엘리라 불린 여자는 느물거리며 말하는 헨릭에게 톡 쏘듯이 말하고는 두 팔을 펼쳤다. 그러자 창준의 감각에 어떤 막 같은 것이 다운스 국장의 집을 뒤덮는 게 느껴졌다.

헨릭은 엘리가 펼친 얇은 막이 집을 모두 뒤덮자 창준을 보며 말했다.

"이제 도망치기에는 늦었네. 참고로 경찰을 기대하지는 않는 게 좋을 거야. 어차피 신고도 안 했고, 결계 안에서 벌어지는 일들이나 소리는 외부에 보이지도 들리지 않아. 그러니 다치고 싶지 않으면 얌전히 잡히는 게 좋을걸."

위협을 품은 헨릭의 말에 창준은 슬쩍 미소를 지었다.

'나야 고맙지. 그런데 헨릭이라… 이 사람을 어떻게 하지? 저 여자는 몰라도 헨릭은 진짜 흑마법사와 연관이 없을 텐데…….'

창준의 미소를 본 헨릭이 눈을 찌푸렸다.

"웃어? 자기 능력에 꽤나 자신 있는 모양이지?"

당연히 자신 있었다. 4서클이었을 때도 헨릭과 비슷한 실력이었다. 이제 7서클이었으니 헨릭 하나라면 아무런 문제가 되지 않았다.

'하지만 저 여자는…….'

엘리라는 여자는 처음 본 사람이었다. 그녀가 지금 사용한 능력은 아마도 결계 능력이거나 환각을 주는 능력 같았는데, 그녀가 어느 정도 힘을 가지고 있는지는 아직 알 수 없었다.

창준이 대답을 하지 않고 웃고 있으니 기분이 나빴는지 헨릭이 먼저 움직였다.

"웃을 정도로 실력이 좋은지 한번 보자!"

그러고는 헨릭이 팔을 뻗자 알 수 없는 힘이 창준을 구속했다. 헨릭의 능력인 사이코키네시스 능력이었다.

헨릭이 만든 거인과 같은 손은 창준을 일그러뜨리려는 듯이 쥐어짜려고 했다. 일반인이라면 당장이라도 비명을 지르고 고통스러워할 힘이었으나 창준에게는 아니었다.

그런 창준의 기색을 눈치챘는지 심각하게 변한 헨릭이 창준을 들어 올려 그대로 지면에 내리꽂았다.

쾅!

머리부터 박힌 창준은 상체가 땅에 묻힐 정도였다. 그것만으로 부족했는지 다시 창준을 뽑아낸 헨릭이 연이어 지면에 내리꽂았다.

쾅! 쾅! 쾅! 쾅!

'이 정도면 인사를 받아준 게 되겠지?'

헨릭은 라스베가스에서 만났을 때와 비교해도 크게 달리지지 않았다. 그 얘기는 창준과 하늘과 땅 차이로 실력이 벌어졌다는 말이었다.

다섯 번째로 지면에 처박으려던 거인의 손을 가볍게 풀어낸 창준은 허공에서 빙글 몸을 돌려 사뿐히 내려서고는 헨릭을 향해 빠르게 달려들었다.

"헉!"

헨릭이 헛바람 들이켜는 소리를 냈다. 창준은 적당한 속도로 달려든 것뿐이지만, 아마도 헨릭은 창준이 순식간에 둘 사이의 간격을 0으로 만드는 느낌이었을 것이다.

창준이 헨릭을 가격하는 그 순간, 헨릭과 창준의 사이에 얇은 벽이 만들어졌다. 다운스 국장의 집을 뒤덮은 얇은 막과 같은 것이었다.

쿵!

창준의 주먹과 부딪친 벽은 크게 울리기는 했으나 깨지지는 않았다. 헨릭을 죽이려고 했던 것이 아니었기에 힘을 적당히 사용한 것이지만, 느낌을 보니 실드와 비슷한 강도인 것 같았다.

헨릭이 기회라는 듯 창준을 향해 손을 휘둘렀고, 창준은 옆에서 밀려오는 힘에 주춤거리며 몇 걸음 밀려났다.

'젠장! 이건 또 무슨 괴물이냐!'

방금 전 사용했던 힘은 거의 전력에 가까운 것이었다. 마법사로 알았던 창준이 엄청난 움직임을 보이는 것만으로 크게 놀란 상황이었는데, 전력에 가까운 힘을 사용하고도 겨우 몇 걸음을 밀어내는 것으로 끝이라니 어이가 없었다.

"엘리!"

빠르게 뒤로 물러서며 헨릭이 외치자 엘리의 손이 창준을 향했고 그를 가두려는 것처럼 육면체의 막이 나타나 창준을 둘러쌌다.

"흥!"

가볍게 코웃음을 친 창준이 자신을 가둔 막을 향해 주먹을 휘둘렀다.

콰창!

주먹질 단 한 번에 얇은 막이 산산이 부서져 버렸다. 그리고 엘리는 어떤 충격을 받았는지 비칠거리며 뒤로 물러섰다.

그사이 헨릭이 만든 주먹이 창준을 향해 하늘에서부터 떨어져 내렸다.

쾅! 쾅! 쾅! 쾅! 쾅!

소리는 시끄럽게 울리고 있었으나 헨릭이 만든 거대한 주먹은 창준이 올리고 있는 손바닥에 부딪쳤다가 사라질 뿐이었다.

엘리가 다시 창준을 향해 능력을 사용하려고 할 때, 창준이 먼저 엘리를 보고 마법을 사용했다.

"매직 에로우."

1서클 마법 중 속성을 띠지 않고 마나를 뭉쳐 사용하는 가장 기본적인 마법이었다. 그러나 창준의 손에서 나간 마나의 화살은 엘리가 어떤 반응을 보이기도 전에 먼저 그녀의 복부를 강타했다.

"꺄악!"

기본적인 마법이었기에 저 서클 마법사가 사용했으면 그저 주먹으로 한 대 맞는 수준으로만 느껴졌을 테지만, 7서클에 이른 창준이 사용한 마법이었기에 엘리는 덤프트럭에 부딪친 것처럼 날아가 벽에 부딪치고 쓰러졌다.

엘리가 쓰러짐과 동시에 다운스 국장의 집을 감싸고 있던 얇은 막이 유리 조각 부서지듯 깨지고 말았다.

"젠장, 엘리!"

너무나 허무하게 쓰러진 엘리를 향해 고함을 친 헨릭이 이를 악물고 창준을 향해 손을 펼쳤다. 그러자 창준의 몸이 서서히 떠오르기 시작했다.

'호오… 이건 새롭네.'

아까처럼 손을 만든 것처럼 창준을 들어 올린 게 아니라 주변을 모두 통제해 하늘로 띄우는 것이었다.

하지만 그것이 전부였다. 지금 헨릭의 능력으로는 창준에게 해를 입힐 수 없었다. 가볍게 마나를 몸에서 발출하자 창준을 끌어올리던 염력이 한순간에 흩어져 버렸다.

"그리스."

"우왁!"

발밑이 미끄러워진 헨릭이 바닥에 쓰러지고, 그 순간 창준이 빠르게 달려와 헨릭의 턱을 가볍게 찼다.

덜컥!

묘한 소리와 함께 헨릭의 눈이 뒤집히며 정신을 잃어버렸다.

'미안하지만 어쩔 수 없네요. 잠이라도 자고 있어요.'

창준은 헨릭과 엘리에게 슬립 마법을 사용하고 다운스 국장을 찾아 집으로 들어갔다.

방금 전 헨릭, 엘리와 싸우는 도중에 어떤 방식으로든 다운스 국장이 흑마법을 사용하는 건 아닌가 하는 생각을 했었다. 그래서 일부러 헨릭의 공격을 몸으로 받아주기까지 해봤다.

하지만 중간에 흑마법이 개입한 것 같지는 않았다.

'흑마법사가 아닌 건가… 아니면 정말 어떻게든 숨기려고 했던 것일 뿐일까?'

다운스 국장의 마나를 확인하기만 하면 바로 알 수 있는 일이다. 숨겨봐야 소용없다는 걸 다운스 국장은 모르는 모양이었다.

마나를 움직여 다시 한 번 집 안을 스캔해 보니 다운스 국장과 다른 한 명은 2층에 함께 있었다. 별로 도망칠 것 같은 움직임이 아니었기에 창준은 천천히 2층으로 올라갔다.

2층에는 날카로운 인상을 가진 다운스 국장이 있었다. 그의 품에는 부인으로 보이는 중년의 여인이 있었는데, 올라오는 창준을 노려보고 있었다.

"무슨 생각으로 이곳에 왔는지, 네가 원하는 것이 무엇인지는 몰라도 나에게서 절대 얻어낼 수 없을 것이다!"

"여… 여보……."

단호한 얼굴로 소리치는 다운스 국장과 불안한 얼굴로 그의 품에 안겨 창준을 바라보는 부인.

솔직히 다운스 국장이 외치는 걸 본 창준은 혹시 자신이 잘못 생각한 건 아닌가 하는 생각을 했다. 박신우가 CDC 고위직에 분명 흑마법사의 흔적이 있다고는 했지만, 그에 대한 증거는 아무것도 없었으니까.

그만큼 다운스 국장은 결백해 보였다.

창준은 살짝 눈살을 찌푸렸다가 폈다. 어차피 여기까지 왔다. 그러니 이대로 물러설 수 없었다. 인체에 해가 되는 것도 아닌데 마기가 있는지 검색을 한번 해보면 되는 일 아닌가.

"디텍트."

두 사람을 향해 마법을 펼치자 창준에게서 빠져나간 마나가 두 사람의 몸으로 스며들었다. 그리고 창준의 마나에 무언가 느껴졌다.

'마기… 흑마법사치고 요상한 느낌이기는 하지만 분명히 마기는 맞네.'

창준의 입가에 진한 미소가 떠올랐다.

자신의 마기가 창준에게 걸렸다는 걸 느꼈는지 다운스 국장이 혀를 차며 입을 열었다.

"쯧… 이런 방법이 있었나?"

"디텍트에 대해서도 모르다니… 당신은 정식으로 흑마법을 배운 것이 아니었군. 영국에서 봤던 놈들처럼 속성으로 배운 모양이지?"

느긋하게 말하는 창준의 태도에 다운스 국장의 표정도 변했다. 방금 전 강직했던 표정은 어디론가 사라지고 그의 얼굴에는 사악함만이 남았다.

"저… 저 사람이 무슨 말을 하는 거예요? 흑마법이라니요? 네?"

다운스 부인은 혼란스러운 얼굴이었다. 하지만 다운스 국장은 그녀의 말에 대답을 하지 않고 창준에게 질문을 날렸다.

"나를 어떻게 할 생각이지?"

"솔직히 당신은 내 기준으로 피라미에 불과해. 몇 가지 질문에 대답을 해주기만 하면 이대로 돌아갈 생각이다."

"내가 순순히 대답할 것이라 생각하는 건가?"

"대답하지 않으면 어떻게든 대답을 들어야지."

창준의 말에 다운스 국장의 입가에 기묘한 미소가 떠올랐다.

"CIA에서 보내준 경호원들을 처리한 걸 보면 내가 너를 상대할 방법이 없을 것 같다는 건 알고 있다. 하지만… 그렇다고 내가 아무런 대책도 없었을까?"

다운스 국장의 말에 창준은 웃었다. 그가 다운스 국장을 확인한 결과, 그의 수준은 아무리 봐줘도 4서클이었다. 겨우 4서클 흑마법사가 7서클 대마법사를 곤란하게 만들 방법은 거의 없다고 봐야 했다.

"여보! 이… 이게 무슨 말이냐고요!"

자신의 말에 대답을 하지 않아서 다운스 부인이 고함을 쳤다. 그러자 다운스 국장은 여전히 기묘한 미소를 띠고 자신의 품에 있는 그녀를 바라봤다.

"헬레나, 당신에게 미안하고 또 고맙다고 말해야겠어."

"그… 그게 무슨……."

"당신이 도와줘서 이런 걸 할 수 있으니까."

말을 마친 다운스 국장이 슬쩍 손가락을 튕기자 두 사람의 발밑에서 불길한 빛이 올라왔다.

'마법진?'

창준은 상황이 복잡하게 변하는 걸 바라지 않았다.

바로 몸을 날려 아무것도 모르는 것 같은 다운스 부인을 잡아채려고 할 때, 다운스 부인이 비명을 지르기 시작했고, 그녀의 발부터 녹아내리며 핏물을 뿜어냈다.

"아아악! 여, 여보! 여보!"

"내가 이런 위치에 올 때까지 물심양면으로 도와줘서 고마워. 그러니… 끝까지 나를 도와주길 바라."

자신의 부인이 죽어가는 장면을 보면서도 웃음을 짓고 있는 다운스 국장의 모습은 악마처럼 보여 창준조차 멍하니 그를 바라보게 만들었다.

"아아악! 아아아아악!"

다운스 부인은 온몸이 부서지는 고통에 찢어지는 비명을 지르면서도 어떻게든 살아남으려 허우적거렸다. 그렇지만 그녀가 자력으로 마법진을 벗어나는 방법은 없었다.

설마 자신의 부인을 재물로 바치는 짓거리를 할 거라 생각하지도 못했던 창준은 이제야 정신을 차리고 다운스 부인을 부서뜨리고 있는 마법진을 향해 달려가 있는 힘껏 주먹을 휘둘렀다.

꾸웅!

채채채채챙!

고막을 울리는 소리가 일어났다. 전력을 담은 주먹과 마법진이 내뿜는 마기가 격돌하며 일어난 소음은 집 안에 있는 유리들을 모두 부숴버리고 있었다.

그렇지만 마법진이 부서지지는 않았다. 무려 7서클 마법사, 아니 주강처럼 인간의 한계를 벗어난 창준이 마나를 잔뜩 담아 휘두른 주먹이었는데도 그것을 버텨냈다.

다운스 국장은 히죽 웃으며 말했다.

"한낱 주먹질로 마법진이 부서질 것이라 생각했나? 이게 별 볼 일 없는 마법진이라 생각하면 오산이야. 내가 모시는 분이 직접 설치를 하신 고위 마법진이란 말이다. 크흐흐흐!"

"아아아악!"

다운스 국장은 악마처럼 웃었고 다운스 부인은 비명을 질렀다. 어느새 다운스 부인의 무릎까지 부서져 내려 버렸다.

이를 악문 창준은 마법진을 바라봤다. 다운스 부인이 죽기 전에 어떤 마법진인지 분석을 해야 재물로 바쳐진 다운스 부인을 구할 수 있었기 때문이다.

'이건… 소환 마법진?'

그것도 고위급 소환 마법진이었다. 아마도 느껴지는 마기의 양을 보면 대략 7서클 정도는 될 것이라 느껴졌다. 7서클 소환 마법진이라면 무엇이 튀어나올지 가늠도 되지 않았다.

마음이 조급해진 창준은 빠르게 소환 마법진을 살펴보고 마법진을 역으로 계산하기 시작했다.

마법진은 하나의 공식이고 회로다. 그렇기에 마법진에 새겨진 룬을 분석하면 마법진의 목적이 무엇이고 어떤 것을 동력으로 삼는지 알 수 있다. 이걸 모두 분석했으면 마법진에 마나를 주입하여 마법진 자체를 무력화하는 것도 가능하다. 마치 시한폭탄을 해체하는 것처럼 말이다.

창준의 눈이 빠르게 움직이고 머릿속은 온갖 공식들이 연산되고 있었다. 다운스 부인이 지르는 처절한 비명은 창준이 더욱 빨리 마법진을 분석하도록 등을 떠밀고 있는 것 같았다.

그리고 이내 창준의 눈동자가 빛났다.

창준은 마법진 앞에 쭈그리고 앉아서 손을 바닥에 댔다. 그리고 자신의 마나를 움직여 마법진으로 흘려 넣었다.

마기로 움직이는 마법진에 창준의 마나가 들어가니 사방에서 마기들이 먹이를 본 승냥이처럼 몰려들었다. 창준은 몰려오는 마기를 피해 마나를 더욱 가속해서 회로를 따라 움직이도록 만들었다.

우우웅! 우우웅!

창준의 마나 때문인지 마법진에서 흘러나오던 붉은 빛이 깜빡거리고 묘한 공명음까지 토해냈다.

"무… 무슨 짓을 하는 것이냐!"

다운스 국장이 당황해서 소리쳤다. 이제 슬슬 소환이 되어야 하는 타이밍이었는데, 소환이 늦어지면서 이상한 광경이 보이고 있었으니 가만히 있을 수 없었던 것이다. 하지만 그것이 전부였을 뿐, 직접적으로 창준에게 달려들지는 못했다.

다운스 국장은 마법진을 직접 사용할 수 없지만, 만들어진 마법진은 발동할 수 있었다. 이 능력밖에 없었기에 창준에게 달려들어 봤자 스스로 잡히는 길이라는 걸 잘 알고 있었던 것이다.

다운스 국장은 여전히 당황한 얼굴로 서둘러 권총을 찾아 다른 방으로 뛰어갔다.

그러는 사이 창준의 마나는 몰려드는 마기들을 밀어내며 원하는 위치에 도착했다. 그리고 회로를 단락시키며 폭탄처럼 마나를 터뜨렸다.

쿵!

작은 진동과 함께 다운스 부인을 마법진으로 끌어당기

던 힘이 사라졌다.

창준은 마법진을 완전히 해체하지 않았다. 그러기에는 너무 시간이 부족했다. 분석하고 마법진을 해체했을 때는 이미 다운스 부인은 죽음을 맞이할 것 같았다. 그래서 그는 재물을 끌어당기는 중추 요소만 빨리 파괴한 것이다.

비록 마법진은 해체한 것이 아니라 무언가 소환되는 건 막을 수 없을 것이지만, 대신 한 사람을 살릴 수 있는 길을 택했다.

허벅지까지 없어져 버린 다운스 부인를 마법진에서 끌어내서 확인해 보니 다행히 죽지는 않았으나 당장이라도 죽을 것처럼 숨소리가 작아져 가고 있었다. 허벅지까지 잘리고 피를 마법진에 빼앗겨 쇼크 상태에 들어간 것이었다.

창준은 혀를 차며 아공간에 넣어놨던 상급 포션 한 병을 꺼냈다. 이것 한 병이면 이미 없어진 다리는 어쩔 수 없지만 죽어가던 다운스 부인을 살릴 수 있었다.

다운스 부인의 다리는 그냥 다친 수준이 아니었다. 그녀의 다리는 재물로 바쳐진 것이다. 그렇기에 그녀의 다리는 엘릭서를 사용한다고 하더라도 다시 복구할 수 없었다.

다리는 잃었지만 일단 다운스 부인을 구했으니 이제는 마법진을 처리할 때였다.

창준이 다시 마법진 앞에 앉아 바닥에 손을 대고 마나를 집어넣으려고 할 때, 무슨 소리가 들렸다.

철컥!

탕!

보지 않아도 알 수 있었다. 다운스 국장만이 이곳에 있었고, 미국이라는 나라의 특성을 생각하면 그가 권총을 가져와 자신에게 발포한 것이 분명했다.

창준은 인간의 한계를 넘어선 신체를 가졌다. 그러나 그것이 총알을 튕겨낼 정도로 단단한 몸을 가졌다는 건 아니었다. 아니, 설령 그렇다고 하더라도 날아오는 총알을 슈퍼맨처럼 몸으로 받아낼 생각은 없었다. 행여나 총알이 튕겨 나가지 않으면 어떻게 하겠는가. 자신의 목숨을 가지고 실험을 하고 싶을 정도로 탐구심이 뛰어난 창준도 아니었다.

창준은 그대로 땅을 박차고 뛰어올랐다. 그러자 총알이 창준이 방금 전까지 있었던 곳을 지나가는 게 보였다.

고개를 돌려보니 다운스 국장이 그를 보고 연이어 방아쇠를 당기는 게 보였다.

탕! 탕! 탕! 탕! 탕!

허공에 떠 있는 상태이기는 했으나 다운스 국장의 조준 실력이 형편없다는 것과 인간의 한계를 뛰어넘은 동체 시력, 그리고 운동신경으로 날아오는 총알은 몇 번 상체를 뒤트는 것만으로 피한 창준은 사뿐히 바닥에 내려와 다운스 국장을 노려봤다.

철컥! 철컥! 철컥!

6연발 리볼버 형식의 권총이었기에 총알을 모두 사용한 권총에서는 차가운 쇳소리만 들려올 뿐이었다.

다급한 얼굴로 식은땀을 줄줄 흘리면서 방아쇠만 당기고 있는 다운스 국장의 표정에서는 아까 보였던 사악한 모습은 눈 씻고 찾아봐도 찾을 수 없었다.

창준은 흑마법사를 처음 본 것이 아니다. 그렇지만 지금처럼 자신의 가족을 재물로서 수작을 부리는 모습은 정말 처음이었다.

막연히 흑마법사가 사악한 놈들이라 생각하고 있었는데, 가족까지 희생시키려는 이 모습은 창준에게 그들이 얼마나 사악한 놈들인지 다시 한 번 알려주는 계기가 되었다. 자신의 가족도 희생시키려고 하는데, 하물며 안면도 없는 사람들의 목숨은 얼마나 우습게 볼 것인가.

이런 생각을 하고 있으니 창준의 몸에서 살벌한 살기가 흘러나왔고 다운스 국장의 얼굴은 하얗게 질려갔다.

그런데 그때였다.

우우우우웅!

마법진이 공명하는 소리가 요란하게 들렸다. 그리고 동

시에 다운스 국장의 얼굴에는 숨길 수 없는 기쁨이 넘쳐났다.

'젠장, 벌써!'

마법진을 보니 무언가가 마법진에서 솟아오르고 있었다. 아마도 소환하려고 했던 무언가일 것이리라.

"으하하하! 넌 이제 죽었다!"

다운스 국장이 광소를 터뜨리고 웃었다. 그렇지만 그걸 보는 창준은 그리 긴장한 얼굴은 아니었다.

흑마법사가 사용하는 대표적인 마법진이 바로 소환 마법진이다. 그리고 소환자의 소중한 것을 대가로 7서클 소환 마법진으로 불러낼 수 있는 존재는 대단히 무서운 것들이다.

하지만 재물이 제대로 바쳐지지 않았다. 두 다리만이 재물로 바쳐졌으니 어쩌면 원래 지정했던 소환체보다 더 약한 소환체가 나올 가능성이 높았다.

마법진에서 흐릿한 윤곽만 보이며 무언가가 소환되고 달빛에 모습을 드러냈다.

2미터는 넘을 듯한 인간형 체구에 육중하고 단단해 보이는 갑옷을 입고 있었고, 얼굴도 보이지 않는 투구 안에서는 검붉은 눈동자만이 희번덕거리고 있었다. 그리고 대검은 아니지만 소환된 기사의 체구에 맞게 거의 사람만 한 크기의 검에서는 예리한 한광이 뿜어졌다.

“데스… 나이트?”

아스란이 남긴 몬스터 정보에 따르면, 언데드 계열 몬스터 중 최상급에 달하는 존재로 데스나이트가 있었다. 마기에 타락한 기사라는 설명이 되어 있었는데, 마스터급에 달하는 실력을 가진 기사가 마기에 타락하여 몬스터가 되어버린 것이 데스나이트의 시초라고 했다.

분명 재물이 충분하지 않았기에 원래 목표로 했던 소환체보다 더 약한 존재가 소환된 거라고 생각을 했었다. 그런데도 데스나이트가 나왔으니 창준이 놀랄 수밖에 없었다.

‘허… 그러면 원래 소환하려고 했던 것은 뭐였다는 거야? 설마… 둠 나이트였던 건가?’

가능성은 충분했다. 분명히 소환진은 7서클이었고, 그 정도면 둠 나이트를 소환하는 것은 물론 드레이크와 같은 중대형 몬스터까지 소환할 수 있으니까.

“으… 으하하하하! 성공이다, 성공!”

압도적인 마기를 온몸에서 뿜어내는 데스나이트를 보고 환호성을 지르던 다운스 국장은 창준을 손가락질하며 소리쳤다.

“저놈을 죽여라!”

그러자 데스나이트의 검붉은 눈동자가 창준을 향했다. 그리고 데스나이트의 몸이 흐릿해진다 싶더니 한순간 창준과의 거리를 제로로 만들며 나타나 검을 휘둘렀다.

쉬칵!

검이 허공을 가르며 살벌한 소리를 냈다.

창준은 몸을 비스듬히 움직여 데스나이트의 검을 피하고 가볍게 손을 튕겼다.

"쇼크 웨이브."

피잉!

쇼크 웨이브 마법 특유의 소리가 울리고 데스나이트는 복부에 일어난 충격에 뒤로 몇 걸음 밀려났다.

창준은 7서클에 오르면서 전체적으로 마법의 위력이 두 배 정도는 더 강해졌다. 그렇기에 저 서클에 속하는 쇼크 웨이브 마법이지만, 아마도 양산형 흑마법사가 변하는 괴물 정도라면 그대로 복부가 터졌을 수준의 위력이었다.

그런데 그걸 맞은 데스나이트는 겨우 몇 걸음 밀려나는 것으로 충격을 모두 소화했다. 데스나이트가 원래 뛰어난 마법 저항력으로 유명하여 마법사의 천적이라 불리기는 하지만, 그렇다고 제대로 들어간 7서클 대마법사의 마법을 겨우 저 정도로 감당할 수 있을 거라 예상하지는 못했었다.

생각보다 뛰어난 마법 저항력에 창준이 살짝 놀라고 있을 때, 다운스 국장은 데스나이트가 몇 걸음이나마 밀렸다는 사실에 당황했는지 버럭버럭 소리를 지르고 있었다.

"뭐 하고 있는 거냐! 적당히 상대하지 말고 단번에 죽이란 말이다, 단번에!"

비록 마법진을 직접 새긴 것은 아니나 마법진을 활성화하고 재물을 바친 것 때문인지, 다운스 국장의 고함을 들은 데스나이트의 눈에서 더욱 강렬한 빛이 뿜어져 나왔고, 들고 있던 검에서 번쩍이는 기운이 불쑥 튀어나와 검을 뒤덮었다.

'오러 블레이드…….'

아스란의 세계에서 데스나이트가 마법사의 천적이라는 소리를 듣도록 만든 바로 그것이었다. 어지간한 마법은 저것으로 베어버리는 위용은 마법사들에게 공포의 상징과 같은 모습이었다고 했었다.

데스나이트가 창준을 향해 직선으로 달려왔다. 그걸 본 창준이 손을 펼치자 마법이 날아올 걸 대비했는지 급작스럽게 지그재그로 움직이며 거리를 줄이더니 창준을 세로로 단번에 잘라버릴 듯이 검을 내리쳤다.

창준은 위에서 떨어지는 오러를 씌운 검을 보고 가볍게 한 걸음 움직여 여유롭게 피해냈다. 그러자 데스나이트의 검이 움직이던 경로를 벗어나 피하는 창준을 노렸고, 창준은 다시 한 걸음 움직이는 걸로 데스나이트의 공격을 손쉽게 피했다.

네스나이트는 분명히 마법사의 천적이라 불릴 몬스터였다. 움직임은 일반인에게 보이지 않을 정도로 빨랐고, 오러 블레이드는 걸리는 것이 무엇이든 두 쪽으로 가르며 위용을 뽐냈다.

그렇지만 데스나이트가 창준에게 위협이 되지는 않았다.

창준은 마법사가 맞기는 하나, 일반적인 원소 마법사가 아닌 용언 마법을 사용한다. 그리고 그것만이 아니라 비루한 신체를 자랑하는 마법사와 달리 지금은 주강과 비등할 정도로 인간을 초월한 육체 능력을 지녔다.

그러다 보니 데스나이트의 움직임과 휘두르는 검은 창준의 동체시력과 반사신경을 뛰어넘지 못했다. 한마디로 데스나이트의 움직임이 창준에게는 HD 화면으로 보는 것처럼 빤히 보이고 있다는 말이었다.

'둠 나이트라면 몰라도 데스나이트 정도는…….'

히죽 웃은 창준이 데스나이트의 검을 피하고는 비어버린 데스나이트의 옆구리를 향해 마법도 아니고 주먹을 휘둘렀다.

쾅!

직접적인 타격이었기 때문일까? 창준의 주먹에 맞은 데스나이트가 포탄에 맞은 것처럼 훅 날아가 벽을 뚫고 밖으로 튕겨져 나갔다.

창준은 데스나이트가 날아가면 만들어낸 구멍으로 달려가다가 멍하니 서 있는 다운스 국장을 보고 그의 뒷덜미를 잡고는 구멍 밖으로 뛰쳐나갔다.

정원으로 튕겨 나왔던 데스나이트가 비칠거리며 일어서는 게 보였다. 창준의 주먹을 맞았던 데스나이트의 옆구리 부분은 갑옷이 부서져 있었고, 그 속에서 검은 마기가 흘러나오는 게 보였다.

7서클에 오르고 몇 안 되는 전력을 다한 주먹질이었다. 그것도 마나를 듬뿍 담아 몽크의 전투술에 나온 것을 따라 날린 일격이었다. 그러다 보니 데스나이트의 갑옷이라고 하더라도 창준의 일격을 제대로 막아내지 못했다.

제대로 소란을 피웠기 때문인지, 늦은 밤이라 잠을 자던 사람들이 불을 켜고 창문 밖으로 이곳을 바라보는 시선이 느껴졌다.

'빨리 정리하고 빠지는 게 좋겠네. 괜히 경찰이 출동하고 난리 날 것 같으니까.'

창준은 목덜미를 쥐고 있던 다운스 국장을 한쪽으로 던

져 봤다. 딱히 제압한 상태는 아니었으나 도망칠 것 같지 않았다. 그렇게 자신감을 가졌던 데스나이트가 날아가는 걸 보고 기겁했는지 다리가 풀려 일어서지도 못하고 있었으니까.

창준은 일어서기는 했지만 충격이 남았는지 비틀거리는 데스나이트를 향해 저벅저벅 걸어갔다. 그의 걸음걸이는 자신감이 잔뜩 묻어나고 있었다.

사정거리까지 거침없이 걸어오는 창준을 본 데스나이트가 여전히 오러를 뿜어내는 검을 횡으로 휘둘렀다. 아무리 충격이 있었다고 하더라도 검이 움직이는 건 전광석화 같았다.

그러나 창준은 포인트 실드가 펼쳐진 손으로 가볍게 검을 막더니 다른 손으로 데스나이트의 복부에 가져다대며 마법을 사용했다.

"플레임 블레이드."

슈왁!

엄청난 열이 무언가를 녹이는 소리가 들리고 창준의 손에 나타난 불꽃으로 만들어진 검이 데스나이트의 복부를 통과한 상태로 나타났다.

말을 하지 못했기에 데스나이트는 소리를 지르지는 못하고 온몸으로 고통을 호소하듯 부르르 떨었다. 그리고 창준은 그대로 소환된 불꽃 검을 위로 추켜들어 데스나이트의 상체를 세로로 잘라버렸다.

절대로 살아날 수 없는 상처를 입은 데스나이트는 잘려진 절단면으로 마기를 쏟아내며 이내 사라졌다.

창준의 시선이 넘어진 채 이쪽을 바라보고 있는 다운스 국장에게 향했다. 그의 눈빛은 이제 네 차례라고 말하고 있는 것 같았다.

CHAPTER
02
첫 번째 보험

"으으… 으아악!"

다운스 국장이 발버둥을 치며 엉금엉금 기어 도망치려고 했다. 다리가 풀려 일어날 수 없었던 그가 할 수 있는 마지막 발악이었다.

그런 다운스 국장을 보는 창준의 눈은 싸늘했다.

'다른 사람의 목숨을 우습게 여기면서 저렇게 발악을 하며 자기 목숨을 지키려 하다니… 쓰레기 같은 놈.'

마음 같아서는 당장 데스나이트처럼 죽이고 싶었으나 그에게는 물어볼 것이 있었다.

'그러기 전에 혹시 괴물로 변할지 모르니 보험을 먼저…….'

창준은 다운스 국장에게 손을 펼치고 각인 마법을 펼쳤다.

"으아악! 아… 아파!"

기어서 도망치던 다운스 국장의 등에 큼직한 마법진이 새겨졌다. 얼마 전 한국에서 창준이 괴물로 변하는 양산형 흑마법사를 대비하기 위해 만든 마법진이었다.

창준이 만든 마법진이 하는 역할은 단순했다. 몸에서 일어나는 폭발적인 마기를 제어하고 분산시켜 괴물로 변하지 않도록 만드는 것.

직접 괴물을 잡아놓고 만든 마법진이 아니라 불안하기는 했다. 모든 건 창준이 봤던 것과 추측에 의해서 만들어진 마법진이었으니까.

하지만 지금으로서는 어쩔 수 없었다. 추궁하는 와중에 뭐를 계기로 괴물로 변할지 알 수 없는 일이었으니 말이다.

확실하지는 않은 마법진이었지만, 지금으로서는 최선이었기에 마법진이 제대로 새겨진 걸 확인한 창준은 조금 안심한 모습으로 다운스 국장에게 다가가 입을 열었다.

"이제 좀 얘기를 하자고. 말했지만 대답만 잘해주면 너를 죽이지는 않을 생각이다."

말 그대로 죽이지는 않을 것이다. 대신 이번 일이 해결되면 고스란히 미국 측에 넘겨줄 생각이기는 했지만.

"아으으으……."

다운스 국장은 대답을 하지 않고 신음성만 내뱉었다. 생살에 마법진이 각인되었으니 아프기는 할 거다.

"꼴을 보니 네가 유전자 변형 마약 해독약에 수작을 부리지 않은 건 알겠다. 누가 해독약에 수작을 부렸지? 그리고 네 집에 새겨진 마법진을 누가 만든 것이고?"

"으으… 아퍼……."

"대답을 해라. 그러다가 죽고 나서 차라리 대답할 걸 하고 후회하지 말고."

"아아… 으으……."

"귀찮게 하는군. 이번에도 대답을 하지 않으면 그냥 정신계 마법을 사용하도록 하지. 알고 있는지 모르지만, 정신계 마법을 사용하면 백치가 된다."

"크으윽……."

이상했다. 이 정도면 뭐라도 대답을 했어야 했다. 모르면 모른다고 말을 했어야 하는 상황인데 다운스 국장은 대답을 하지 못하고 고통스러운 비명을 지르고 있었다.

물론 생살에 마법진이 새겨지는 문제가 있기는 했었으

나 이렇게 고통에 몸부림칠 정도로 심각하게 상처를 입하는 건 아니었다. 아무리 생각해도 다운스 국장의 비명은 마법진이 새겨지는 고통 때문이 아닌 것 같았다.

창준이 다운스 국장에게 다가가는데 그의 등에 새겨진 마법진에서 이상이 보였다. 마치 불에 달구는 쇠처럼 붉게 달아오르는 것이 보였던 것이다.

마법진이 그렇게 변하면서 다운스 국장의 비명은 점점 커져갔다.

"아아… 아아악! 으아아아악!"

이제는 죽을 것처럼 뒹굴며 비명을 지르고 있어도 이상하지 않았다. 그만큼 그의 등에서 달아오르는 쇠처럼 보이는 마법진이 위험해 보였다.

'마법진에 문제가 있구나!'

서둘러 버둥거리는 다운스 국장을 억지로 눌러놓고 마법진의 수식 중 잘못된 곳이 있는지 확인하고 있는데, 다운스 국장의 몸에 변화가 일어나기 시작했다.

우드드드득!

근육이 뒤틀리는 소리와 함께 다운스 국장의 몸이 점점 커지기 시작했다. 이건 아무리 봐도 양산형 흑마법사가 괴물로 변이하는 과정이었다.

마법진을 더 손볼 수 없을 수준이 되었다고 생각한 창준은 미련 없이 뒤로 물러섰다. 이제는 아무리 괴물이 창준에게 큰 상처를 입힐 수 없을 정도로 격차가 벌어졌다고는 하지만 만에 하나 부상이라도 당할 여지를 주고 싶지는 않았다.

창준이 뒤로 물러섬과 동시에 다운스 국장의 등에 새겨져 있던 마법진이 당장이라도 터질 것처럼 보이더니 이내 작은 컵이 깨지는 것처럼 파삭 하는 소음과 함께 부서져 버렸다.

마법진이 부서지는 순간 창준의 눈에서 이채가 발했다.

부서진 마법진을 뚫고 미약한 마기 한 줄기가 흘러나와 어디론가 빠르게 날아가는 걸 눈치챘기 때문이었다. 지금까지 괴물로 변했단 양산형 흑마법사에게서 볼 수 없었던 현상인데, 어쩌면 마법진 때문에 일어난 것일지도 몰랐다.

창준이 만든 마법진은 마기를 추적 및 봉쇄하는 임무가 주어져 있었다. 그렇기 때문인지 괴물에게서 흘러나온 마기가 어디론가 날아가자 부서진 마법진의 일부가 마기를 따라가는 게 보였다.

창준은 지체하지 않고 마기를 쫓아가는 마법진을 향해 추적 마법을 펼쳤다.

이러는 사이 마기를 억제하던 마법진이 사라진 다운스 국장은 영국에서 봤었던 괴물로 변해버렸다. 다행이라면 괴물에게서 흘러나오는 기세를 봤을 때, 제프리처럼 강력한 괴물은 아니었다.

자리에서 일어난 괴물이 창준을 노려보더니 특유의 괴성을 질렀다.

크아아아아아!

압도적인 음파가 주변에 있던 집들의 유리들을 부숴버렸다. 덕분에 구경하던 사람들이 비명을 지르며 피했고 어디론가 전화를 하는 것도 보였다.

"쯧… 조용히 처리하려고 했는데 일이 묘해지네. 아무래도 아는 게 많은 것 같아서 아쉽기도 하고……."

이미 벌어진 일이니 어떻게 할 수 없다. 더 복잡해지기 전에 빨리 처리하고 몸을 숨기는 편이 좋을 것 같았다.

마음을 정한 창준은 약간 아쉬운 마음으로 마법을 사용했다.

"라이데인."

쿠르릉!

괴물의 머리 위로 검은 구름이 모이더니 번개가 내리꽂혔다.

번쩍!

5서클 마법 라이데인이 보여주는 번개의 굵기는 기존과 비교할 수 없었다. 단 한 번의 번개를 맞았을 뿐인데도 괴물의 눈동자가 사라질 정도였다.

하지만 그것이 끝이 아니었다.

번쩍! 번쩍! 번쩍!

라이데인은 몇 번의 번개를 연속해서 사용하는 마법이었기에 쓰러지고 있는 괴물을 향해 번개가 연이어 떨어졌다. 번개를 맞을 때마다 괴물의 몸이 움찔거렸고, 마지막 번개를 맞은 괴물은 내부가 어떻게 되었는지 몸에 있는 구멍이란 구멍에서 검은 연기를 풀풀 쏟아냈다.

얼마 전 영국에서 있었던 괴물과의 일전을 생각하면 너무나 간단한 싸움이었다. 아니, 싸움이라고 부르기도 민망했다.

괴물이 쓰러져 잿더미로 변하는 동안 멀리서 경찰차가 울리는 사이렌이 들려왔다.

창준은 플라이 마법을 사용해서 날아올라 투명화 마법으로 모습을 감추고 다운스 국장의 집에서 멀어지기 시작했다.

* * *

다운스 국장의 몸에서 나온 마기는 빠르게 하늘을 날았다. 마기가 향하는 곳은 북동쪽이었고 목적지가 멀었는지 오랜 시간 동안 떨어지지 않았다. 마기를 따라 마법진의 파편도 마기를 따라 목적에 충실하게 움직였다.

마기가 움직이는 속도는 매우 빨랐다. 그 속도는 일반적인 비행기보다도 빠르다고 할 정도였다. 그런데도 꽤나 긴 시간을 날아간 마기가 도착한 곳은 버지니아 주 랭글리, 그중에서도 CIA가 있는 건물이었다.

해리 부국장은 늦은 시간이었지만 여전히 CIA에 있었다. 그가 가장 신경 쓰고 있는 창준이 있는 위치를 알아내지 못하고 있었기 때문이었다.

"대체 어디에 숨어 있는 거야!"

쾅!

크게 고함을 지르고 책상을 내리쳤다. 지금은 늦은 시간이라 근무하는 사람이 없어서 감정을 숨길 필요가 없었다.

방금 전까지 읽던 서류에는 창준을 찾기 위한 요원들의 작전 개요가 적혀 있었는데, 어디에서도 창준의 위치를 찾았다는 말은 없었다. 그리고 그것은 해리 부국장의 분노를 사기에 충분했고 말이다.

'이대로는 안 되겠어.'

지금까지는 CIA 요원들을 믿고 있었다. 하지만 아무리 시간이 흘러도 창준의 위치를 찾았다는 말은 없었다.

해리 부국장은 창준이 한국에 있을 가능성이 높다고 생각하고 있다. 그러나 그것을 확신하는 건 아니다. 그렇기에 미국 내에서도 비밀리에 창준을 찾고 있었지만, 대부분은 한국을 주시하고 있었다.

한국은 미국의 동맹국이기는 하나 CIA가 함부로 설칠 곳은 아니다. NIS가 CIA에 미치지 못한다고 하지만, 한국의 NIS의 본거지였고 그들에게 창준은 절대로 보호해야 할 주요 인사였으니 최대한 숨기고 보호하려고 할 것이다.

그렇기 때문인지 아직까지 창준의 위치에 대한 실마리조차 얻지 못하고 있었다.

이대로 계속 시간을 끌면 나쁘지 않다. 그러나 이건 모두 창준은 한국에 있다는 가정하에 내리는 것이었다. 정확하게 하려면 최소한 창준이 한국에 머물고 있다는 증거 정도는 포착해야 했다.

'NIS 따위에게 들키는 게 문제가 아니야. 들킬 때 들키더라도 최소한 그 자식을 찾은 이후라면 얼마든지 사과를 할 수 있어.'

결심을 한 해리 부국장은 창준을 찾기 위해 더 많은 요원을 투입해 지원할 생각을 했다.

그가 이런 생각을 하고 있을 때, 다운스 국장에게서 나온 마기가 창문으로 스며들어 왔고 이내 메시지 마법으로 변하여 해리 부국장에게 전해졌다.

—다운스 국장 사망.

해리 부국장의 얼굴이 딱딱하게 굳었다.

'다운스가… 죽었다고!? 그럴 리가 없는데…….'

다운스 국장의 집에는 중요한 임무를 가진 다운스 국장을 위해 특별히 마스터가 설치해 준 마법진이 있었다. 그것이라면 씨앗을 건네준 해리 부국장이라고 하더라도 그를 죽일 수 있다고 장담하지 못할 정도였다.

그런데 마스터의 소환 마법진까지 갖고 있던 다운스 국장이 죽었다니 믿어지지 않았다. 더불어 감히 누가 그를 죽일 능력을 갖고 있는지도.

'설마… 그 자식인가?'

해리 부국장의 머릿속에서 가장 먼저 떠오른 사람은 당연하게도 창준이었다. 그렇지만 이내 고개를 저었다. 그가 알고 있는 창준의 힘으로는 절대 이런 결과를 만들 수 없다고 생각하면서 말이다.

이게 현실적이었다. 창준이 6서클 마법사일 거라고 짐작은 하고 있었으나 7서클까지는 상상도 할 수 없었다. 그가 알고 있는 지식은 물론이고 마스터를 통해서 나온 지식에서도 이렇게 짧은 시간에 7서클에 올랐다는 사람은 없었으니까.

다운스 국장의 집에 설치된 마법진은 원래의 성과를 내지 못해 데스나이트가 나왔을 뿐이고, 창준이 실제로 7서클에 올랐다는 걸 모르는 해리 부국장으로서는 이렇게 생각할 수밖에 없었다.

'그러면 누가…….'

창준 다음으로 떠올릴 수 있는 사람은 두 명이었다.

중국의 주강과 프랑스의 페르낭.

미국 초능력자들 중에서 현재 다운스 국장을 죽일 수 있는 사람은 오직 자신뿐이었기에 다른 사람은 생각나지 않았다.

해리 부국장은 서둘러 어딘가로 전화를 했다.

"지금 당장 중국의 주강과 프랑스의 페르낭 바넬이 미국으로 들어왔는지 확인하시오. 최고 중요한 사항 중 하나이니 모든 일에 우선해서 진행하고."

—라저.

수화기에서는 짤막한 단답형의 대답만 들려오고 전화가 끊어졌다.

'대체 주강과 페르낭이 왜 미국으로 들어온 것일까? 혹시… 무언가 눈치챈 것인가?'

심각한 얼굴로 자리에 앉은 해리 부국장은 고민에 빠졌다.

마기가 CIA에 파고들어 메시지 마법으로 변하자 마기를 따라온 마법진 파편은 약간 혼란에 빠졌다. 마기가 메시지 마법으로 변하며 너 이상 임부를 수행하지 못했기 때문이었다.

잠시 허공을 돌던 마법진 파편은 이내 가장 마지막으로 느껴졌던 곳, 해리 부국장의 사무실로 들어와 부서졌다. 그리고 마법진에 딸려왔던 추적 마법이 은밀하게 발동되어 어딘가에 있는 창준을 향해 신호를 보냈다.

* * *

미국 어딘가에 있는 황량한 벌판.

나무 한 그루도 없고 생명체도 보이지 않는 이곳에 한 사람이 있었다.

온몸에서 섬뜩하고 위험하게 마기를 줄기줄기 뿜어내고 있는 두건을 쓰고 있는 남자는 밀러 회장이 마법 통신으로 얘기를 하던 바로 그 사람이었다.

남자는 쉴 새 없이 무언가를 그리고 있었다. 그가 그리고 있던 것은 구름에 가려져 있던 달이 드러나며 점점 윤곽을 보였다.

마법진.

그것은 마법진이었다. 남자가 그리고 있는 마법진이 일반적인 마법진이 아니라는 건 규모만 봐도 알 수 있었다.

거의 직경 수백 미터는 될 것 같은 거대한 마법진에는 빈 공간이 거의 보이지 않을 정도로 엄청나게 복잡한 수식과 룬 문자가 빼곡하게 적혀 있었다.

그것만이 아니었다.

마법진 중간중간에는 넋이 나간 것처럼 서 있는 사람들이 있었는데, 거대한 마법진의 크기만큼 사람들의 숫자도 어마어마했다. 아마도 흑마법사가 만든 마법진이라는 걸 고려하면 이 마법진을 구동하기 위한 재물이라고 생각되었다.

그리고 마법진의 중앙에는 고풍스러운 검 한 자루가 놓여 있었다. 언젠가 라스베가스에서 사라졌던 구야자가 만든 반영검이 분명했다.

구름에 가려졌던 달이 드러나며 한 줄기 빛이 사내의 두건 안을 비췄다. 사내의 얼굴이 전부 보이지는 않았으나 그의 턱이 보였다. 매끈한 피부를 봤을 때는 별로 나이가 많지 않은 것 같았다.

달빛에 드러난 사내의 입매가 슬쩍 올라갔다.

"드디어… 완성이다."

사내의 목소리에는 숨길 수 없는 환희와 긴장감이 가득했다. 그가 하려고 하는 것이 무엇이든 자신감을 갖고 있을 수준은 아닌 것 같았다.

자리에서 일어난 사내가 마법진 안으로 들어가 반영검 앞에 섰다. 그리고 두 손을 반영검을 향해 내밀고 마법진을 활성화했다.

마법진이 활성화되었는데도 겉으로 크게 드러나지 않았다. 그렇지만 그것도 잠시였을 뿐, 마법진에서 붉은 서광이 일어나며 하늘을 향해 빛이 쏘아졌다. 그 모습은 마치 거대한 붉은 검이 하늘을 찌르는 것 같은 모양이었다.

"아… 아아아……."

"꺄아아아악!"

"으아아악!"

마법진에서 서광이 뿜어져 나옴과 동시에 마법진에 있던 사람들이 고통에 찬 비명을 지르기 시작했다. 그리고 그들의 몸이 점차 부서져 내렸고, 부서진 가루들은 마법진 가운데 있는 반영검을 향해 움직였다.

사람들이 털 한 올까지 부서져 내리고 반영검으로 모여 검날에 달라붙어 붉게 물들였다.

사내는 반영검을 들어 마법진 가운데 힘껏 꽂았다.

콰아아아아!

마법진에 반영검이 꽂힌 곳을 중심으로 검은 공간이 만들어지며 어마어마한 마기가 뿜어져 나왔다. 마기가 뿜어져 나오는 기세는 폭풍과 같았다. 행여나 일반인이 이것을 직격으로 맞으면 삽시간에 녹아내릴 수준이었다.

이런 마기의 폭풍 속에서도 사내는 아무렇지 않았다. 오히려 그의 몸에서 나오는 기운은 더욱 강맹해졌다.

사내는 무릎을 끓고 앉아 떨리는 손을 들어 올리더니 이내 힘껏 검은 공간으로 쑤셔 넣었다. 검은 공간이 대체 무엇인지 알 수 없으나 사내조차 그걸 감당하기는 어려운지 몸이 눈에 보일 만큼 떨리고 있었고, 마기보다 더욱 어두운 어떠한 기운이 그의 손을 타고 올라오려고 하고 있었다.

사내는 알 수 없는 기운을 억누르며 무언가를 손에 쥐고 검은 공간에서 천천히 뽑아냈다.

그의 손에 잡혀 검은 공간에서 나오는 건… 책이었다.

백과사전처럼 컸는데, 온통 검은 기운으로 둘러싸여 어떻게 생겼는지 전혀 보이지가 않았다.

사내가 검은 공간에서 책을 들어 올려도 검은 기운이 책을 놓아주지 않으려는 듯 연결되어 있었다. 그 힘이 대단한지 사내의 팔이 벌벌 떨린다.

"크으윽……."

모든 힘을 쏟아붓는 듯, 비틀린 사내의 입술 사이로 신음성이 흘러나왔다. 하지만 그가 아무리 힘을 줘도 책은 겨우 발목 높이에서 더 이상 올라오지 않았다.

그렇게 얼마나 시간이 지났을까.

사내는 결국 책을 놓쳤다. 그리고 책은 검은 공간으로 늪에 빠진 것처럼 사라져 갔다.

망연한 눈으로 그걸 보고 있는 사이 검은 공간은 서서히 없어졌고 마법진에서 나오던 붉은 서광도 사라졌다. 방금 일어났던 일이 모두 거짓인 것처럼 세상은 처음의 그 모습 그대로였다.

"으… 으으… 으아아아아!"

사내가 있는 힘껏 고함을 질렀다. 지금 일어난 실패를 절대 받아들일 수 없다는 듯.

한껏 소리를 지르며 분노를 표출한 사내는 싸늘한 눈으로 반영검을 바라보며 입을 열었다.

"아직도… 아직도 부족한가? 이 정도 재물로는 힘들다는 말인가?"

그의 질문에도 반영검은 빛을 빨아들이는 듯한 검날을 보이고만 있었다.

"재물… 재물이 부족해. 이런 허접한 재물로는……."

사내의 머릿속에서 빠르게 계산이 이뤄졌다.

사람이 가진 생명과 영혼은 최고의 대가이기는 하다. 하지만 모든 사람이 같은 값을 갖는 건 아니었다.

'제대로 마법진을 운용하려면… 능력자를 재물로 써야 한다는 말이겠지?'

일반인과 능력자 사이의 값어치는 비교할 수 없는 수준이었으니까. 능력자 자체의 생명력이 일반인과 비교할 수 없다는 것이었고, 그들의 영혼 역시도 일반인보다 강했으니까.

사내의 머릿속에서 새로운 계산이 이뤄지고 있었다.

*　　*　　*

창준은 눈을 감고 소파에 앉아 있었다. 다운스 국장의 집에서 호텔로 돌아온 이후 줄곧 이러고 있었다.

지금은 새벽이라고 할 수 있는 시간이었다. 그런데도 잠을 자지 않고 이러고 있는 이유는 당연히 기다리는 것이 있었기 때문이었다.

그렇게 얼마나 있었을까.

눈을 감고 있던 창준은 번쩍 눈을 뜨더니 탁자 위에 지도를 펴고 펜과 자를 이용해 선을 그었다. 펜이 멈춘 곳은 워싱턴 좌측, 랭글리였다.

창준은 펜을 멈추고 희미하게 미소를 지었다.

"잡았다."

지도에 표시한 곳은 추적 마법이 신호를 보내고 있는 곳이었다. 비록 지도가 세세하게 보이지는 않지만 추적 마법이 발동하고 있는 상태여서 자세한 위치는 그곳에 가면 알 수 있을 것이라 생각되었다.

하지만 랭글리가 나온 순간, 창준은 추적 마법이 어디에서 멈췄는지 짐작할 수 있었다.

'예상대로 CIA에 흑마법사가 있다는 말이 되겠군.'

추적 마법이 주소를 불러주는 것은 아니기에 확실하지는 않다. 하지만 랭글리라면 굳이 확인할 필요도 없었다. 다운스 국장을 경호하던 사람이 CIA에 소속되어 있는 능력자라는 것부터 비행기를 추락시킬 정도로 과감하게 자신을 암살하려던 사람이 능력자였다는 것까지, CIA를 의심하지 않을 수 없는 상황은 이미 충분히 만들어져 있었으니까 말이다.

이제 문제는 CIA의 누가 흑마법사냐는 것이다.

제프리의 경우를 봐도 일개 요원이 흑마법사로 있지는 않을 것이라 생각되었다. 오히려 일개 요원은 다운스 국장처럼 양산형 흑마법사일 가능성이 높았다.

'설마 국장까지 올라가지는 않겠지?'

만일 그렇다면 골치 아픈 것은 사실이다. 위치도 위치지만 국장이 동원할 수 있는 능력자들을 생각하면 혼자 상대하기 곤란한 상황이 벌어질 수 있었으니까 말이다.

아마도 자세한 건 직접 그곳에 가서 확인해 봐야 할 것 같았다.

다음 날 아침이 되자마자 창준은 자신의 방문을 열고 들어온 사람이 패트릭이라는 사실에 크게 놀라지 않았다. 창준이 다운스 국장의 집으로 가기 전부터 보였던 기색을 생각하면 당연하기도 했으니 말이다.

"아직까지 자고 있던 건가?"

침대에서 멍한 얼굴로 일어난 창준은 시계를 확인했다. 완연한 아침이기는 하나 창준은 몇 시간 자지도 못한 상태였다.

크게 하품하며 일어난 창준이 소파에 앉은 패트릭의 맞은편에 앉으며 말했다.

"흐아아암… 이렇게 이른 아침부터 무슨 일인가요? 오늘 스케줄은 없는 걸로 알고 있는데요."

"꼭 일이 있어야만 일찍 일어나나? 원래 나이가 들수록 아침잠이 없어지는 법이야. 자네도 나이를 먹으면 곧 알게 되겠지."

원래 창준이 늦잠을 자는 성격은 아니었지만 굳이 대답

하지는 않았다. 어차피 중요한 일도 아니었으니까.

아직 잠에서 덜 깬 눈으로 입맛을 다시는 창준을 보며 패트릭이 조심스럽게 물었다.

"어제… 일은 잘 마치고 온 건가?"

"만족스럽지는 않지만 원하는 바는 다 이뤘다고 할 수 있겠네요. 그게 궁금해서 이렇게 아침부터 쫓아온 거군요."

"궁금하지 않다면 거짓말이겠지. 상대가 CDC 국장이었으니 당연한 것 아닌가?"

"크게 사고 칠 것 같아서요?"

"자네 걱정을 했다고 생각하지는 않나?"

"설마요. 걱정하셨던 분의 태도라고 생각되지는 않네요."

피식 웃으며 말하는 창준의 모습에 패트릭은 살짝 앓는 소리를 냈다. 그러곤 이내 궁금했던 것을 물었다.

"그래서 CDC 국장이 정말 나쁜 사람이던가?"

"그렇더군요. 생각보다 더 나쁜 사람이었어요."

"생각보다? 궁금하구만. 가족이라도 팔아먹었나?"

"그런 건 아닌데, 비슷하기는 했네요. 하마터면 부인이 죽을 뻔했으니까요."

그랬다. 설마 자신의 부인을, 오랜 세월을 함께했던 사람조차 하나의 재물로 만들어버리려고 했으니까.

하지만 다운스 국장이 처음부터 부인을 그런 식으로 생각하고 있었을까, 라고 생각하면 알 수 없다. 아마 처음에는 두 사람이 서로 사랑해서 만났을 것이다.

나쁜 사람이 흑마법을 배우는 것은 아니다. 정상적인 사고를 가진 사람이 흑마법을 배우기도 한다. 그리고 흑마법을 배우면 점점 사람으로서 갖고 있어야 할 도덕적인 관념이 무너지게 되고, 나중에는 짐승보다 못한 짓을 벌이고는 한다. 그랬기에 아스란의 세계에서도 흑마법사는 공공의 적이 되었던 것이고.

불쌍한 건 다운스 부인이었다. 자신의 남편이 자신을 죽이려고 했다는 것도 믿을 수 없는 일인데 한순간에 두 다리가 없는 장애인이 되어버리지 않았던가.

'거기까지는 내가 어떻게 해줄 수 있는 영역이 아니니…….'

패트릭은 창준의 말에 더 관심을 보였고, 창준은 패트릭에게 비교적 자세하게 설명해 줬다.

"허… 결국 불쌍한 건 가족이라는 말인가……."

"그래도 살려는 놨어요. 그 외에 제가 어떻게 할 방법은 없고요."

"그러면 이제 어떻게 할 건가? 새로운 흑마법사의 위치를 찾았다면서."

"당연히 가야죠. 적당히 넘어갈 상태도 아니고요."

"이번에는 같이 워싱턴으로 가는 건가? 하긴… 워싱턴은 나도 오랜만이기는 하군."

"같이 갈 필요 없어요. 이번에는 몇 명을 확인해야 될지 모르는 상황이라 도움을 받았던 것뿐이고요. 그쪽에서는 패트릭의 도움이 없이도 알아서 할 수 있을 거예요."

추적 마법이 작동 중이기도 했고, 아마도 그곳에서는 큰 싸움이 일어날 것이다. 최소한 7서클 마법진을 설치할 수 있는 흑마법사가 있다는 말일 테니까.

그런 위험한 곳에 패트릭이 필요하지는 않다. 오히려 그가 있으면 창준에게 제약이 될 뿐이다.

이런 설명을 하지 않아도 패트릭은 창준의 말을 단번에 이해했다.

"알겠네. 하지만 내 도움이 필요하면 언제든지 말하도록 하게. 내가 도와줄 수 있는 방법이 있으면 최대한 도와주도록 하지."

"말씀만으로도 고맙네요."

"바로 갈 건가?"

"좀 씻고, 아침 식사를 한 다음에요."

"그럼 같이 가세나. 다음에는 언제 식사를 할지 모르는

데 마지막 식사는 같이해야지."

"이번 일만 잘 끝나면 언제든지 볼 수 있을 거예요. 아니면 패트릭이 한국으로 오셔도 되고요."

창준의 말에 패트릭이 살짝 짓궂은 표정을 지으며 말했다.

"다음에는 케이트와 결혼식 피로연에서 식사를 하는 게 아닐까 하는 생각이 드는군."

"윽… 아직 우리 두 사람 그런 생각을 해본 적은 없는데……."

곤란한 표정을 짓는 창준을 보고 패트릭이 크게 웃음을 터뜨렸다.

"하하하! 농담일세, 농담. 아무튼 빨리 씻고 내려오게. 나는 먼저 내려가 있도록 하지."

그 말을 끝으로 패트릭은 창준의 방을 나갔다.

홀로 남은 창준은 방금 패트릭이 케이트를 언급해서 그런지 괜히 그녀가 떠올랐다. 한국과 13시간 차이가 나는 곳이니 지금 충분히 통화가 가능할 것 같았다.

다이얼을 누르고, 잠시 후 케이트의 목소리가 들리자 창준의 얼굴이 푸근하게 변했다.

* * *

"모든 건 마스터의 뜻대로……."

밀러 회장의 마지막 인사와 함께 마법 통신이 종료되었다.

비밀 공간에서 나온 밀러 회장은 자신의 집무실로 돌아와 의자에 앉고는 뭔가 생각에 잠겼다. 그리고 잠시 후 해리 부국장에게 전화를 걸었다.

신호음이 몇 번 울리기도 전에 해리 부국장이 전화를 받았다.

—후우… 무슨 일이지?

무언가 심란한 일이 있었는지 전화를 받자마자 가장 먼저 들린 건 해리 부국장의 깊은 한숨 소리였다.

"자네야말로 무슨 일이지? 목소리를 보니 무슨 문제가 있는 것 같군."

—문제? 그렇지, 문제가 일어났지. 그것도 큰 문제가.

"무슨 문제?"

—다운스가 죽었다.

밀러 회장의 얼굴이 굳었다.

다운스 국장은 그들에게 중요한 사람이었다. 어쩌면 제프리보다 더 중요한 사람이라고 할 수 있었다. 다운스 국장이야말로 흑마법과 결합된 유전자 변형 마약을 만든 일

등 공신이었으니까.

"누가 그를 죽였지? 설마… 그 창준이라는 동양인 마법사 놈인가?"

—확인 중이기는 하지만… 그가 아닌 것 같아.

"아니라고? 그럼 누구라는 말이지?"

—일단 제보를 받은 내용과 동영상 촬영 분을 확보해서 조사하고 있기는 한데 동양인은 아니야. 백인이더군.

밀러 회장은 고개를 갸웃거렸다.

"백인이라면… 유럽 쪽 마법사?"

—마법사가 맞다고 해야 할지…….

"마법사가 아닌가?"

—마법을 사용하기는 했는데, 일반적인 마법사가 아닌 것 같았어. 다운스를 보호하기 위해 네가 설치한 마법진에서 나온 데스나이트를 상대로…….

"잠깐만! 데스나이트라고?"

그럴 리가 없었다. 7서클 소환 마법진이었고, 다운스 국장과 얘기했던 대로 그의 부인을 재물로 사용했다면 그가 지정했던 것처럼 둠 나이트가 나왔어야 했다.

—데스나이트가 확실해. 내가 영상으로 확인했어.

밀러 회장이 소환 마법진을 설치했다는 사실만 알고 있던 해리 부국장이었고, 데스나이트가 어떤 존재인지 확실히 알고 있었기에 그의 목소리에는 흔들림이 없었다.

"음……."

밀러 회장은 침음을 흘렸다.

7서클 마법진이 6서클 마법진 수준의 데스나이트를 소환했다면, 마법진이 약간이나마 해체를 당했던지 아니면 재물에 문제가 있어야 했다. 7서클 마법진을 건드릴 수 있는 사람이라니, 도저히 가늠할 수 없었다.

'창준이라는 놈만이 아니라 알려지지 않은 또 하나의 변수가 있다는 말인가?'

충분히 가능한 얘기이기는 했다. 이미 창준이 마법진을 알고 있었으니 그를 가르친 누군가라든가, 아니면 그와 같이 마법진을 배운 사람일 수 있었으니까 말이다.

—아무튼 데스나이트를 상대로 싸우는데 일방적으로 가지고 놀더군. 데스나이트의 움직임을 모두 읽었는지, 아니면 눈에 보였는지는 몰라도 여유롭게 피하더란 말이야.

"…그가 마법사인 건 맞는 건가?"

—확실해. 마법을 사용하는 것까지 모두 동영상에 나왔으니까. 동영상의 내용만으로 보면 최소 6서클 마법사라는 말이야.

"6서클……."

문제가 심각해졌다. 창준을 그냥 놔두려고 했던 이유는

아무리 그가 발버둥 치더라도 저 서클 마법사일 것이라는 생각 때문이었다. 그런데 이 시점에 6서클 마법사가 나타났다니, 이건 그냥 넘어가기 어려웠다.

하지만 더 큰 문제는 지금 이 정체불명의 마법사를 처리하기 위해서 정신을 팔기 어렵다는 점이다. 마스터는 이미 이번 일에 총력을 기울이고 있었고, 밀러 회장은 앞으로 나서기도 어려웠다.

—내 생각에는 프랑스의 페르낭이거나 변장한 중국의 주강이 아닐까 싶어. 그래서 그들이 미국에 들어왔는지 확인하고 있는 중이지.

밀러 회장은 해리 부국장이 말한 두 사람을 떠올려 봤다.

한 사람은 7서클 마법사였고, 다른 한 사람은 인간의 한계를 벗어난 무인이었다. 이들이라면 데스나이트를 충분히 처치할 수 있는 능력이 있기는 했다.

페르낭은 7서클 마법사였으니 신체적인 능력을 높이는 마법을 사용하고 몇 가지 눈에 띄지 않는 마법을 사용하면 충분히 육체적으로도 강해 보일 수 있다. 그리고 주강은 무인이기는 하나 경우에 따라 마법처럼 보이는 능력을 사용하기도 했다.

잠시 고민을 해봤으나 답이 나오지는 않았다.

'페르낭이건 주강이건… 어차피 마스터가 이번 일을 끝내시면 아무런 위협도 되지 않을 놈들이다. 지금 이들에게 신경을 분산하느니, 차라리 마스터의 일에 집중하는 편이 좋겠어.'

그의 생각을 떠나서 마스터가 명하신 일이다. 해리 부국장까지 소집하지는 않았으니 그가 잘 처리하고 시간을 끌기를 바라야 했다.

"그러면 시간 끄는 건 가능하겠지?"

―왜? 내가 페르낭이나 주강보다 약할 것처럼 보이나?

해리 부국장의 목소리는 조금 화난 것처럼 들렸다. 미국에 있는 능력자들 중 최강의 자리를 차지하고 있는 해리 부국장이었기에 그의 자부심은 인정을 해줘야 했다. 지금이 아닌 다른 상황이었다면 말이다.

"자신이 있는지 없는지만 말해. 아니, 무조건 시간을 끌어. 마스터께서 이번 일만 끝내면 모든 건 우리의 뜻대로 이뤄지게 되어 있다."

―…내 앞에 모습을 드러내기만 하면 충분히 처리가 가능하지.

해리 부국장은 여전히 화가 난 것처럼 보였으나 마스터라는 말에 더 이상 아무런 말을 하지 못했다. 그에게도 마스터의 명은 절대적이었으니까.

"좋아. 그러면 미국에서 일어나는 일은 모두 네가 처리하도록 하고, 내가 말한 위치로 능력자들을 소집해서 보내도록 해."

—능력자들을? 얼마나?

"네가 가용한 인원은 전부."

—전부? 그게 몇 명이나 되는지 알고 하는 말이야?

"네가 보내주는 능력자가 몇 명이 되든 어차피 부족하게 되어 있다."

—허… 부족하다고? 내가 보내는 능력자의 숫자가 거의 50명은 될 텐데?

"그러니까 부족하다고. 나머지는… 씨앗을 받은 놈들을 이용할 생각이야."

밀러 회장의 말에 해리 부국장은 잠시 말을 끊었다가 다시 이었다.

—설마… 그들을 모두 재물로 사용하려는 건 아니겠지?

"알면서 묻는군."

—아무리 내가 부국장이라고 하더라도 그들이 모두 사라지면 내가 무사하지 못할 거라는 걸 모르는 건 아닐 텐데. 그리고 씨앗을 품은 놈들을 그 정도로 끌어모으면 우리 전력 대부분이 사라진다는 것도 알고 있겠지?

"어차피 마스터께서 대업을 마무리하시면 모든 것이 끝

난다. 그까짓 노예로 쓸 만한 흑마법사들 따위 얼마든지 재물로 바칠 수 있는 일이고."

해리 부국장은 깊은 한숨을 내쉬었다.

—마스터가 요청하셨으면 어쩔 수 없는 일이지만… 안타까워서 그랬다. 그들을 만들기 위해 우리가 사용한 시간이 결코 짧지 않았으니까.

해리 부국장의 마음은 밀러 회장도 짐작할 수 있었다. 하지만 어쩔 수 없었다. 그리고 모든 일이 끝나는 날 역시 머지않았다. 겨우 그런 것에 집착할 필요가 없었다.

만약 제프리가 죽지 않았다면 자신들의 병력을 이렇게 낭비하지는 않았겠지만, 이제는 어쩔 수 없는 일이었다.

—알겠다. 최대한 빨리 능력자들을 그쪽으로 보내주지.

"준비를 하고 기다리고 있겠다."

말을 마친 밀러 회장은 전화를 끊었다. 그리고 창밖을 보며 의지를 불태웠다.

'이제 얼마 남지 않았어.'

* * *

워싱턴DC 번화가에 위치한 카페에서 창준은 커피를 마시고 있었다. 창준은 여전히 백인의 모습으로 모습을 바꾼 상태였다.

커피 한 모금을 마신 창준은 팔짱을 끼고 가볍게 한숨을 내쉬었다.

'왜 이렇게 늦는 거야?'

누굴 기다리는 건지 얼굴에서는 도착하지 않는 사람에 대한 약간의 짜증이 보이고 있었다.

창준은 워싱턴DC에 이틀 전에 도착했다. 그리고 그가 미국으로 출발하기도 전부터 준비했던 사람을 기다리고 있었다. 그동안 창준은 그 사람을 일종의 보험이라 불렀었다.

물론 그렇다고 그 사람을 기다리는 이틀이라는 시간 동안 아무것도 하지 않고 있었던 건 아니었다.

워싱턴DC에 도착한 창준이 가장 먼저 한 일은 당연히 다운스 국장에게서 날아간 마기를 따라 움직인 마법진을 찾는 것이었다.

추적 마법을 걸어놨기에 마지막으로 남은 흔적을 찾는 건 그리 어렵지 않았다. 문제는 마법진이 남아 있는 곳이 CIA였다는 점이었다.

일단 마법진이 남아 있는 사무실의 위치를 확인한 창준은 바로 MI5에 있는 리처드 국장에게 전화를 걸어 그 사무실이 누구의 사무실인지 확인을 했다. 국정원에 물어봐도 대답을 들을 수 있을 것이라 생각하기는 했으나, CIA에서 주목하고 있을 것이라 생각되어 리처드 국장에게 물어본 것이었다.

그리고 드디어 창준은 이름을 들을 수 있었다.

CIA 부국장 해리 테넌.

일단 CIA라는 세계에서 손꼽히는 방첩부대의 부국장이라는 것부터 다가오는 의미가 남달랐는데, 그것보다 리처드가 전해준 해리 부국장에 대한 얘기는 더 부담이 되었다.

해리 부국장은 MI6에서도 최고 등급에 놓을 정도로 위험한 사람으로 분류되어 있었다. 은밀함을 중요시하는 방첩부대에 어울리지 않게 호전적인 성격이었는데, 그 역시 능력자이고 은밀히 알아낸 정보에 따르면 미국에 있는 모든 능력자들 중에서 가장 강한 능력을 가졌을 수 있었다.

창준은 7서클 대마법사가 되었다. 현재 존재하는 마법사들 중에게서 가장 강한 능력을 가졌다는 페르낭과 동급의 단계였고, 용언 마법의 특성을 생각하면 페르낭이 엄청난 마법 응용력을 가지고 있지 않은 이상 창준이 최강이라고 할 수 있었다.

하지만 그렇다고 스스로가 전 세계의 모든 사람들 중에서 최고라고 생각하고 있지는 않다. 중국의 주강만 하더라도 창준은 승패를 장담할 수 없는 사람이었으니까 말이다.

해리 부국장은 이런 페르낭과 주강에 비견할 수 있는 강자라는 말이다.

'이런 능력자가 흑마법까지 배웠다면…….'

해리 부국장의 능력이 어떤 것인지는 모르지만 6서클 이상의 흑마법을 익혔다고 생각하면 최소한 MI6에서 생각하는 것보다는 강할 것이다.

이런 생각 때문에 창준은 홀로 해리 부국장을 상대할 생각을 접었다. 그리고 그동안 생각했던 보험을 사용하기로 한 것이다.

"그런데 이 사람 너무 늦잖아. 벌써 도착했어야 할 시간인데……."

마시던 커피마저 모두 비우자 창준의 입에서 불평이 튀어나왔다. 딱히 약속 시간을 잡은 건 아니었지만, 정오 정도에 만나자고 했었는데 지금 시간이 벌써 오후 3시였다. 이 정도면 약속 시간을 1시간은 늦었다고 할 수 있었다.

'무슨 문제라도 생긴 건가?'

이런 생각을 떠올렸던 창준은 이내 그 생각을 지워 버렸다. 무슨 문제가 생기기에는 너무 능력이 출중한 사람이었기 때문이다.

어쩔 수 없이 커피를 한 잔 더 시키려던 창준의 감각에 드디어 기다리던 사람이 느껴졌다. 그리고 그 사람이 있는 방향으로 고개를 돌리자 세 사람이 다가오는 게 보였다.

동양인으로 보이는 세 사람은 두 명의 남자와 한 명의 여자로 구성되어 있었고, 복장이나 외모나 평범하기 그지없었다. 흔히 길거리에서 스쳐 지나가는 수많은 사람들 중에 하나라고 할 수 있는 수준이었다.

창준은 세 사람을 보고 슬쩍 의외라는 표정을 지었다. 느껴지는 기운으로는 그가 기다리던 사람이었는데 외모가 전혀 달랐기 때문이었다.

그러나 창준의 표정은 언제 그랬냐는 듯이 원래대로 돌아왔다.

애초에 사람들의 시선을 피해서 와달라고 말했었으니 외모를 어떤 방법으로든 숨긴 것이라 생각했다. 자신만 하더라도 외모를 바꾼 상태가 아니던가.

기운이 창준이 알던 것과 같은 이상 다른 사람일 가능성은 제로에 가까웠다.

세 사람은 카페를 두리번거리더니 이내 빈자리를 찾아서 앉고는 커피를 시켰다. 그리고 그걸 본 창준이 자리에서 일어나 그들에게 다가갔다. 그러곤 옆에 있는 비어 있는 의자를 끌어당겨 그들과 같이 앉았다.

세 사람은 창준은 멀뚱멀뚱 바라봤다. 창준은 세 사람

중 가운데 있는 사람에게 시선을 고정하고 말했다.

"왜 이렇게 늦었습니까? 정오에 보자고 했는데 벌써 3시가 넘었잖아요. 그리고 데리고 오신 분들은 누구죠? 혼자 오셔도 되는데."

"…창준인가?"

"그러니까 바로 주 대인을 알아보고 말을 걸었겠죠."

보험이라고 말했던 건 주강을 말하는 것이었다. 결코 대가 없이 움직일 수 있는 사람은 아니었지만, 일단 주강은 대가가 확실하면 충분히 움직일 수 있는 사람이었다.

창준의 말에 세 사람 중 가장 나이가 많아 보였던 사내, 주강의 경계 어린 눈빛이 푸근하게 바뀌었다.

"외모가 전혀 다르니 알 수가 있나."

"주 대인도 원래 얼굴이 아닌데요."

"호오? 자네가 내 원래 얼굴을 알고 있다는 말인가?"

"무슨 말이에요? 오늘 처음 만난 것도 아니니… 엥?"

주강을 바라보던 창준의 목소리가 요상하게 변했다. 그럴 수밖에 없었던 것이 주강의 얼굴 근육이 움직이더니 완전히 다른 얼굴로 변하는 걸 목격했기 때문이었다.

멍하니 그걸 보고 있던 창준이 물었다.

"마법이에요?"

"하하! 내가 그런 걸 익혔을 리가 있나? 역용술(易容術)

이라고 하는 잔재주일 뿐이지."

말은 이렇게 했지만 역용술이라는 게 그렇게 쉬운 것은 아니었다. 몸에 있는 내기를 이용해 근육과 골격을 움직이는 수법이라서 자신의 몸과 내기를 자유자재로 움직일 정도로 막강한 수준이 아니라면 감히 시도조차 하지 못할 수법이었다.

물론 이런 걸 모르는 창준은 막연히 신기하다고 생각할 뿐이었다.

"자네야말로 모습이 놀랍구만. 나야 이렇게 근육을 조금 움직이는 수준이라고 하지만, 자네는 아예 백인이 되어버렸군."

"마법이니까요."

창준 역시도 대수롭지 않게 대답했다. 어차피 이런 건 두 사람에게 모두 중요하지 않았다.

대충 인사를 끝낸 창준이 주강과 함께 온 두 남녀를 보며 물었다.

"같이 오신 두 분은… 왜 데리고 오신 겁니까? 혼자만 오셨으면 했는데요."

"아무리 국가안전부가 나를 믿는다고 하지만, 영원한 동맹이 없는 방첩 세계에서 나처럼 중요한 사람을 홀로 보낼 리가 없지 않겠나."

"흐음… 틀린 말은 아닌데, 두 사람이 주 대인을 보호할 수준은 아닌 것 같거든요."

미심쩍다는 눈빛을 숨길 생각도 하지 않고 대놓고 말하는 창준의 말에 옆에 앉아 있던 남자의 시선이 날카롭게 변했다.

남자의 시선을 받았으면서도 창준이 그를 바라보는 눈빛은 달라지지 않았다. 오히려 뭐 어쩌라고 하는 듯한 눈으로 그의 시선을 받으며 역으로 그를 바라봤다.

창준은 이미 두 사람의 능력을 짐작할 수 있었다. 나쁘게 말하면 주강과 비교하기 미안할 수준이라고까지 할 수 있을 정도였다.

그래서인지 결국 먼저 시선을 돌린 건 남자였다.

주강은 두 사람의 작은 신경전을 보고 웃음을 터뜨렸다.

"하하하! 아주 직설적이군. 자네의 말이 틀린 건 아니네. 단지 국가안전부에서 혼자 보낼 수 없다고 해서 나한테 편한 사람들을 데리고 왔을 뿐이지. 이 두 사람은 모두 내 제자라고 할 수 있는 사람들이네. 너희도 인사를 하거라."

주강의 말 때문인지 남자는 탐탁지 않다는 눈이었지만 먼저 인사를 했다.

"장첸웬이오."

남자가 인사를 하자 여자가 창준에게 약간 수줍은 목소리로 말했다. 그녀의 눈동자에는 온통 호의가 가득했다.

"소결이라고 해요. 전에는… 많이 고마웠어요."

"김창준이라고 합니다만… 전이요?"

"전에 라스베가스에서……."

미처 말을 끝내지도 못하고 기어들어 가는 목소리를 내는 소결의 모습에 주강이 얼른 끼어들었다.

"시간이 좀 돼서 기억을 못 하는 모양이군. 전에 라스베가스에서 자네가 거하게 난리를 피운 적이 있지 않았나. 그때 자네에게 도움을 많이 받았다고 하더군."

분명히 그런 기억이 있었다. 소결 역시 모습을 많이 바꾼 상태라 알아보지 못했던 것도 있고, 사실 그땐 소결의 이름도 몰랐다. 그러니 그녀의 모습이 떠오를 리도 없었다. 다행이라면 얼마 전 영국에서 주강이 소결에 대해 말하며 헛소리를 했기에 그녀를 기억할 수 있었다.

창준은 묘한 눈으로 주강을 바라봤다.

전에 주강이 창준에게 소결에 대한 얘기를 했었던 적이 있었다. 좋은 여자가 있으니 만나 보라고 하지 않았던가. 그때 주강이 얘기했던 사람이 바로 소결이었다.

거절하기는 했었고, 중국 국가안전부에서 다른 사람을 데리고 가라고 했다고 하지만, 이렇게 몇 번 언급되었던 사람이 나타나니 주강의 의도가 보이는 것 같았다.

주강은 창준의 시선에 담긴 의도가 무엇인지 짐작을 하면서도 굳이 드러내지 않고 웃으며 말했다.

“자네 소개도 해야지.”

“…김창준이라고 합니다. 이렇게 철없는 분에게 끌려다니느라 고생이 많으실 것 같군요.”

그 말에 장첸웬은 불같은 시선으로 창준을 노려봤으나 주강의 은밀한 지적을 받고 시선을 돌렸다.

소결은 창준을 만나면서 가슴이 두근거리고 있었다. 라스베가스에서 만난 이후 간혹 시간이 생길 때마다 창준의 모습을 떠올렸던 그녀였다.

물론 창준의 모습을 떠올렸던 건 그를 남몰래 사랑하게 되었다기보다 극적인 순간에 도움을 받았던 것부터 시작된 동경의 마음이 더욱 컸다.

이런 상황에서 주강에게서 창준이 지금 사귀는 사람은 있지만 뺏으면 된다는 말을 지속적으로 그녀에게 주입했다. 그 결과, 소결은 창준의 앞에서 두근거리는 심장을 감추기 위해 안간힘을 쏟고 있었다.

창준은 소결의 태도는 전혀 상관하지 않았다. 케이트가 있으니 다른 여자에게 관심을 쏟을 필요도 없었다. 만약 창준이 다른 여자에게 눈을 돌리는 사람이었으면 올리비아와 벌써 정분이 났을 테니까 말이다.

"아무튼 이렇게 와주셔서 정말 고마워요. 갑자기 요청했던 거라서 불편할 수 있었을 텐데요."

"공짜도 아닌데 뭐가 어떤가? 앞으로 중국의 국익에 이득이 되는 일이라면 아무리 내가 노구라고 하더라도 움직여야지."

주강을 미국으로 불러들이면서 창준은 그에게 약속을 하나 했다. 이번에 포션을 만든 것처럼 다음에 만드는 물품에 대하여 중국과 협력하겠다는 단순한 약속이었다.

세상일이라는 게 사람의 마음대로 풀리는 것은 아니다. 그렇기에 창준이 만드는 다음 물건이 포션처럼 세상에 큰 영향을 미치지 않을 수 있다.

그런데도 어떤 걸 만들지 논의하지 않은 상태에서 창준의 요청에 응한 건 두 가지 때문이었다. 첫 번째는 당연히 포션을 만든 것만 보더라도 다음에 만드는 것이 허접하지는 않을 것이라는 사실이었고, 두 번째는 창준의 역량을 높이 사고 있었기 때문이다.

한마디로 중국과 주강은 창준이라는 사람을 대단히 높이 평가하고 있었다.

"그래서 무슨 일인지 얘기를 해줘야지? 얼마나 대단한 일이기에 제대로 내용도 말하지 않았는지 궁금하군."

"상황이 매우 심각해요. 심각한 상황이 아니었으면 주대인만 오시라고 얘기하지는 않았겠지요."

"대체 얼마나 심각한 내용이길래…설마 세계적인 위협인 상황인가? 하하!"

마지막 말은 농담이었다. 그렇지만 그의 말에 얼굴이 굳은 창준을 보니 이렇게 웃을 상황이 아닌 것 같다는 생각도 들었다.

"…진짜 그 정도인가?"

"아마도요."

점점 얼굴이 굳어가는 세 사람을 보며 깊은 한숨을 내쉰 창준은 유전자 변형 마약을 만든 흑마법사의 얘기부터 앞으로 벌어질지 모르는 위험 상황까지, 설명에 들어갔다.

깊은 설명이 필요한 얘기는 아니었다. 핵심만 말한다고 하더라도 얼마나 상황이 심각한지 알 수 있는 상황이었으니까 말이다.

창준의 강력한 요청을 들었을 때부터 쉽지 않은 일일 것이라 생각은 했었다. 이미 창준의 능력을 어느 정도 짐작하고 있던 주강이었기에 그가 자신을 불렀을 정도면 능력으로 해결하기 힘든 일이거나 정말 위험한 일일 것이라 짐작했던 것이다.

하지만 그렇다고 하더라도 세상의 안전을 논하는 그런

일일 거라고는 전혀 짐작도 하지 못했다. 창준의 말이 사실이라면 이대로 뒤로 물러서는 건 있을 수 없는 일이었다.

주강은 창준의 말을 모두 듣고는 잠시 아무런 말을 하지 않았다.

사실 중국 국가안전부에서도 근래 암중에서 무슨 일이 벌어지고 있다는 건 파악하고 있었다. 유전자 변형 마약은 당연했고, 영국에서 발생하여 런던에서 난리를 부렸던 괴물도 있었으니까 말이다.

하지만 그렇다고 이 정도로 세계를 들먹일 정도의 위기인지는 납득할 수 없었다. 비록 흑마법사 정도는 아니지만, 지금까지 역사가 흐르며 드러나지 않은 악당들은 생각보다 많았으니까.

"자네가 하는 말은 이해했네. 그러니까 흑마법사라는 놈들이 있고 런던에서 나타난 괴물과 유전자 변형 마약을 만든 놈들이라는 것인데… 과연 그놈들이 자네의 말처럼 우리가 미국에서 일어나는 일에 참가해야 할 정도로 위험한 놈들인지는 모르겠군."

"지금까지 흑마법사에 대해서 드러난 사실은 일부일 뿐입니다. 지금 그들이 하는 짓만 하더라도 심각한 문제를 야기하고 있지만, 저는 아직 그들의 최종 목표는 말하지도 않았어요."

"최종 목표? 그게 뭐지?"

"언제나 그랬듯이 흑마법사의 최종 목표는… 새로운 신의 강림. 즉, 우리들에게는 악신(惡神)이라고 부르는 존재입니다."

정확하게는 악신이 아니라 마신이다. 아스란이 남긴 자료에 따르면 마신에게 힘을 빌려 쓰는 존재가 흑마법사고, 그들의 목적은 신의 강림이라고 한다. 아직까지 마신이 직접적으로 강림한 적은 없으나 마신의 수하인 마족이 강림하는 것만으로도 아스란의 세계에서 국가 하나가 통째로 날아간 적이 있었다.

"그들이 소환하려는 악신은 말 그대로 신입니다."

"…신이라고?"

"네, 사람이 인력으로 어떻게 할 수준이 아니라고요. 간단히 말하면, 세상에 있는 모든 능력자와 군대가 힘을 합쳐 싸워도 일수에 사라질 정도라고 보면 됩니다. 흑마법사가 소환하려는 존재는… 신이니까요."

주강은 창준의 말에 잠시 침묵을 지켰다. 그건 놀랐기 때문이 아니었다.

'이 정도의 힘을 갖고 있는 사람이 미친 건 아닐 테고……. 갑자기 힘이 늘어나면서 심마(心魔)에 빠졌나?'

믿을 수 없는 소리를 하고 있기 때문이었다.

아무리 사람들이 전설이라고 말하고 영화에서만 보던 것들이 현실에서도 존재한다고 하지만, 그렇다고 신을 들먹이는 것은 어디서부터 이해를 해야 할지 알 수 없었다.

주강은 깊게 한숨을 내쉬었다.

"후우… 이보게, 일단 자네의 말이 믿기지 않는다는 걸 너무 서운하게 생각하지 말게."

"…대충 이해는 합니다. 아마 제가 주 대인이라고 하더라도 믿기 힘들었을 테니까요."

그렇다. 창준이 다른 사람들에게 흑마법사가 얼마나 위험한 존재인지 끝까지 말하지 않았던 이유가 바로 이것이었다.

그렇지만 이제는 흑마법사를 두고 볼 수 없었다. 호문클루스를 만남으로써 7서클 흑마법사가 존재한다는 사실을 알고 있었다.

창준은 흑마법사가 마신을 소환할 수 있는 수준이 어떻게 되는지, 방법은 무엇인지 알지 못했다. 그것에 대해서는 아스란이 남긴 자료에도 없었으니까 말이다.

하지만 이대로 암중에 숨어 있는 흑마법사에게 끌려가면 안 된다는 걸 영국에서 죽을 뻔하면서도 절실히 느꼈다. 어차피 흑마법사가 노리는 게 무엇이든 세상에 도움이 되지 않을 것은 당연했고, 그들과 자신은 대척점에 서 있었으니까.

주강은 이런 창준을 보며 입을 열었다.

"그렇지? 그럼 하나만 물어보도록 하지. 그 대답 여부에 따라 내가 움직일지, 아니면 본국으로 돌아갈지가 결정될 거네."

"그게 뭡니까?"

"자네가 말한 것에 대한… 증거는 있나?"

CHAPTER
03
두 번째 보험

해리 부국장은 초조한 얼굴로 자신의 집무실 책상에 앉아 있었다. 무언가를 기다리는 듯 그의 시선은 책상에 놓인 전화기와 자신의 휴대폰만 번갈아 바라보고만 있었다.

'…너무 늦어!'

입매를 비틀어 올린 해리 부국장은 짜증스러움에 이를 갈 뻔했다.

CDC의 다운스 국장이 죽은 이후, 해리 부국장은 CIA의 자원을 최대한 이용하여 페르낭과 주강, 두 사람이 미국으로 들어온 흔적이 있는지에 대해서 최대한 추적을 하라고 지시했다. 그의 생각으로는 다운스 국장을 처리할 수 있는 사람이 두 사람밖에 생각나지 않았기 때문이었다.

페르낭과 주강은 각각 프랑스와 중국에서 최고의 보안에 둘러싸인 사람들이다. 그렇기에 행적이 외부에 드러나는 일은 극히 드물다. 간혹 드러난다고 하더라도 이미 상황이 종료되어 그 자리를 떠난 이후에나 흔적을 잡고는 했다.

하지만 이곳은 미국이었다. 그러니 전 세계를 대상으로 그들을 추적하는 것에는 실패할 수 있겠지만, 그들의 홈그라운드인 이곳에서는 아주 작은 흔적만 있다고 하더라도 충분히 추적할 수 있다고 생각했다.

그리고 그건 해리 부국장의 생각이 맞았다. 그의 생각대로 한 사람의 흔적이 드러난 것이다.

연락을 받은 건, 추적하던 사람을 찾았다는 게 아니었다. 추적할 수 있을 정도의 흔적이 드러났다는 것이었다. 그렇기에 지금은 그 사람의 흔적을 확실하게 추적하여 위치를 찾는 중이었다.

그렇게 얼마나 기다렸을까. 드디어 전화기가 울렸다. 해리 부국장의 손이 눈에 보이지 않을 정도로 빨리 수화기를 들었다. 전화벨이 한 번을 채 울리기도 전이었다.

"해리 부국장이다. 식별 코드 FP의 위치를 찾았나?"

누군지 확인하지도 않았다. 어차피 지금처럼 늦은 시간에 기다리는 전화는 오직 하나뿐이었으니까 말이다.

—FP의 위치 확인 완료했습니다.

"현재 위치는?"

—워싱턴DC 세인트레지스호텔에서 흔적을 확인했습니다.

"세인트레지스?"

해리 부국장의 한쪽 눈썹이 추켜 올라갔다.

세인트레지스호텔은 워싱턴DC에 있는 최고급 5성급 호텔이었다. 아무리 페르낭이 대단한 명성을 가진 사람이고 돈에 구애받지 않는 삶을 살고 있다고는 하나 자신의 신분을 숨기고 들어와 그런 호텔에 머물고 있는 건 상식적으로 말이 되지 않았다.

"그… FP가 확실한가?"

—확실합니다.

"미안하지만 다시 한 번 묻겠네. FP… 아니 그 사람이 페르낭 바넬이 맞나?"

—정확합니다. 혹시 몰라서 CCTV에 찍힌 걸 가지고 대조 작업까지 마쳤습니다.

"후우……."

여전히 이해가 되는 상황은 아니었다. 하지만 그렇다고

가만있을 수도 없었다. 뭐가 어떻게 되었든 페르낭이 맞다면 신병을 확보하는 것이 중요했다.

"좋아, 지금 당장 그쪽으로 갈 테니 어디로 이동하지 않는지 확인하고 있도록 하게."

—알겠습니다.

전화를 끊은 해리 부국장이 바로 다른 곳에 전화를 걸었다.

"나 해리 부국장이다. 지금 당장 출동할 테니, CP1팀과 2팀을 준비시키도록 하라. 작전 통솔은 내가 직접 한다."

—라져.

짧은 답을 주고 전화가 끊기자 해리 부국장은 바로 집무실을 나섰다. 뭐가 어떻게 돌아가는 것인지는 모르지만 일단 페르낭을 잡을 시간이었다.

해리 부국장이 세인트레지스호텔에 도착했을 때는 제법 시간이 흐른 뒤였다. 페르낭의 위치를 확인하고 바로 출발하기는 했으나 애초에 해리 부국장이 출발한 곳이 랭글리에 있는 CIA 청사였으니 어쩔 수 없었다.

고풍스럽게 생긴 세인트레지스호텔로 검은색 SUV 두 대가 도착했고 사람들의 이목을 피해 지하 주차장으로 조용히 들어왔다.

SUV가 멈추고 차량에서 해리 부국장을 비롯하여 여덟 사람이 추가로 내렸다. 여덟 사람은 각각 4명씩 CP1, 2팀이었는데 지금처럼 타국의 능력자들이 미국에서 나타났을 때 제압하는 역할을 하는 요원이었다. 즉, 미국에 존재하는 능력자들 중에서도 뛰어난 능력자들이라고 할 수 있었다.

해리 부국장이 굳은 얼굴로 이동하자 여덟 명의 요원은 그의 뒤를 따라서 조용히 걸어갔다.

페르낭은 세인트레지스호텔이라는 곳에 머무는 것만이 아니라 현재 이 호텔에서 가장 비싸다는 스위트룸에 머물고 있었다.

'대체 무슨 생각이지?'

엘리베이터를 타고 페르낭이 있는 스위트룸으로 올라가는 동안 해리 부국장의 뇌리에는 상식적으로 이해가 되지 않는 페르낭의 행보에 강한 의구심을 갖고 있었다.

프랑스의 정보기관은 해외안전총국(DGSE)과 중앙국내정보청(DCRI)으로 나뉜다. 그중 페르낭이 소속된 곳은 중앙국내정보청이다. 비록 이번 영국에서 있었던 일처럼 타국의 요청이 있으면 방문을 하기도 하지만 페르낭의 소속은 엄밀히 중앙국내정보청이다.

중앙국내정보청 소속이라는 말은 외부적으로 활동을 하

지 않고 국내 활동에만 집중한다는 말과 같다.

페르낭의 위치는 애틀랜타였다. 그리고 그곳에서 다운스 국장이 마법을 사용하는 의문의 남자에게 살해를 당했다. 해리 부국장만 알고 있는 사실이지만, 다운스 국장을 죽일 수 있는 능력을 가진 사람은 페르낭 정도였다.

밝혀진 내용들만 보면 페르낭은 다운스 국장을 살해한 제일 유력한 용의자라 할 수 있었다.

그런데 의혹이 너무 많았다.

프랑스 국내에서만 활동한다는 중앙국내정보청 소속의 페르낭이 왜 타국인 미국에서 다운스 국장을 살해했는지, 워싱턴DC에는 왜 왔으며, 자신을 감추는 것이 아니라 이렇게 한껏 드러내고 있는지 등 모든 것을 알 수 없었다.

'다운스 국장이 유전자 변형 마약을 만든 사람이라는 걸 알아냈던 걸까?'

의심은 해봤으나 아직까진 프랑스로 정보가 흘러나갔다는 아무런 증거도 없었다. 결국 동기가 불분명하다는 말이다.

'일단… 잡고 보자.'

엘리베이터 문이 열리자 눈에서 의혹을 지운 해리 부국장은 페르낭이 있는 객실로 성큼성큼 걸어가 문 앞에서 기다리고 있던 요원에게서 키를 받아 문을 열고 들어갔다.

페르낭이 있었다. 그것도 마치 해리 부국장을 기다리고 있었다는 듯, 소파에 여유롭게 앉아 있는 모습으로 들어오는 해리 부국장을 보며 가볍게 손을 들었다.

"여어… 오랜만이군."

해리 부국장의 얼굴이 험악하게 변했다. 원래 약간 험악한 얼굴이었던 해리 부국장이 작정하고 인상을 쓰니 상당히 살벌했다.

"페르낭……."

"그 얼굴은 여전하군. 얼굴 좀 펴 봐. 겁나서 심장에 무리가 오겠어."

해리 부국장은 페르낭의 말에 대답을 하는 대신 뒤에 있는 요원들에게 눈짓을 했다. 신호를 받은 요원들이 객실로 들어와 페르낭의 뒤에 늘어섰다. 당장이라도 명령이 내려지면 공격할 것처럼 투기를 숨기지 않았다.

"흠… 하여간 CIA 놈들은 일반 요원이나 특수 요원이나 전투적이군. 왜, 수틀리면 여기서 나를 죽이려고?"

"못 할 것 같나?"

"아니, 그럴 수 있을 것 같아서 말이지."

해리 부국장은 페르낭의 앞으로 걸어와 단도직입적으로 말했다.

"우리와 같이 가줘야겠다."

"내가 왜?"

"거부할 권리는 없다."

"요즘 CIA는 죄 없는 사람을 이렇게 함부로 납치하듯이 데리고 가나? 내가 죄를 지었으면 영장을 가져와. 그러면 얌전히 같이 움직여 주지."

쿵!

해리 부국장의 두 손이 앞에 있던 탁자를 내리쳤다. 딱히 부서지지는 않았지만, 해리 부국장의 몸에서 더욱 강렬한 위압감이 흘러나왔다.

"우리가 사는 세계에서 영장이란 게 언제부터 필요했나? 어차피 네놈도 우리에게 행적이 발각되면 이 꼴이 나는 걸 빤히 알고 있었을 텐데. 억울하면 미국으로 들어오지를 말았어야지."

"허허! 누가 보면 냉전시대 소련 스파이를 대하는 걸로 오해하겠군. 뭔가 착각하는 것 아닌가? 미국과 프랑스는 동맹 관계야. 이렇게 위협한다고 해결될 일도 아니고. 거기다가 나는 조금 뒤부터 스케줄이 있어서 말이야."

"개소리 집어치워. 동맹 관계로 대우를 받고 싶었으면 애초에 다운스 국장을 죽이지 말았어야지."

"다운스? 그게 누구지? 아… 만나본 적은 없지만, 들어본 적이 있군. CDC의 국장이던가?"

페르낭은 여전히 여유로운 태도로 답했다. 그리고 그의 모습에서는 다운스 국장에 대해서 전혀 모른다는 뉘앙스가 강했다.

해리 부국장은 페르낭의 태도에 끌려갈 생각이 없었다.

"네가 순순히 우리를 따라오지 않는다면 강압적으로 데리고 갈 수밖에 없다."

"호오… 그러면 이곳이 꽤나 시끄럽게 되겠군."

페르낭의 뒤에 서 있던 요원들이 한 발짝 더 다가왔다. 당장이라도 해리 부국장의 말에 손을 쓸 것 같은 모양새였다.

뒤에서 요원들이 다가오는 걸 느꼈는지 페르낭의 눈빛이 슬슬 변해가던 그때, 갑자기 객실 밖에서 소란스러운 소리가 들려왔다. 누군가 실랑이를 벌이는지 고함마저도 들리고 있었다.

"대체 뭐야?"

해리 부국장이 짜증스러운 얼굴로 요원에게 눈짓을 하려고 하자 페르낭이 먼저 말하는 소리가 들렸다.

"내 손님이 온 것 같은데, 들여보내는 게 좋을걸?"

"지금 이 상황에서 네 일행이 들어오면… 같이 처리될 것 같다는 생각이 들지는 않나?"

"그럴 수도 있겠지. 그럴 능력도 충분하고. 하지만 말이야, 사람이 우리와 같은 능력이 있어야만 상대할 수 있는 건 아니잖아."

"…뭐?"

해리 부국장이 미간에 금을 만들며 반문했을 때, 객실 문이 부서질 듯 벌컥 열리며 몇 명의 사람이 들어왔다. 그들의 얼굴은 잔뜩 일그러져 붉게 달아오른 모습이 엄청나게 분노한 것을 느낄 수 있었다.

"이게 대체 뭐 하는 짓이오!"

버럭 소리를 지른 사람은 가장 앞에 서 있던 50대로 보이는 남자였다. 정장을 입고 얼굴에는 연륜이 묻어 나오는 모습이 절대 무시할 만한 사람처럼 보이지는 않았다.

해리 부국장이 앞으로 나섰다.

"지금 공무집행 중입니다. 관계자가 아니시면 물러서는 게 좋을 겁니다."

"공무집행? 무슨 공무집행이란 말이오? 아니, 애초에 당신이 누군데 여기서 공무집행을 한다고 하는 거지?"

"그 사람은 CIA의 부국장인 해리 테넌입니다."

대답은 소파에 앉아 있던 페르낭이 했다. 그것을 들은 남자가 인상을 더욱 찌푸리며 말했다.

"CIA가 여기에 무슨 공무집행을 한다는 말이오? 당신들은 내국에서 발생하는 일에 대한 작전권이 없을 텐데."

남자의 말에 해리 부국장의 얼굴이 딱딱하게 변하며 얼굴이 굳었다.

영화에서는 CIA가 자국에서 발생한 일에 참여하는 일이 많이 발생하기는 하지만, 사실 CIA는 자국에서 일어나는 일에 참여할 수 없다. 미국 내에서 일어나는 일에 관여하려면 모두 FBI와 NSA의 통제를 받아야 한다.

물론 이건 알려진 사실로만 그렇고, CIA가 자국에서 전혀 작전을 펼치지 않는 건 아니다. 들키지만 않으면 되는 일이니까 말이다.

"당신은 누구십니까?"

"쯧쯧… CIA 부국장이라는 위치에 있으면서 주요 명사의 얼굴도 모르면 되나? 로망 프랑츠 프랑스 대사님이시지 않나."

마치 놀리는 것처럼 말하는 페르낭의 말에 해리 부국장의 얼굴이 와락 일그러졌다.

아무리 CIA의 부국장이라고 하더라도 외국, 정확히는 동맹국에서 파견한 외교 사절의 최고 계급인 대사를 함부로 대할 수 없었다. 특히 외교관들은 면책 특권을 갖고 있기에 신병을 구속할 수도 없다.

지금 해리 부국장이 페르낭을 어떻게든 구속하여 끌고 간다면 페르낭이 CIA에 도착하기도 전에 대통령에게서 연락이 올지도 몰랐다.

"페르낭 바넬은 지금 아주 큰 문제로 인한 혐의를 갖고 있습니다."

"무슨 혐의를 말하는 거요?"

"그는 애틀랜타에서 발생한 CDC의 다운스 국장을 살해했다는 혐의를 받고 있습니다."

"허… 지금 그게 말이 된다고 생각하는 것이오? 이보시오, 해리 부국장. 미스터 바넬은 애틀랜타부터 이곳 워싱턴DC까지 나와 함께 움직이고 있었소. 특히 다운스 국장이라는 사람이 죽임을 당한 시간에는 내가 주최한 파티에 참석하고 있었다는 말이오!"

로망 프랑츠 대사의 말에 해리 부국장의 표정이 당황한 표정으로 소리쳤다.

"그, 그럴 리가 없습니다! 지금까지 확인된 바로는 페르낭 바넬만이 유력한 용의자로 내세울 수밖에 없는 이유가……."

"그게 무슨 소용이오? 그 시간에 파티에 참석하고 있어서 용의자 선정 자체가 성립되지 않는다는데!"

"…지금 하시는 말씀을 책임질 수 있습니까?"

"그러는 부국장은 책임질 수 있소? 미스터 바넬이 그 파티에 있었다는 증인은 족히 열 명은 넘어갈 텐데?"

해리 부국장의 얼굴이 와락 일그러졌다.

'그렇다면 누가…….'

그때 해리 부국장의 눈에 미묘한 표정으로 웃고 있는 페르낭의 모습이 들어왔다. 그리고 본능적으로 느꼈다.

'함정이구나!'

페르낭은 그런 해리 부국장에게 웃으며 말했다.

"아무래도 사람을 잘못 찾은 것이 맞는 것 같은데… 이만 가주는 게 어떻겠나? 보다시피 나는 이제 대사님과 긴히 할 얘기가 있어서 말이야. 아니면 아직도 나를 CIA로 잡아가고 싶은 건가?"

으드득!

해리 부국장은 이빨을 소리가 나도록 갈았다. 이유는 알 수 없으나 지금 이 상황은 페르낭이 만든 작품이란 걸 눈치챘기 때문이었다.

"…이만 철수한다."

해리 부국장의 말이 떨어지자 페르낭의 뒤에 서 있던 요원들이 객실을 빠져나가기 시작했다.

요원들이 모두 밖으로 나가고 뒤이어 객실을 떠나던 해리 부국장의 귀에 로망 프랑츠 대사의 목소리가 들려왔다.

"이번 외교적 결례에 대해서는 절대로 그냥 넘어가지 않을 것이니 기대해도 좋소."

얼굴이 악귀처럼 일그러진 해리 부국장은 대꾸를 하지 않고 엘리베이터에 몸을 실었다. 페르낭는 그런 해리 부국장의 뒷모습을 즐기듯이 바라보기만 할 뿐이었다.

* * *

포토맥 강 옆에 자리한 CIA 청사는 숲 한가운데 위치하고 있어서 시민들이 살고 있는 곳에서 격리되어 있는 것처럼 생겼다.

CIA 청사 주위에 있는 숲은 평범했지만, 사실은 침입자를 감지하기 위한 온갖 첨단장비가 설치되어 있는 것은 당연했다.

창준과 주강은 CIA에서 나오는 세 군데 입구 중에서 북쪽에 있는 입구 근처에 자리를 잡고 몸을 숨기고 있었다.

아무런 대화도 없이 조용히 어둠 속에 몸을 숨기고 있던 창준은 CIA 청사에서 SUV 두 대가 빠져나오는 것을 보고 주강에게 말했다.

"이제야 나오네요. 슬슬 시간이 된 것 같습니다."

"저 차량에 해리 부국장이 타고 있다는 말인가?"

"아마도요. 지금쯤이면 해리 부국장이 나올 것으로 예정되어 있었거든요."

"아니면 어떻게 하려고? 확인해 보는 게 좋지 않아?"

해리 부국장이 탄 차량을 향해 마나를 움직여 확인하기만 하면 확실하기는 하다. 하지만 창준은 고개를 저었다.

"만약 그가 7서클 흑마법사라면 제가 확인하는 것이든, 아니면 주 대인이 확인하는 것이든 감지를 할 겁니다."

"확인도 제대로 안 하고 들어갔는데 해리 부국장이 CIA 청사를 떠나지 않았으면 어떻게 하려고? 너무 대담하게 작전을 짜는 것 아닌가?"

"도망가야겠죠. 너무 걱정하지는 마세요. 주 대인이 무사히 도망갈 수 있도록 확실히 시선을 끌 수 있으니까요."

"쯧… 내가 도망갈 자신이 없어서 이러는 것 같나?"

약간 심통이 난 듯한 주강의 말에 창준은 웃어 보이며 말했다.

"그렇지는 않죠. 그래도 정체가 드러나면 문제가 있잖아요. 저는 어차피 해리 부국장이 주목하는 사람이라서 걸려도 상관없거든요."

CIA는 전 세계에서 손가락에 꼽는 정보기관이다. 그런 곳에 정체를 들켜도 괜찮다고 말하는 창준이 대담한 건지, 아니면 아무런 생각이 없는 건지 헷갈리는 주강이었다.

"빨리 움직이자고요. 시간이 넉넉하기는 하지만, 들어

갔다가 어떤 문제가 생길지도 모르잖아요."

"쩝… 할 수 없군."

창준의 재촉에 주강이 입맛을 다시며 창준을 따라 일어났다.

"그런데 어떻게 들어갈 건가? 아는지 모르겠지만, 저 앞에 있는 숲은 그냥 숲이 아니야. 온갖 감지 장비들이 있다고."

"숲으로는 안 가요."

"그럼 날아가려고? 너희 마법사들은 하늘을 날아다니고 모습을 투명하게 하던데… 아마도 CIA에서는 적외선 감지 카메라도 있을걸. 날아서 들어가다가 오히려 집중 포화를 맞을 수 있어."

주강의 말에 창준은 웃으며 말했다.

"원래 상식이 통하지 않는 게 마법이라는 거라고요."

적외선 감지 카메라는 이미 예상을 하고 있던 바였다. 바로 얼마 전 다운스 국장과 싸울 때만 하더라도 능력자들이 기묘한 안경으로 창준을 알아차리지 않았던가.

그 이후로 창준은 고민을 했다. 전투를 하게 되었을 때는 사용하지 못하더라도 최소한 지금처럼 잠입할 때, 그들의 눈을 피하는 법을 말이다.

그리고 어차피 높은 서클의 마법이 아니었기 때문인지

성과는 있었다.

창준은 가장 먼저 투명화 마법을 사용해 자신과 주강의 모습을 감췄다. 그러곤 인지 장애를 일으키는 마법을 쓰고 실드 마법으로 몸을 두른 다음 냉각 마법으로 온도를 주변과 맞췄다.

저 서클 마법이기는 하나 이렇게 몇 가지 마법을 동시에 사용하는 걸 페르낭이 봤으면 혀를 내둘렀을 것이다.

플라이 마법으로 몸을 띄운 창준은 천천히 날아올라 CIA 청사를 향해 날아갔다. 주강은 창준의 마법으로 하늘을 날아가자 흥미로운 눈으로 주변을 둘러봤다.

"역시 마법은 꽤나 재미있네."

"주 대인의 힘에 비하면 잔재주일 뿐인데요."

"이런 잔재주라면 국가안전부에서 어떻게든 모시려고 난리일걸. 그러니까 중국으로 귀화를 한다거나… 아니면 우리 소결이랑 결혼을 하는 건……."

"여기서 주 대인을 떨어뜨리면 곤란하겠죠? 어쩐지 실수해서 주 대인을 떨어뜨릴 것 같은데……."

"아, 아니네. 그냥 한번 해본 소리일 뿐이야. 허허허!"

주강의 입을 틀어막은 창준은 하늘을 날아 추적 마법이 아직 남아 있는 해리 부국장의 집무실을 향했다. 해리 부국장의 집무실 창문은 열리는 게 아니었다.

"이건 내가 자르지."

주강은 손가락 하나를 폈다. 그러자 그의 손가락 끝에 마나가 몰리더니 손가락에서 두 마디 정도 되는 오러가 튀어나왔다. 집무실 장문은 방탄까지 되어 튼튼했지만, 오러는 마치 두부를 가르는 예리한 칼처럼 거침없이 궤적을 그렸다.

주강이 허리를 숙이면 들어갈 수 있을 정도로 큼직한 구멍을 내자 창준이 먼저 집무실로 들어갔다.

창준의 뒤를 따라서 안으로 들어가던 주강이 집무실 책상에 놓인 컴퓨터를 보고 물었다.

"그런데 컴퓨터는 잘 쓰나?"

"컴퓨터는 왜요?"

"해리 부국장이 숨겨 놓은 진실을 찾으려고 여기까지 온 거잖아. 그러면 당연히 컴퓨터에 숨겨져 있던 게 아니었나?"

"해리 부국장은 흑마법사라고요. 컴퓨터에 중요한 정보를 숨겨놨을 리가 없잖아요. 애초에 컴퓨터는 실력이 뛰어난 해커를 만나면 무방비가 되니까요."

"그러면?"

"당연히 흑마법으로 숨겨놨겠죠. 그렇지 않아도 집무실에 들어오자마자 뭔가 숨겨진 걸 느꼈는데요."

창준의 말에 주강의 눈썹이 꿈틀거렸다. 주강은 집무실에 들어오면서 느낀 것이 없었다. 몸에 있는 마나를 움직여 집무실을 훑어보니 아주아주 작게 느껴지는 게 있기는 했다. 그 크기가 얼마나 미약했는지 주강이라고 해도 무시하고 지나쳤을 정도였다.

'흠… 이곳에 해리 부국장이 숨긴 것이 있을 거라고 했을 때는 CIA가 그걸 눈치채지 못할 정도로 멍청하지는 않을 거라고 생각했었는데… 이 정도면 이곳에서 눈치챌 사람이 단 한 명도 없겠군.'

그사이 창준은 집무실을 예리한 눈으로 둘러보더니 머리 위를 올려다봤다. 다른 사람에게는 보이지 않겠지만, 창준은 머리 위에 있는 마법진이 눈에 보였다.

'감각을 속이는 마법진이네.'

굳이 해결할 필요가 없는 마법진이라 생각되었다. 만약 이것이 마기를 막아주고 있는 거라면, 이 마법진을 해결하는 순간 CIA에 있는 능력자들이 이곳으로 몰려올 거라는 말이 될 테니까 말이다.

창준이 다시 집무실을 훑었고, 그의 눈에 세 가지 마법진이 추가로 들어왔다.

'하나는 단순한 알람 마법진이네. 하나는 현혹 마법진이고, 나머지 하나는… 오! 이건 저주 마법진인데.'

저주 마법진은 제법 고위의 마법진이었다. 7서클까지는 아니지만 5서클은 족히 되는 마법진으로, 손을 대면 정신 착란을 일으키다가 자살하게 만드는 효과를 가지고 있었다.

일반적으로는 위험하다고 할 수 있는 마법진인 건 틀림없는 사실이었지만, 창준이 두 마법진을 무력화시키는 데는 5분이면 충분했다.

"두 개는 해체했고, 하나 남았어요. 위험한 것들은 처리했으니, 남은 하나를 해체하면 해리 부국장이 숨겨놨던 걸 볼 수 있을 겁니다."

"흐음… 이것만 봐도 자네의 말처럼 해리 부국장이 흑마법사라는 건 알겠군."

"그래요?"

"미국의 능력자가 유럽의 마법사들이나 사용할 기술을 쓰고 있는데 당연한 얘기지."

듣고 보니 주강의 말이 맞았다. 하지만 그렇다고 여기서 물러날 것은 아니었다. 적어도 해리 부국장이 뭔가 수상한 구석이 있다는 확고한 증거를 얻을 수 있다면 금상첨화였으니 말이다.

현혹 마법진을 해체하기 직전 창준이 말했다.

"이제 숨기고 있던 게 드러날 겁니다. 뭐가 나올지 기대하세요.”

“이미 기다리고 있으니 어서 하게.”

“그럼…….”

창준이 마법진을 해체하자 집무실 전체가 약간 일렁이는 느낌이 들더니 집무실 구석에 튼튼해 보이는 작은 금고 하나가 나타났다. 금고에는 별다른 마법진이 없었다.

“언락.”

철컹!

마법을 사용하자 금고가 열리는 소리가 들렸다. 그리고 창준이 금고를 열어 안에 뭐가 들었는지 확인했다.

“뭔가? 뭐가 있는 건가? CIA 비밀 서류가 있는 건가, 아니면 자네 말대로 흑마법사에 대한 자료가 있는 건가?”

“…….”

“왜 대답이 없어?”

창준은 금고로 손을 집어넣어 작은 병을 꺼냈다. 병에는 기묘하게 생긴 사람 손톱만 한 식물 씨앗이 10여 개가 들어 있을 뿐이었다.

“씨앗이잖아. 설마… 그게 전부라는 건 아니겠지?”

“…이것밖에 없습니다.”

“…완전히 허탕이었군.”

CIA 부국장이 흑마법사라고 하기에 주장은 뭔가 대단한 것이 나오지 않을까 생각했었다. 그런데 이렇게 거창하게 온갖 마법진으로 숨겨놓은 곳에서 겨우 씨앗밖에 나오지 않으니 실망하지 않을 수 없었다.

"설마 우리가 온다는 걸 눈치채고 조롱하기 위해서 일부러 이딴 것만 넣어놓은 건가?"

"그게 아니에요. 우리는 해리 부국장이 그토록 숨기고 싶었던, 그리고 그의 소중한 걸 손에 넣은 겁니다."

"엥? 그게 무슨 말인가? 이 작은 씨앗들이 그렇게 중요한 거라는 건가?"

"그렇죠. 그리고 그가 흑마법사라는 결정적인 증거 중에 하나고요."

금고에서 나온 씨앗. 일명 복종의 씨앗이라 불리는 물건이었다. 마나를 다루지 못하는 사람이라고 하더라도 이것을 복용하면 4서클 흑마법 하나를 사용할 수 있도록 해주는 효용을 가지고 있었다.

대신 이름처럼 지정된 사람에게 맹목적으로 복종하도록 만들고, 죽음에 이를 정도로 큰 부상을 입으면 괴물로 변하여 폭주하게 되는 물건이었다.

창준은 이것의 이름이 복종의 씨앗이라는 것도 몰랐고, 이것을 어떻게 사용하는지도 몰랐다. 하지만 씨앗에서 흘러나오는 음습한 마기는 이 씨앗이 절대로 평범한 물건이 아니라고 외치고 있었다.

대략적인 설명을 들은 주강은 약간 미심쩍다는 눈으로 씨앗을 바라봤다.

"이게 증거라……."

"그렇다니까요!"

"솔직히 이렇게 봐서는 알 수 없지만, 자네의 말이 맞다고 하더라도 이것 가지고는 해리 부국장이 실각하도록 만들 수준은 아닌 것 같군."

"그건! 음… 그러네요."

반발하려던 창준이 이내 곤란한 목소리로 대답했다.

일단 해리 부국장을 CIA든지, 아니면 어디든지 고소하려면 이 씨앗에 대한 조사에 들어가야 했다.

창준이 알아서 분석한 결과는 믿지 않을 것이고, 미국에서 스스로 조사를 하면 흑마법을 모르는 상황이기에 시간이 오래 걸릴 것이다. 그리고 시간이 오래 걸리면 어떤 방식으로든 해리 부국장이 빠져나갈 방법을 찾을 수 있을 거라 생각되었다.

뭐가 어떻든 해리 부국장은 미국의 능력자들 중에서 가장 강한 능력을 갖고 있다고 알려져 있기도 했고, CIA 부국장이라는 높은 직책에 있었으니까.

"일단은 나가도록 하죠. 이것이 그에게 얼마나 가치가

있는 것인지는 나중에 조사를 해보면 되겠고, 괜히 너무 오래 시간을 끌면 만나고 싶지 않은 놈들을 만날 수도 있으니까요."

창준의 말에는 주강도 동의했다. 이곳에서는 얻을 수 있는 것들을 모두 얻은 느낌이었다. 해리 부국장이 창준의 말대로 뭔가 구린 구석이 있다는 것도 확인했고, 지금 얻은 씨앗은 확인해 보면 되는 일이다.

다행히 창준은 흑마법사에 대해서 많은 걸 알고 있는 것 같았다. 그리고 마법을 이용해서 포션과 같은 것을 만들 정도로 뛰어난 실력을 가진 사람이다. 그러니 이 씨앗을 확인하는 것도 그리 오래 걸리지는 않을 거라고 생각되었다.

집무실을 빠져나가려던 창준은 문득 장난스러운 미소를 짓더니 해리 부국장의 책상에 있던 종이 하나를 가져다 뭐라고 적어서 금고에 집어넣었다. 그러곤 해체했던 마법진을 다시 구동시켰다.

'어쩌면 해리 부국장을 끌어내는 것이 쉬워질 수 있겠는데?'

그러곤 키득거리며 주강을 따라 창문을 빠져나온 창준은 뚫렸던 창문을 다시 원상복귀시킨 것처럼 보이도록 환영 마법진을 창틀에 새겨 발동시켰다.

두 사람이 떠난 집무실은 처음 해리 부국장이 나갈 때와 완전히 똑같았다.

쾅!

"젠장! 빌어먹을 스네일 이터(Snail Eater) 새끼들!"

집무실 문을 부술 듯이 박차고 들어온 해리 부국장은 손에 들고 있던 상의를 옷걸이를 향해 집어던지며 욕을 내뱉었다.

달팽이를 먹고 자라는 스네일 이터는 프랑스인을 욕하는 대표적인 것들 중 하나였다. 인종차별로 비칠 수 있기에 이런 욕을 자제하는 해리 부국장이었는데도 지금은 도저히 욕을 참을 수 없었다.

자신의 의자에 털썩 앉은 해리 부국장은 끓어오르는 분노를 진정시키며 페르낭에 대해서 냉정히 분석하려고 했다.

'대체 무슨 의도였을까? 그 자식의 말대로 다운스를 그 놈이 죽이지 않았다고 한다면… 왜 행적이 일치하는 거지? 그냥 우연?'

그런 생각을 떠올렸던 해리 부국장은 고개를 흔들었다.

해리 부국장은 운명론을 믿지 않는 사람이다. 그리고 그의 생각은 CIA에서 활동을 하면서 더 확고하게 변했다. 그가 하는 일 자체가 사람들이 우연이라 생각하게 만들고 이득을 취하는 일이었으니까 말이다.

'그렇다면… 페르낭은 최소한 어떤 형식으로든 다운스를 죽인 놈과 연계가 되어 있다고 생각해야 되겠군. 그렇다면 왜 이제야 모습을 드러낸 거지?'

페르낭은 성공적으로 미국에 밀입국했고, 효과적으로 자신의 행적을 감추고 있었다. 그런데 이제야 모습을 드러냈다는 건 분명히 노리는 게 있다는 증거였다.

머리가 지끈거리도록 생각을 해봤으나 어떠한 것도 떠오르지 않았다. 떠오른 것들은 모두 검증할 수 없는 가정에 불과했다.

'후우… 모르겠군. 어쩌면 내가 프랑스 대사를 통해 상부의 압박을 받도록 하려는 의도였을 수도 있겠지.'

그것이 목적이었다면 아주 훌륭했다. 로망 프랑츠 대사는 분명히 상부에 압박할 것이다. 그리고 어느 정도 해리 부국장의 입지가 흔들리기도 할 것이다. 비록 그 효과는 미미하겠지만 말이다.

짜증스러운 마음에 의자에 몸을 깊숙이 묻었을 때, 뭔가 묘한 느낌이 들었다. 그건 딱히 무언가가 작용했다든가 어떤 일이 일어난 것과는 다른 느낌이었다. 그저 스치듯이 지나쳐 버린 무언가가 머릿속에 떠오르려고 하는 것과 같은 느낌이었다.

그리고 그것이 무엇인지 깨달은 해리 부국장이 사색이 되어 벌떡 일어나 창문으로 다가갔다. 손을 내밀어 창문을 만지려고 했으나 그대로 통과가 되었다. 눈을 내리니 창틀에 새겨진 마법진이 보였다.

마법진을 지우자 멀쩡해 보였던 창문에 큼지막한 구멍이 나타났다.

"아… 아아……."

멍하니 그걸 보던 해리 부국장이 미친 듯이 설치되어 있던 마법진을 해체했다. 그러자 금고가 나타났고, 서둘러 금고를 열었다.

해리 부국장의 얼굴이 귀신처럼 변했다. 그리고 눈은 당장 뭐라도 튀어나올 것처럼 붉게 변해 악마처럼 보일 지경이었다.

떨리는 손으로 금고에 놓인 메모지를 들었다.

〈괴도 신사 아르센 뤼팽. 대가만 충분하면 돌려드리겠음.〉

메모지를 읽는 해리 부국장의 얼굴이 점점 딱딱하게 굳어가더니 이를 갈며 금고에 손을 댔다.

콰가가가각!

금고가 종이를 구기는 것처럼 찌그러지며 요란한 소리가 들렸다. 소리는 순식간에 사라졌고, 금고가 있던 자리에는 작은 쇳덩이 하나가 굴러다니고 있었다.

CHAPTER
04
해리 부국장의 힘

해리 부국장은 그날 이후로 워싱턴DC 외곽에 있는 자신의 집에서 더 이상 나가지 않았다. 명목상으로는 프랑스 대사로부터 항의가 들어왔고 자택에서 근신을 하며 자숙 중이라고 했으니 이상하게 바라보는 사람은 없었다.

하지만 그 이유가 아니라는 것을 아는 몇몇 사람이 있었다.

자신의 집에 박혀 나가지 않고 있는 해리 부국장은 거의 한숨도 자지 못하고 자신의 서재에 앉아 어딘가를 노려보고 있었다.

'연락이 올 거야. 그러면 씨앗을 훔쳐간 빌어먹을 프랑스 새끼를 만나서 살지도 죽지도 못하게 만들면 되는 거야.'

해리 부국장은 이 모든 일의 배후에는 페르낭이 있을 거라고 예상했다. 그건 페르낭이 모습을 드러내고 자신을 유인했던 것도 이유에 들어갔지만, 결정적으로 금고에 남아 있던 메모 때문이었다.

아르센 뤼팽은 프랑스의 추리소설 작가 모리스 르블랑이 만든 소설에 존재하는 가공의 인물이다. 그리고 설정에 따르면 아르센 뤼팽의 국적은 프랑스였다.

페르낭의 유인, 비워진 금고, 프랑스의 대표적인 소설 속 주인공까지 합쳐지니 이 모든 일의 배후에는 프랑스가 있다고 추측할 수밖에 없었다.

'과연… 연락이 올까?'

해리 부국장의 얼굴이 어두워졌다.

지금까지 모든 일을 예측하고 움직였던 해리 부국장이었는데도 이번에는 가늠이 되지 않았다. 페르낭이 자신을 노리는 이유가 흑마법사 때문이라면 이번에 손에 넣은 씨앗은 결정적인 증거가 되기도 한다. 그런데도 굳이 다시 팔 수 있다는 형식을 취한 이유가 뭔지 몰랐다.

'이번 일을 처리하지 못하고 밀러에게 들키면…….'

밀러 회장과 해리 부국장은 마스터의 양팔이었다. 그렇기에 더욱 마스터와 가까운 곳에서 머물기 위해 경쟁을 했고, 현재는 밀러 회장이 미세하게나마 앞서 있는 모양새였다.

마스터의 궁극적인 목표가 거의 완성되어 가는 이때에 씨앗을 분실한 사실을 밀러 회장이 알게 되면 그만큼 마스터에게서 신뢰를 잃게 될 것이다. 그렇기에 밀러 회장이 씨앗을 분실한 사실을 알아차리기 전에 얼른 원상 복구를 해야 했다.

'만약 씨앗을 가지고 압박이 들어올 것 같으면 미련 없이 발을 빼야겠지만…….'

띵동!

방문객을 알리는 벨소리가 울렸다. 문을 열어보니 8, 9살 정도 됐음 직한 남자아이가 서 있었다. 이 아이는 해리 부국장도 잘 알고 있는 아이였다.

"해리 아저씨, 안녕하세요!"

"알렌, 네가 무슨 일이냐."

동네 개구쟁이 중 하나인 알렌은 해리 부국장의 집에서도 장난을 치다가 혼난 적이 있었다. 그 이후로 이곳에는 오지 않던 아이였는데, 이렇게 나타나 벨을 누르고 기다리

다니 평소와는 다른 모습이었다.

알렌은 주머니에서 선불폰을 꺼내 해리 부국장에게 웃으며 내밀었다.

"이거 가져다드리래요."

느낌이 왔다. 아마도 금고에서 씨앗을 훔쳐간 사람일 것이다.

알렌이 내민 휴대폰을 받은 해리 부국장이 물었다.

"혹시 이걸 가져다주라는 사람이 어떻게 생겼는지 기억하니?"

"백인 아저씨였어요. 그리고 이걸 가져다주면 해리 아저씨가 과자를 주실 거라던데요. 가져왔으니까 이제 과자 주세요."

그러고는 잇몸을 보이며 웃어 보인다.

해리 부국장은 더 이상 물어보지 않고 몇 달러를 건네줬다. 집에 과자가 없기도 했고, 이런 것에 신경 쓰고 싶지 않았다.

'백인이라… 역시 프랑스? 아니면 유럽 연합이 공조한 건가?'

일단 백인이라면 몇 가지 가정이 날아간다. 그중에서도 페르낭을 봤으니 유럽에 무게감이 실리는 건 어쩔 수 없었다.

우우웅! 우우웅!

휴대폰이 진동했다. 잠시 그걸 바라보던 해리 부국장은 이내 전화를 받았다.

"해리 테넌이다."

—목소리를 듣는 건 처음이군.

묵직한 성인 남자의 목소리. 그리고 언어는 영어였다. 그것도 능숙한 미국식 영어.

'미국 사람이라는 말인가?'

쉽게 상상이 되지 않았다. 미국이라면 초능력을 가진 사람일 텐데, 초능력을 가지고 마법진을 파훼한다는 상상이 되지 않았으니까.

"네 이름은 뭐지?"

—내 소개는 이미 했던 것 같은데.

"아르센 뤼팽이 네 이름이라면 정신병원부터 가보라고 하고 싶군."

—그게 내 소개일 리가 없지. 그냥 말하기 싫다는 말이다. 병신도 아니고, 그걸 이해하지 못하나? CIA 부국장이라더니 생각보다 멍청하군.

"허……."

신랄하게 욕을 하는 사내의 목소리에 해리 부국장은 할 말을 잃었다. 하지만 그것도 잠시, 도둑이 오히려 욕을 던지는 상황에 머리끝까지 열이 솟구친 해리 부국장이 받은 걸 되돌려주려고 했다. 그러나 해리 부국장이 말하기 전에 사내가 먼저 말했다.

—쓸데없는 얘기는 집어치우고, 내가 얻은 물건을 구입할 의향이 있는지만 말해.

목으로 기어 올라오는 욕을 꾹꾹 누르고 대답했다.

"네가 가진 물건이 어떤 건지는 알고 있는 건가?"

—씨앗이지. 나한테는 하등 소용이 없지만, 네가 애지중지 숨겨놓은 걸 보면 너한테는 소중한 물건일 테고.

"…얼마를 원하는 거지?"

—씨앗이 모두 열세 개더군. 그러니 하나당 천만 달러로 해서 총 1억 3천만 달러를 가져와.

"뭐, 뭐? 1억 3천만 달러? 지금 제정신이야! 내가 그런 돈이 어디에 있다고!"

만약 밀러 회장에게 알려도 상관이 없다면 그 정도의 돈은 아무것도 아니다. 하지만 지금 상황에 해리 부국장에게는 그런 거금이 없었다.

—그걸 내가 걱정할 필요가 있을까? 네가 간절히 필요하면 어떻게 해서든지 가져오겠지. 왜, 필요 없나? 그러면 거래를 종료하도록 하지.

"잠깐!"

해리 부국장이 발작적으로 소리쳤다. 그리고 잠시 생각한 이후 말했다.

"돈을… 마련하기로 하지."

—잘 생각했어. 나도 겨우 씨앗밖에 없어서 네가 사주면 서로 윈윈이라고.

뻔뻔한 도둑의 태도는 해리 부국장이 이를 갈도록 만들었다.

"그러면 돈과 물건은 어떻게 교환하지?"

—서로 각자의 위치를 정해놓고 만나면 되겠지.

"무려 1억 3천만 달러가 걸린 일이다. 그걸 신뢰하지도 않는 상대를 믿으라는 말인가?"

—흐음… 그럼 어쩌다는 거지?

"직접 만나서 거래하기로 한다."

사내가 고민을 하는지 수화기 너머에서 잠시 침묵이 흘렀다.

—음… 그것도 나쁘지는 않은데, 일단 돈을 마련한 걸 확인해야겠어. 돈은 모두 현금으로 준비하고 일련 번호로 장난질도 사양이야. 돈을 구했으면 내가 알아볼 수 있도록 사진을 찍어서 연락을 하기로 하지.

"…그렇게 하지."

—돈을 구하는 시간은… 정확히 24시간을 주겠다.

"24시간? 너무 짧아!"

사내가 웃는 소리가 들렸다.

―그러면 지금부터 바쁘게 움직여.

말을 마친 사내가 전화를 끊어버렸다. 해리 부국장은 끓어오르는 화를 주체하지 못하고 선불폰을 던져버리려다가 겨우 참았다. 지금 들고 있는 선불폰이 없으면 연락할 수 없으니까 말이다.

'1억 3천만 달러…….'

구하려면 구할 수 있었다. CIA 내부에서 작전 공금 일부를 잠시 가지고 나오면 되는 일이니까. 하지만 이게 들키면 아무리 해리 부국장이라고 하더라도 치명타가 될 수 있다.

가져온 공금은 해리 부국장의 씨앗을 훔쳐간 건방진 도둑놈을 만나는 수단으로만 쓰고 도둑놈을 잡은 뒤에 다시 가져다놓으면 되는 일이기도 하다. 그것 때문에 직접 만나자고 했던 것이 아닌가.

'흠… 그건 그렇고, 진짜 도둑일 뿐일까?'

지금까지 하는 모습만 보면 확실히 도둑인 것 같기는 하다. 아직까지는 돈을 바라는 모습밖에 보이지 않았으니까.

한참을 고민하던 해리 부국장은 머리를 흔들며 복잡한 생각들을 날려 버렸다.

'아무려면 어때! 어차피 잡아서 족치면 되는 일이다.'

24시간이 남았기는 하나 다른 사람이 모르게 CIA 자금 1억 3천만 달러를 구하려면 지금부터 준비해야 했다.

*　　*　　*

1억 3천만 달러라는 막대한 금액을 현금으로 구하는 일은 결코 쉬운 일이 아니었다. 하다못해 현금이 아니라 수표라든지, 아니면 인터넷 뱅킹으로 넘기는 거라면 훨씬 수월했을 것이다.

뭐가 어떻게 되었든 돈은 구했다. 중간에 두어 번 이런 막대한 금액을 가져가는 걸 발각될 뻔했지만 무사히 넘어갈 수 있었다. 단, 오늘 밤이 지나고 내일 아침이 되면 분명 해리 부국장이 돈을 가져갔다는 걸 들킬 것이긴 했다.

'그래도 상관없지. 오늘 밤에 상황을 정리하고 내일은 아무런 문제도 일어나지 않을 테니까.'

전혀 긴장하는 마음도 없는 해리 부국장은 운전에 집중했다.

약속 장소는 랭글리에서도 멀리 떨어진 위치에 있는 깊은 숲 한가운데였다. 아마 좌표를 알려주지 않고 설명을 들었다면 절대 찾아가지 못했을 그런 장소 말이다.

생각보다 훨씬 먼 장소였기에 평소라면 짜증을 부리고 있겠지만, 지금 해리 부국장은 마음은 상당히 차분했다. 아니, 오히려 조금 기분 좋은 흥분감을 느끼고 있었다.

감히 자신을 꽤 곤란하게 만든 놈의 얼굴을 보고, 그 얼굴이 절망감으로 물드는 것과 고통에 일그러지는 꼴을 볼 거라 생각하니 기대감마저 느껴지는 중이었다.

자신의 힘에 대한 믿음이 굳건하여 역으로 자신이 패할지도 모른다는 생각은 조금도 없었다.

좌표로 알려준 장소는 숲의 한가운데였다. 숲이니만큼 차로 좌표 지점까지 들어갈 수는 없었다. 최대한 차로 이동할 수 있는 곳까지 간 이후에는 차에서 내려 어두운 숲을 걸어가야 했다. 현금이 가득 들어 있는 커다란 가방 두 개를 양손에 들고 이동해야 했기에 꽤나 힘든 시간이었다.

그렇게 고생을 해서 도착한 약속 장소는 울창한 숲에 어울리지 않는 제법 넓은 공터였다.

공터의 중앙에서 돈이 들어 있는 가방을 내려놓은 해리 부국장이 주변을 둘러봤다. 사방이 온통 어둠에 잠겨 있기는 하나 인기척이 느껴지지는 않았다.

'아직 도착하지 않은 건가?'

그럴 것 같지는 않았다. 약속 시간을 잡은 것도 상대방이고, 지금은 약속 시간에 거의 근접한 시간이었으니까 말이다.

차라리 무언가 확인하기 위해서 일부러 모습을 드러내지 않고 있다는 게 정답이라 생각되었다.

"네가 말한 돈을 마련했다! 물건을 가지고 나와라!"

크게 소리친 것은 아니지만, 이 정도 크기로 소리쳤다면 죽은 듯이 조용한 숲이니 근방에는 모두 들렸을 것이다.

해리 부국장이 소리친 이후, 발소리가 들리더니 어둠 속에서 한 사람이 걸어 나왔다.

대략 30대로 보이는 백인이었는데, 해리 부국장은 이 사람이 누군지는 모르지만 처음 본 사람은 아니었다. 바로 다운스 국장이 죽임을 당하던 영상에서 나왔던 사람이었다.

"네놈이 도둑이었나?"

"기왕이면 뤼팽이라고 불러줬으면 좋겠는데. 그것보다 날 알고 있나?"

"다운스 국장을 죽인 놈이지."

스스로 뤼팽이라고 한 사내는 해리 부국장의 말에 놀라지도 않고 피식 웃으며 박수를 쳤다.

"정답인데 딱히 상품이 없으니 박수 정도는 쳐주도록 하지."

"꽤 대범해. CDC 국장을 죽인 것으로 모자라 CIA 부국장의 사유물을 청사까지 침입해 훔쳐 가다니 말이야."

"별것도 아닌 걸로 대범하다고 말할 필요는 없잖아. 나보나 대범한 놈들이 없는 것도 아니고."

해리 부국장은 빙글거리며 웃고 있는 뤼팽이라는 사내의 얼굴을 피투성이로 만들고 싶었다. 살려달라고 벌레처럼 바닥을 기는 모습도.

당장이라도 그렇게 만들고 싶었지만, 그 전에 확인할 것이 있었다.

"쓸데없는 얘기는 필요 없겠지? 나는 네가 말한 돈을 가져왔다. 이번엔 네 차례인 것 같은데."

뤼팽은 해리 부국장의 옆에 있는 돈 가방 두 개를 힐끔 보고는 말했다.

"열어봐."

"쓸데없는 수작질은 벌이지 않았다. 잉크도 없고 위치추적기도 없다고. 괜히 시간 끌지 말고 거래나 마무리하는 게 어때?"

"네가 말했듯이 우리가 서로를 어떻게 믿지? 확인해야 되지 않겠어?"

귀찮기는 하나 뤼팽의 말이 틀린 것은 아니었다.

해리 부국장은 가방을 열어 땅바닥에 쏟았다. 두 개의

가방에 있던 돈뭉치가 쌓이자 거의 사람 가슴 정도까지 올라올 정도였다.

"됐나? 이번에는 네가 확인을 시켜줘야지?"

어깨를 으쓱여 보인 뤼팽은 품에서 작은 유리병을 꺼냈다. 유리병 안에 있는 씨앗을 확인한 해리 부국장의 얼굴에 진한 미소가 떠올랐다.

"맞군. 그러면 이제 그걸 넘기지."

"그래야지. 하지만 그 전에 좀 물어볼 것이 있는데 말이야."

해리 부국장의 눈썹이 꿈틀거렸다. 그의 불편한 심사를 말해주는 것 같았다. 마음 같아서는 당장 힘을 사용하고 싶었으나 아직 사내의 손에 씨앗이 있었다. 뤼팽이라는 사내가 능력자라고 추측을 하고 있었으니 잘못하면 씨앗이 통째로 날아갈 수 있었다.

"…뭐를 말이지?"

"아까 말했던 나보다 대범한 놈들 말이야. 알고 있나?"

"말하고 싶은 게 뭐냐. 시간을 끌려고 하는 건가?"

"아니, 그런 게 아니라, 나는 한 사람 알고 있는데 네가 알고 있는지 몰라서 하는 말이야."

무언가 심상치 않다는 걸 해리 부국장도 느꼈다. 뤼팽의 입에 미소가 달리더니 다시 열렸다.

"내가 아는 놈은 말이야, CIA라는 엄청난 곳에서 무려 부국장이라는 높은 자리에 오른 놈인데, 미국에서는 최고로 능력이 좋다고 하더라고. 그런데 뭐가 부족했는지 자기 국가도 배신하고 흑마법사와 붙어먹는다지 뭐야."

"……."

"엄청나게 대범한 놈이지 않아? 그러다가 발각되면 이 모든 지위와 권력을 잃게 될 게 뻔하고, 잘못하면 죽임을 당하거나 지도에 표시되지도 않는 감옥에 갇혀 평생을 보내게 될 텐데 말이야."

해리 부국장은 이제야 알았다. 씨앗에 대한 거래는 그저 자신을 이곳으로 불러내기 위한 수작이었음을 말이다.

은밀한 거래를 하기 좋은 곳이라는 말은, 목격자를 만들지 않고 죽이기 좋은 곳이라는 말과 동일하다. 그리고 이곳은 처음 좌표로 장소를 듣고 만족했던 것처럼 목격자가 나타날 수 없는 곳이다.

그렇지만 해리 부국장의 마음은 생각보다 차분했다.

'설마 했었는데, 역시 나를 노린 거였군.'

생각은 해봤었다. 세상만사를 고민하고 플랜 B를 만드는 곳에 있으니 생각도 하지 못해봤다는 말은 거의 나오지 않았다.

그래도 상관없었다. 해리 부국장은 자신의 힘에 자신이

있었고, 마스터를 제외하고 두려워하는 사람도 없었다. 그나마 자신과 호각이라고 생각하는 사람은 유일하게 밀러 회장이었다.

오히려 궁금했다. 대체 누구이기에 자신을 이렇게 유인해서 죽이려는 것인지 말이다.

"두 가지만 물어보자. 넌 누구지? 혹시 페르낭의 수작인가?"

"페르낭이 도와주기는 했지만, 그의 수작은 아니지. 그리고 내가 누구냐면……."

사내의 모습이 변하기 시작했다. 백인에서 동양인으로 변했고, 얼굴에 서 있던 날이 무뎌졌다.

해리 부국장은 변한 사내를 보고 허탈하게 말했다.

"김창준… 네놈이었구나."

이제야 모든 것이 이해되기 시작한 해리 부국장이었다. 그리고 창준은 해리 부국장을 보고 히죽거리며 웃었다.

창준은 표정이 변한 해리 부국장을 보며 꽤 희열을 느꼈다. 지금까지 항상 당하기만 하다가 받았던 걸 돌려주는 느낌이라고 할까?

'지금까지 고생한 보상이라도 받는 느낌이야.'

사실 해리 부국장의 집무실에서 씨앗을 훔쳐 온 이후로

창준은 고생이 많았다.

씨앗이 어떤 역할을 하는 것인지, 실험하는 것도 나름 수고스러운 일이기는 했다. 유전자 변형 마약의 해독약을 만드는 것도 상당한 시간을 소모했는데, 씨앗은 유전자 변형 마약보다 더욱 높은 수준이었기 때문이다.

지금까지 대략 밝힌 것은 씨앗에는 특정한 누군가에게 복종을 강요하는 힘이 깃들어 있고, 농축된 마기가 어떤 역할을 해서 마법을 사용할 수 있게 만들어준다는 것이다.

부작용은 숙주가 죽을 위험에 처하면 농축된 마기가 쏟아져 나와 사람을 괴물로 바꾼다는 점인데, 이걸 만든 사람에게는 그것이 부작용이 아닌 효율의 극대화로 여겨질 것이다.

이렇게 씨앗에 대해서 알아가는 것은 상당한 정신적 피로를 요구했다. 그렇다고 이걸 가지고 고생했다고 말하지는 않을 수 있었다. 고생했다고 말하게 된 가장 큰 원인은 결국 사람 사이의 일이었다.

무슨 말이냐 하면, 간단하게 말해 씨앗을 탐내는 사람들이 많았다는 것이었다.

씨앗을 훔치는 과정에 깊숙이 관계되고 실험을 할 수 있는 실험실을 만들어준 중국 국가안전부는 아주 노골적으로 씨앗을 원했다. 씨앗의 전부는 아니라고 하더라도 최소한 절반은 자신들에게도 권리가 있는 것이 아니냐는 말이었다.

국가안전부에서 씨앗을 원하는 이유는 굳이 고민하지 않아도 알 수 있었다. 씨앗을 연구하여 무인을 양산하는 방법을 찾고 복종심을 강요하는 방법을 얻으려는 것이다.

창준은 절대로 씨앗을 넘길 생각이 없었다.

지금은 무인이든 마법사든, 특별한 재능을 가진 사람만이 익힐 수 있는 힘을 누구나 손쉽게 얻고 그들의 숫자가 늘어나면… 결국에는 전쟁에 이용될 가능성이 높다. 아니, 확실하다.

그게 빤히 보이는데도 씨앗을 건네줄 정도로 창준이 생각 없는 사람은 아니었다. 다행이라면 주강 역시 씨앗은 온전히 창준의 소유라고 인정을 해줬다는 것이었다.

무인이라는 것에 자부심을 갖고 있는 주강은 양산형으로 만들어지는 무인들에게서 어떤 자부심이 있겠냐며 오히려 씨앗을 원하는 국가안전부를 상대로 깽판을 쳤다. 만약 씨앗을 빼앗는다면 자신은 물론이고, 자신을 따르는 무인들과 함께 국가안전부를 빠져나가겠다며 말이다.

결국 국가안전부는 뒤로 물러설 수밖에 없었다.

꼴뚜기가 뛰니 망둥어도 뛴다고, 중국이 뒤로 물러서니 페르낭을 중심으로 한 프랑스에서도 씨앗을 요구하기는 했다. 그들의 목적은 단순한 연구이기는 했지만 말이다.

페르낭의 요청은 다른 마법적 지식을 공유해 주는 걸로 무마시킬 수 있었지만, 이런 일들 때문에 고생이 심했다.

아무튼 이런 고생들은 결국 창준이 해리 부국장의 씨앗을 훔치면서 야기된 일이기는 하나, 이렇게 표정이 변하는 그의 모습을 보고 있는 보상이라도 받는 기분이었다.

창준은 웃는 얼굴로 말했다.

"깊은 얘기를 하기 전에 이것부터 처리를 해야 되겠지? 파이어."

그러고는 마법을 사용해 자신의 손에 들린 씨앗을 순식간에 잿더미로 만들어 버렸다. 요 며칠 동안 고생해 만든 씨앗이 사라지는 것도 속이 시원하도록 좋았다.

해리 부국장은 굳은 얼굴로 그것을 지켜보기만 했다. 그리고 그걸 본 창준은 해리 부국장이 한 방 먹은 충격에 정신이 없는 것 같다고 판단했다.

"그렇게 놀라고 있으니 지금까지 숨어 다녔던 게 헛수고는 아닌 것 같네."

"…모두 네 생각이었구나."

"중간중간 다른 사람의 생각이 들어가 있기는 하지만 전체적으로는 내 생각이 맞지."

"……."

"나도 설마 CIA 부국장이 흑마법사와 연계되어 있을 거라고 생각하진 못했었다. 많이 늦기는 했지만 지금이라도 알아내서 다행이라고 생각해."

굳은 얼굴로 창준을 바라보던 해리 부국장이 갑자기 피식 웃었다.

"제대로 걸렸군. 설마 네가 배후일 거라고는 생각하지 못했다."

"내가 제대로 속인 거지."

"그것보다는… 네가 페르낭까지 움직일 수준이라고 생각하지 못했던 것일 뿐이지. 노란 원숭이 주제에 이 정도까지 하다니, 솔직히 감탄했어."

"뭘 이 정도 가지고. 그래 봤자 흑인이면서 인종차별을 할 정도로 뇌가 없는 멍청이를 가지고 장난친 수준일 뿐인지."

해리 부국장의 인종차별적인 발언에도 창준은 웃으며 그를 조롱했다.

창준의 조롱에 해리 부국장 역시 흥분하지는 않았다. 그저 미소가 짙어졌을 뿐이다.

"좋아, 그러면 상황을 다시 원래대로 돌려볼까?"

"원래대로? 어떻게 말이지? 이미 돌릴 상황이 아닌 것 같은데."

"이렇게."

딱!

해리 부국장이 말을 마침과 동시에 손가락을 튕겼다. 그 순간 무언가 창준의 가슴 언저리에서 반응이 일어났다.

창준은 7서클에 오르면서 신체적으로 주강과 비슷한 수준이 되었다. 그 얘기는, 단순히 신체적인 능력만 올랐다는 것이 아니라 모든 감각이 인간의 수준을 초월했다는 말과 같았다.

해리 부국장이 손가락을 튕기자 무언가 자신의 가슴 부근에서 반응이 일어난다는 걸 느낀 창준은 거의 본능적으로 그 자리를 피했다.

창준이 피한 자리에서 조그만 검은 구체 하나가 나타났다. 그리고 그 구체는 어마어마한 흡입력을 뿜어내며 주변에 있던 사물을 끌어당겼다.

지지직!

본능적으로 땅을 박차고 피한 창준은 거의 몇 미터를 피한 상태였지만, 그렇게 떨어진 상태에서도 검은 구체가 끌어당기는 힘에 몸이 딸려갈 수준이었다.

검은 구체에 빨려 들어간 나뭇가지나 돌들이 순식간에 바스러졌다. 얼마나 곱게 부서졌는지 부스러기가 떨어지는 것조차 작아서 보이지 않을 정도였다.

검은 구체가 나타났다가 사라진 것은 겨우 1초 정도밖에 되지 않았다. 창준은 검은 구체가 있던 곳을 바라보며 얼굴이 굳었다.

'저… 게 뭐지?'

마법이 아니었다. 그렇다고 흑마법도 이런 것은 없었다. 그렇다면… 이건 아마도 해리 부국장이 갖고 있다는 초능력일 것이었다.

해리 부국장은 창준의 굳은 얼굴을 보고 만족스럽다는 표정을 지었다.

"씨앗? 그래, 중요한 물건이지. 하지만 6서클에 달하는 우리의 최대 방해자인 너를 죽인다면… 그다지 아까운 물건은 아니지. 어차피 이제 시간이 얼마 남지 않았으니까."

창준은 해리 부국장이 자신을 6서클이라 생각하고 있음을 알았다. 아마도 비행기에서 그를 죽이려고 했던 사람이 해리 부국장일 테고, 그것으로 창준의 수준을 유추한 것이라 생각했다.

그렇게 생각하고 있다고 수정해 줄 필요성을 느끼지는 않았다. 제프리와 싸웠을 때처럼 상대방이 오해하고 있으면 그에게는 기회였으니까.

"…시간이 얼마 남지 않아?"

"때가 되면 내가 한 얘기가 무슨 말인지 알 수 있을 거다. 아니지, 너는 마스터가 만드는 세상을 볼 수 없겠구나. 여기서 죽을 테니까 말이야."

창준은 더 기다리지 않았다. 차라리 지금 당장 먼저 공격하는 걸 선택했다.

"레인 오브 아이스!"

6서클 마법을 발현하자 해리 부국장의 머리 위에서 사람 머리통만 한 얼음덩어리들이 무시무시한 속도로 그를 향해 내리꽂혔다.

해리 부국장은 자신의 머리 위로 손을 들어 올렸고, 그의 머리 위에 창준의 앞에서 나타났던 검은 구체보다 더욱 큰 크기의 구체가 만들어졌다. 그리고 떨어지는 얼음덩어리들을 모조리 빨아들여 가루로 만들었다.

"이걸 사람들은 블랙홀이라고 부른다. 진짜 블랙홀은 아니지만… 빨려 들어가면 사람 정도는 흔적도 남지 않는다고 내가 장담하지."

여유롭게 방어한 해리 부국장을 보고 창준은 빠르게 해리 부국장을 향해 달려들었다. 그의 속력은 사람이 인지할 수 있는 범위 내에 들어가지 않았다.

해리 부국장은 초능력을 갖고 있다. 그렇지만 초능력을 가졌다고 신체적인 능력이 대폭 상승하는 건 아니었다. 거기다가 해리 부국장의 능력은 신체를 강화하는 계열의 능력도 아니었고 말이다.

창준이 다가오는 것도 인지하지 못하고 있는 해리 부국장의 앞에 창준이 나타나 그의 얼굴을 향해 주먹을 날렸다. 창준의 주먹에는 그의 힘만이 아니라 마나까지 담겨 있었다. 정통으로 맞으면 머리통이 날아갈 정도의 힘이었다.

그런데 창준의 주먹이 해리 부국장의 얼굴에 닿기 직전, 붉은 막이 생기며 주먹을 막았다.

쾅!

해리 부국장이 뒤로 튕겨지듯 날아갔다. 직접적인 타격은 아니었으나 창준의 주먹에 실린 힘이 그를 밀어버린 것이다.

'아티팩트구나!'

붉은 막은 분명 흑마법사가 사용하는 마법이었다. 마법을 발동하는 기미도 보이지 않았는데, 마법이 발동했다면 그것이 아티팩트로 인해 발생한 거라고 확인할 수 있었다.

해리 부국장은 조금 놀란 얼굴로 창준을 바라봤다.

"…마법사가 아니었나? 아니지… 분명 마법을 사용했었는데……."

창준은 그의 말에 대답하지 않았다. 그렇지만 해리 부국장은 창준의 대답이 없어도 눈치를 채버렸다.

"맙소사… 넌 아스란과 무슨 관계냐!"

제프리도 창준의 힘을 보고 바로 아스란과의 관계를 알아차렸었다. 그보다 윗선으로 보이는 해리 부국장이 몰라볼 리가 없었다.

해리 부국장의 놀란 얼굴은 이내 환희에 가득 찬 얼굴로 변했다.

"하, 하하하하! 일이 잘 풀리려고 하는구나! 아스란과 관계가 있는 놈이었다니! 너를 처리하면 마스터께서 나를 더 중히 쓰실 거야."

"그 전에 네가 죽을 수 있다는 건 모르는 건가? 락 블래스터!"

바닥에서 돌들이 떠올라 하나로 뭉치더니 해리 부국장을 향해 날아갔다. 적중되면 돌이 폭발하는 마법이었다.

그렇지만 해리 부국장이 만든 검은 구체에 닿자 폭발하지도 않고 부서졌다. 어쩌면 폭발을 했는데도 그것마저 빨아들인 것일 수 있었다.

해리 부국장의 얼굴은 자신만만하게 변했고, 창준의 얼굴은 점점 심각하게 변했다.

아직까지는 6서클 마법까지만 사용하고 있었다. 일발역전을 바라고 7서클 마법을 아끼고는 있지만, 지금처럼 마법을 막아내는 해리 부국장을 보니 과연 7서클 마법으로 해리 부국장이 만드는 구체를 넘어설 수 있을지 확신이 가지 않았다.

만약 7서클 마법마저도 해리 부국장이 받아낸다면… 아무래도 창준이 그를 이길 가능성은 그만큼 낮아지게 되는 건 확실했다.

'기회를 만들어야 해…….'

어떻게 그 기회를 만들어야 하는지 아직은 모른다. 그렇지만 기회가 왔을 때, 7서클 마법을 사용하면 해리 부국장에게 최소한 큰 충격을 줄 수 있을 것이다.

해리 부국장을 공격했을 때, 그의 몸을 보호하는 아티팩트가 발동했었다. 아티팩트가 어느 정도까지 막아줄지 몰랐으니 그것부터 알아내야 했다.

창준은 마음을 정하자 바로 실행에 옮기기 위해서 자신의 몸에 헤이스트와 같은 마법을 사용한 이후, 땅을 박차고 해리 부국장에게 달려들었다. 마법을 사용해서 공격을 할 수 있기는 하나, 해리 부국장의 반사신경을 넘어서는 공격은 직접적인 육박전이 효율적이라 생각되었다.

창준이 눈앞에서 사라지자 해리 부국장은 그가 또다시 인지 범위를 넘어서는 움직임을 보이고 있다고 판단했다. 방금 전, 창준의 공격을 맞았던 건 마법사이기에 신체적인 능력이 떨어질 것이라 생각했기 때문이었다. 이제는 알고 있었으니 더 이상 기회를 줄 생각은 없었다.

"블러드 버스트."

우드드드득!

해리 부국장의 몸에서 근육이 일으키는 소리가 들렸다. 그것은 소리만이 아니었다. 실제로 해리 부국장의 몸이 벌크업이라도 한 것처럼 눈에 띄게 근육이 늘어난 것이다.

블러드 버스트 마법은 당연히 흑마법이었다. 그것도 무려 6서클의 마법.

해리 부국장은 능력을 얻고 자신이 사용하는 블랙홀에 대해 대단히 만족했으면서도 반대로 약간의 좌절을 했었다.

블랙홀은 분명 위력으로 따지면 적이 없다고 할 수 있을 정도로 강했지만, 반대로 신체가 강화되는 능력이 아니었기에 특정 능력자에게 약한 모습을 보였다.

이때 그에게 다가온 것이 바로 마스터였다.

블러드 버스트 마법은 사람의 신체를 한계 그 이상으로 올려주는 것으로 초인이 되는 마법이었다. 그리고 이 마법을 배움으로써 그는 자신의 부족했던 것을 모두 채울 수 있었다.

해리 부국장은 6서클 흑마법사가 되기는 했으나, 특정 몇몇 마법만을 배웠기에 정상적인 흑마법사는 아니었다.

그렇다고 하더라도 상관이 없었다. 공격력에 대해서는 더 이상 마법을 배울 필요도 없이 강했으니까.

블러드 버스트를 사용하자 눈에 보이지도 않았던 창준이 눈에 들어왔다. 비록 그의 모습이 원활히 보일 정도는 아니었으나 이 정도면 충분했다. 부족한 부분은 다른 흑마법도 있었고, 마스터가 만들어준 아티팩트도 있었으니까.

창준이 좌측에서 달려오는 것을 본 해리 부국장이 본 월 마법을 펼쳤다.

콰드드드득!

허공에서 뼈가 단단한 벽을 만들어 창준과 해리 부국장 사이를 막았다. 하지만 창준은 뼈로 만들어진 벽을 피하지 않고 그대로 들이받아 버렸다.

쾅!

거대한 트럭이라도 받은 것처럼 뼈로 만들어진 벽이 산산조각이 나며 사방으로 뼈가 날렸다.

본 월을 통과한 창준은 그대로 해리 부국장을 향해 달려들더니 근거리에서 마법을 사용했다.

"익스플로전!"

해리 부국장은 자신이 있는 자리에서 무언가 엄청난 기운이 몰리는 걸 알아채고 서둘러 그 자리에서 피했다. 그리고 그 순간 폭발이 일어났다.

콰콰쾅!

엄청난 폭발은 시뻘건 불길을 만들며 자리를 피하는 해리 부국장을 삼키려고 했다.

"흥! 어설픈 수작이나."

해리 부국장의 손에서 펼쳐진 검은 구체는 그를 뒤덮으려는 불꽃을 남김없이 삼켰다. 그런데 그가 이러는 사이, 사각에서 다가온 창준이 해리 부국장의 뒤통수를 가격했다.

쾅!

창준에게 뒤통수를 맞은 해리 부국장이 익스플로전의 불꽃에 삼켜졌다. 그렇지만 이걸로 해리 부국장이 죽었을 거라 생각하지 않은 창준은 해리 부국장을 삼킨 익스플로전의 불꽃을 향해 마법을 펼쳤다.

"기가 라이트닝!"

창준의 손에 6서클의 마나가 몰리더니 눈부신 번개가 무시무시한 소리를 내다가 불꽃을 향해 날아갔다.

7서클에 오르며 전체적으로 마법의 힘이 강해진 창준이었기에 현재 발동한 두 가지 마법이 합쳐진 힘은 엄청났다. 아마도 제프리였다면 아무리 듀라한이 앞을 막아주고 있었더라도 한순간에 잿더미로 변했을 정도라 할 수 있었다.

하지만 마법이 정확히 먹혀들었는데도 창준의 얼굴은 펴지지 않았다.

'설마… 타격도 받지 않은 건 아니겠지?'

분명 불꽃에 가려져 모습이 잘 보이지 않고 있지만, 불꽃 속에서 해리 부국장의 기척이 확연히 느껴지고 있었다.

이런 창준의 마음을 알아챘는지 시야를 가로막고 있던 불꽃이 순식간에 어디론가 빨려들어 갔다. 그곳에는 당연하게도 해리 부국장이 만든 검은 구체가 있었다.

해리 부국장의 모습은 전혀 아무렇지 않았다. 불꽃 속에 있었음에도 그을림 하나도 보이지 않을 정도였다. 그럴 수밖에 없었다. 보이지는 않았으나 창준이 발현한 두 가지 마법은 해리 부국장의 블랙홀 능력에 의해 모두 빨려들어가고 있었기 때문이었다.

히죽 웃은 해리 부국장은 창준을 바라보고 말했다.

"조금 놀라긴 했지만… 어차피 예상했던 범주야. 조금 더 분발해 보라고."

창준은 해리 부국장의 여유 있는 모습에 속으로 혀를 찼다.

'젠장… 역시 7서클 마법을 사용해야 한다는 건가?'

7서클 마법이 얼마나 대단한 위력을 갖고 있는지는 창준 역시 잘 알고 있었다. 그렇기에 그의 마법이 해리 부국장의 능력보다 약할 것 같다는 생각은 하지 않았다.

하지만 7서클 공격이 먹히지 않는다면… 이라는 생각에 가슴이 조금씩 불안함에 젖어가고 있었다.

창준이 쉽사리 공격을 하지 않고 노려보고만 있자 해리 부국장이 말했다.

"더 공격하지 않을 건가?"

"……."

"그러면 내가 갈까?"

쑤와아아악!

검은 구체는 정말 블랙홀이라도 되는 것처럼 주변의 모든 것을 빨아들였다. 크기부터가 처음 창준에게 보여줬던 것보다 거의 두 배는 커서 성인 남자의 상체를 뒤덮을 만큼 컸다. 그렇기 때문인지 빨아들이는 힘도 처음과 비교할 수 없이 강했다.

창준은 해리 부국장이 만든 검은 구체를 피해 빠르게 이동하고 있었다. 인간의 한계를 벗어나고 심지어 마나를 다루며 초월적인 힘을 갖고 있는 창준이었는데도, 검은 구체가 빨아들이는 힘이 얼마나 강한지 몸이 휘청거리거나 속도가 느려질 정도였다.

"하하하! 이제 겨우 시작했을 뿐이라고! 벌써부터 힘겨워 보이면 어떻게 하라는 거야?"

해리 부국장이 크게 웃으며 자신의 기분을 알려왔다. 그것에 이마에 핏대가 선 창준이 그를 향해 발작적으로 마법을 사용했다.

물론 그냥 열 받았기 때문은 아니었다. 현재 검은 구체를 이미 만든 상태였으니 어쩌면 마법을 직격할 수 있겠다는 생각 때문이었다. 지금까지 해리 부국장은 한 번에 하나씩만 검은 구체를 만들었으니까 말이다.

"트윈 사이클론!"

마법이 발현되자 해리 부국장의 좌우에서 회오리바람이 일어나려고 광폭한 바람이 불기 시작했다. 그러자 해리 부국장은 양옆으로 손을 뻗어 두 개의 검은 구체를 만들더니 아직 제대로 만들어지지도 않은 회오리바람을 모조리 빨아들였다.

"안 되지. 이런 어설픈 공격으로 내 털끝 하나 상하게 할 수 있겠나?"

득의양양한 해리 부국장의 말을 들으면서도 창준은 다른 생각을 하고 있었다.

'동시에 세 개… 이게 한계이거나 이것보다 더 많은 검은 구체를 만들 수 있다는 말이겠지?'

창준의 머리가 복잡해졌다. 그리고 해리 부국장은 창준

이 오래 생각할 시간을 줄 생각은 없었다. 여유를 주는 시간은 그가 공격하기 전에 끝났으니까 말이다.

"이제 슬슬 상황을 정리해 보도록 할까?"

해리 부국장은 창준을 향해 연속으로 검은 구체를 만들기 시작했다. 첫 번째 구체를 만들었을 때, 창준이 옆으로 움직여 피하자 그가 움직이는 방향에 검은 구체 하나를 더 만들었고, 다시 뒤로 피하면 또다시 그가 움직이는 방향에 검은 구체를 만들었다.

정신없이 피하고 있는 창준을 향해 펼치고 있는 검은 구체의 숫자는 모두 다섯 개. 그렇지만 다섯 개만으로도 창준은 정신이 없었다. 이미 생성된 검은 구체가 빨아들이는 흡입력은 거리가 조금 떨어져도 계속 적용이 되고 있었기 때문이었다.

간단하게 말하자면, 창준은 무려 다섯 개나 되는 토네이도 사이에서 조금이라도 영향을 피하려 도망 다니고 있다는 말과 같았다.

창준은 이대로 피하고만 있을 수 없다는 생각에 해리 부국장이 딛고 있는 바닥에 마법을 발현했다.

"아이스 필드!"

하체에서 일어나는 냉기는 해리 부국장을 다리에서부터 얼리려는 것처럼 느껴졌다. 절대로 경시할 수 없는 마법의 위력에 검은 구체 하나가 방어를 하려고 돌아갔다.

'역시 공격은 최선의 방어다!'

용언 마법의 가장 좋은 점은 캐스팅이 필요 없다는 점이다. 물론 마나를 운용하여 마법이 발현되기까지 시간이 조금 걸리기는 하나, 이 정도면 일반 원소 마법에 비교할 수 없는 차이였다.

창준은 시간을 끌지 않고 검은 구체를 피하며 연속해서 마법을 사용했다.

"익스플로전! 아이스 레인! 기가 라이트닝! 윈드 프레스!"

거대한 폭발이 일어나고 하늘에서는 얼음덩이가 떨어지며 번개가 요동쳤다. 이 모든 마법들은 윈드 프레셔라는 마법에 의해 해리 부국장에게만 집중되었다. 5, 6서클 마법을 이용한 연계기로 7서클 마법을 제외하면 창준이 할 수 있는 가장 강한 위력을 가진 마법이었다.

그렇지만…….

"소용없다!"

해리 부국장이 세 개의 검은 구체를 하나로 합쳐 사람보다도 더 큰 검은 구체를 만들었다. 검은 구체는 요란하게 번쩍거리는 모든 마법들은 물을 빨아들이는 헝겊처럼 모조리 빨아들여 없애 버리고 있었다.

'역시… 7서클 마법을…….'

만약 7서클 마법마저도 먹히지 않는다면 어떻게 해야 되나, 라는 생각이 다시금 머릿속에 떠올랐다. 하지만 이내 그런 생각을 접으려는 듯 머리를 흔들었다.

7서클 마법은 보통 사람이 막을 수 없는 거대한 힘이라 한다. 7서클 마법은 아스란의 세계에서 소드마스터조차 받아내지 못하고 죽음을 당하는 극강의 마법이었다.

그리고 그걸 넘어서는 8서클의 마법은 한마디로 재앙이라 할 수 있었다. 아직 8서클에 이르지는 못했지만 말이다.

창준의 눈빛이 달라졌다. 이제는 숨겨뒀던 7서클을 꺼낼 시간이라 마음을 다잡았기 때문이다. 그리고 창준의 눈빛이 달라진 걸 해리 부국장은 알아채지 못하고 있었다.

'이제 지겨운 시간을 버리고 끝을 내도록 할까?'

이미 자신의 승리를 확신하고 있는 해리 부국장에게는 창준의 달라진 분위기, 눈빛이 보이지 않았다.

승부수를 먼저 던진 건 창준이 아니라 해리 부국장이었다.

"이제… 죽어라!"

그러고는 창준을 향해 손을 펼치자 무려 여섯 개의 검은 구체가 창준을 중심으로 둘러싸며 나타나 강력한 흡입력을 뿜어내기 시작했다.

하나의 검은 구체에 빨려들어 가는 것도 목숨이 위험하기는 하지만, 지금처럼 창준을 중심으로 근거리에 여섯 개의 검은 구체가 생기니 서로 잡아당기는 힘이 무시무시했다. 아마도 창준처럼 인간을 초월한 신체를 갖고 있지 않다면 순식간에 몸에 갈기갈기 찢겨 사라졌을 수준이었다.

쏴아아아!

여섯 개의 검은 구체가 빨아들이는 소리는 창준의 고막을 강하게 강타했다. 소리만이 아니라 실제로 창준은 고막에서 느껴지는 고통에 이를 악물고 있었다.

'6… 서클 마법… 그 이상이다…….'

으스러져라 이빨을 악문 창준의 귀에서 끈적끈적한 피가 흘러나오기 시작했다. 실제로 창준이 충격을 입고 있다는 증거였다.

그것만으로 부족했는지 창준의 몸마저도 점점 허공으로 떠오르려고 했다. 지면에 발을 딛고 검은 구체의 흡입력에 저항하고 있었는데, 몸이 떠오르면 그 모든 힘을 온몸으로 받아야 할 것이다. 그러면 어떤 결과가 나올지 몰랐다. 확실한 건 엄청나게 고통스러울 거라는 사실이다.

창준은 무릎을 꿇고 두 손으로 지면을 잡았다. 그 모습은 검은 구체의 흡입력에 저항하기 위한 것으로 보였다.

"크하하! 네가 아무리 힘이 좋다고 하더라도 버틸 수 없을 거다!”

해리 부국장의 고함을 들은 창준이 한 손을 부들거리며 천천히 들어 올렸다. 그리고 지면을 맹렬히 내려치며 소리쳤다.

“어스퀘이크!”

콰자자자작!

창준의 주먹을 기준으로 지면이 갈라졌다. 마치 번개가 지면을 달리는 것처럼, 바닥이 찢겨지며 해리 부국장을 향해 달려갔다.

시작점은 창준의 주먹이었으나, 그 결과는 한 사람의 주먹에서 시작되었다는 것을 믿을 수 없는 광경이 펼쳐졌다. 한 줄기 번개와 같았던 갈라짐은 세 갈래, 여덟 갈래로 늘어나며 창준과 해리 부국장이 있던 숲 전체를 흔들었다. 이건 실제로 강진이 일어난 것과 전혀 다르지 않은 모양새였다.

파다다닥!

숲에서는 온갖 새들이 날아올랐고, 주변에 있던 짐승들이 후다닥 도망치는 기척도 느껴졌다. 미물에 불과한 생물들이지만, 지금부터 이곳에 심상치 않은 일이 벌어질 거란 걸 눈치채고 서둘러 몸을 피하는 것이었다.

콰콰콰콰!

번개처럼 갈라진 지면이 벌어졌다. 그 넓이는 사람 하나를 우습게 집어삼킬 수준이었다. 그것만이 아니라 깊이는 얼마나 깊은지 끝이 보이지 않는 무저갱만 보였다.

"으헉!"

해리 부국장은 창준에게서 일어난 지진이 자신이 딛고 있던 지면을 가르고 벌리자 황급히 갈라지는 지면을 피해 이리저리 뛰었다. 블러드 버스트로 신체적 능력치를 높이지 않았다면 아마 그대로 무저갱에 빠져 버렸을 것이다.

"너… 너는 7서클 마법사였구나!"

간신히 살아났다고 식은땀을 흘리며 소리친 해리 부국장의 귀에 창준의 목소리가 들려왔다. 고개를 돌리니 지진을 피하느라 없어져 버린 검은 구체가 있던 자리에서 창준이 손을 들고 있는 게 보였다.

"볼케이노!"

연이어 펼쳐진 7서클 마법은 갈라진 무저갱 속에서 시뻘건 빛이 어리기 시작하더니 이내 간헐천처럼 용암이 솟구쳐 올랐다.

콰아아아!

용암은 하늘을 찌를 듯이 솟구쳐 올랐다. 갈라진 지면에서 솟구쳐 오르는 용암은 장관이었다. 그리고 직접적으로 맞지 않았다고 하더라도 쏟아지는 용암을 피할 구석은 없었다.

"젠장!"

해리 부국장은 황급히 창준에게 펼쳤던 검은 구체를 회수하고 자신의 머리 위에 여섯 개의 검은 구체를 모아 거대한 검은 구체를 만들었다. 그러자 쏟아지는 용암들과 바닥으로 밀려오던 용암들이 검은 구체로 빨려들기 시작했다.

'계산 실패다… 7서클이라니……. 그게 가능하단 말이야? 이 자식은 불과 얼마 전까지만 하더라도 4서클 마법사였는데…….'

6서클에 올랐다고 가정하는 것도 상당히 높게 쳐줬던 일이다. 그런데 7서클이라니 도저히 믿어지지 않았다.

마스터에게 듣기로도 이렇게 젊은 나이에 7서클에 오른 마법사에 대한 얘기는 단 한 번도 듣지 못했다. 모든 게 혼란스러웠다.

'지금… 이런 걸 걱정할 때가 아니야! 일단은 내가 살아남든지… 아니면 저놈이 살아남든지 두 가지만 남았을 뿐이다!'

7서클 마법사의 위용은 알고 있다. 이미 페르낭에 대비하여 여러 가지 가정을 했었으니까.

단지 창준은 용언 마법을 배웠다는 점만 달랐을 뿐이다.

지금까지 해리 부국장은 페르낭과 싸운다면 열 번 싸워도 열 번 모두 이길 수 있다는 계산을 내렸었다.

하지만… 페르낭과 창준은 아주 큰 차이였다.

두 가지 7서클 마법을 사용한 창준은 눈에 띄게 어깨를 들썩이고 있었다. 충분히 지친 것처럼 보였다. 하지만 아직 창준의 눈이 해리 부국장을 향한 채 예리하게 빛나고 있었다. 마치 이것이 끝이 아니라는 것처럼.

창준의 손이 하늘을 향해 검은 구체를 만들고 있는 해리 부국장을 향했다. 그리고 낮은 목소리로 마법을 사용했다.

"프로미넌스."

7서클 화염 계열 마법.

창준의 손에서 이글거리는 화염이 피어올랐다. 화염이 얼마나 뜨거운지 붉은색이 아니라 흰색에 가까운 빛이었다. 그리고 창준의 손에 뭉쳤던 불꽃이 움직였다.

우주에서 불꽃은 무중력이기에 허공을 수영하는 것처럼 움직인다고 한다. 그 움직임은 아마도 지금 창준의 손에서 발출된 불꽃, 프로미넌스와 비슷한 모양일 것이다.

하늘거리며 움직이기 시작한 불꽃이 한순간 폭발적인 기세로 허공을 유영하며 해리 부국장을 향해 밀려갔다. 이름처럼 태양에서 뿜어진 불꽃 모양의 가스처럼 엄청난 기세였다.

"제… 젠장!"

창백해진 얼굴로 그걸 바라본 해리 부국장은 이를 악물고 볼케이노를 막고 있던 검은 구체 절반을 떼어내 자신에게 밀려오는 프로미넌스를 향해 검은 구체를 하나 더 만들었다.

검은 구체는 특유의 흡입력으로 프로미넌스를 빨아들였다. 무려 세 개나 되는 검은 구체가 모여서 만들어진 만큼, 흡입력은 대단했다. 하지만 볼케이노를 효과적으로 막아내는 것과 프로미넌스는 같은 7서클 마법이라고 하더라도 달랐다.

창준이 발출한 어스퀘이크와 볼케이노는 광역 마법이다. 그리고 프로미넌스는 한 사람만을 노리는 대인 마법이었다. 일반적으로 대인 마법은 광역 마법보다 몇 배가 강한 위력을 발휘한다. 프로미넌스 역시 마찬가지였다.

해리 부국장이 만든 검은 구체는 위력이 여전했다. 프로미넌스마저도 모두 빨아들일 기세로 맹렬히 집어삼켰다. 하지만 잠시 후 검은 구체에 문제가 일어나기 시작했다.

'이건… 뭐지?'

해리 부국장은 눈에는 보이지 않지만 검은 구체 내부에서 무언가 빛이 일어나기 시작했다는 걸 눈치챘다. 그리고 그것은 곧 창준의 눈에도 보이기 시작했다.

프로미넌스는 아들인 검은 구체의 내부에서 사라져야 했다. 하지만 프로미넌스는 그렇게 사라지지 않았다. 오히려 검은 구체 내부에서부터 구체를 잘라먹기 시작했다. 그건 흡수하는 프로미넌스의 양이 많아질수록 더욱 커졌다.

파직!

검은 구체에 균열이 일어났다. 균열에서는 뜨거운 열기와 빛이 쏟아져 나오고 있었다.

해리 부국장 역시 검은 구체에 일어나는 변화를 눈치채고 얼굴이 핼쑥하게 변했다. 지금 검은 구체가 부서지고 있다는 걸 눈치챘던 것이다.

그렇다고 해리 부국장이 더 이상 어떤 수를 쓸 수 있는 건 아니었다. 다른 검은 구체들은 쏟아지는 용암의 비를 막느라 바빴고, 두 개의 검은 구체를 운용하면서 블러드 버스트를 유지하는 것만으로도 해리 부국장의 정신력은 거의 소모되고 있었으니까.

검은 구체의 균열은 더욱 커지고 많아졌다. 그리고 결국 검은 구체가 깨졌다.

콰아아아아!

"으아아아악!"

부서진 검은 구체에서 튀어나온 폭발과 프로미넌스는 해리 부국장을 단숨에 집어삼켰다. 해리 부국장이 착용하고 있던 아티팩트가 당연히 발동하기는 했지만, 7서클 마법인 프로미넌스의 앞에서는 햇살에 녹아내리는 안개처럼 사그라질 뿐이었다.

창준은 후들거리는 다리로 겨우 버티고 서서 프로미넌스가 해리 부국장을 집어삼키고 그 불꽃들을 향해 용암이 쏟아지는 걸 지켜봤다.

'하아… 힘들다……. 7서클 마법을 세 번이나 사용했어…….'

아무리 창준이 7서클 마법사라고 하나 이렇게 7서클 마법을 펑펑 쓸 정도는 되지 않았다. 7서클 마법부터 사용되는 마나의 양은 막대했으니까.

아직도 거세게 불타오르고 있는 불꽃을 바라보며 몸속의 마나를 가다듬던 창준은 문득 어떤 생각이 들었다.

'7서클은 조화에 관련된 얘기였어. 마나를 조화롭게 다루게 되니 7서클에 오르고 마법들의 위력도 한층 강해졌지. 그런데… 조화롭다는 것이 좋은 일일까?'

마법사들은 보통 친화력이 높은 특정 원소에 집중하게 된다. 올리비아를 예로 들면 그녀는 다른 마법을 사용할 수 있기는 하나 특히 빙계 마법에 강한 위력을 발휘한다. 그건 그녀가 빙계 마법에, 더 넓은 의미로는 물에 관련된 마법에 더욱 강한 친화력을 갖고 있기 때문이다.

원래도 창준은 용언 마법을 배워서 특정 원소에 친화력을 띠지는 않았다. 그렇기에 7서클에 오를 때, 조화로운 마나 사용을 깨닫는 게 어려웠던 것이다.

그런데 아무리 조화롭다고 하더라도 불과 물이 친해질 수는 없는 일이다. 그러니 마법이 한 단계 더 높은 위력을 보이려면 조화롭기는 하나 각각의 마법을 사용할 때는 다시 조화를 깨야 하는 것이 아닌가라는 생각을 하게 된 것이다.

그가 이런 생각을 한 건 모두 해리 부국장 때문이었다.

7서클 마법의 막대한 위력을 해리 부국장을 막으려고 했었다. 결과적으로는 그가 실패하기는 했어도, 그건 그가 겨우 세 개의 검은 구체를 사용했기 때문일 수 있다. 여섯 개의 구체를 사용했다면… 결과가 달라졌을지도 모른다는 생각이 뇌리에 가득 찼다.

'…일단 이곳을 정리하면 조용히 생각해 봐야겠어. 이것에 관련된 정보가 일리미트 비블리어시카에 있을지도…….'

창준은 점점 복잡해지는 머릿속을 비우기 위해 고개를 흔들었다. 지금 생각하는 건 분명히 중요한 일이다. 하지만 아직 상황이 끝난 것이 아니었기에 이렇게 생각하고 있을 수 없었다.

맹렬하게 타오르던 불꽃은 창준이 마나를 더 이상 주입하지 않자, 잠시 후 점점 사그라지기 시작했다. 그리고 불꽃이 사그라진 자리에는 해리 부국장이 서 있었다.

해리 부국장은 전혀 멀쩡하지 않았다. 걸치고 있던 옷은 하나도 남김없이 재로 변해 사라졌고, 몸에는 온통 심각한 화상이었다. 화상을 입지 않은 곳이 없을 정도로 처참하게 변해 있는 해리 부국장은 한쪽 눈밖에 뜨고 있지 않았다. 다른 한쪽 눈은 눈꺼풀이 녹아 눌어붙은 것처럼 변해 있었기 때문이었다.

이렇게 당장 죽어도 이상하지 않을 모습을 하고 있는 해리 부국장은 하나밖에 남지 않은 눈으로 창준을 노려보고 있었다. 이글거리는 눈에서는 당장이라도 레이저가 튀어나올 것처럼 보였다.

"대… 단하군. 설마 7서클 마법을 당하고도 이렇게 멀쩡한 모습일거라 생각하지 못했는데."

창준의 말은 조롱하려는 의도가 아니었다. 그는 실제로 해리 부국장이 생각보다 멀쩡하다고 생각하고 있었던 것이다.

무려 7서클 마법이다. 그걸 온몸으로 받아냈는데도 이렇게 살아 있는 걸 보면 놀라는 게 당연했다.

해리 부국장은 창준을 향해 부들거리는 손을 들어 올렸다. 그의 팔이 움직이면서 까맣게 타버린 피부가 부서지며 떨어졌다. 그걸 본 창준은 냉정하게 입을 열었다.

"윈드 커터."

서걱!

허공에서 나타난 바람의 칼이 해리 부국장의 팔을 뎅겅 잘라버렸다.

팔이 잘린 해리 부국장은 자신의 팔을 멍청히 바라봤다.

"쓸데없는 짓은 그만두는 게 좋을 것이다. 내가 일반인이라고는 하지만 누구들 덕분에 내 목숨 귀한 줄도 알았고, 정 안 되면 어디 한 군데 자르는 건 일도 아니거든."

해리 부국장은 창준의 냉정하도록 담담한 말을 들었으면서도 딱히 어떤 대답을 하지 않았다. 그저 자신의 잘린 팔을 바라보고 있을 뿐이다.

그리고 다시 고개를 들었을 때는 온통 화상투성이인 해리 부국장의 얼굴에 웃음이 걸려 있었다.

"큭큭큭… 7서클 마법사였다는 것만 알았어도……."

"그러니까 상대하는 사람이 어떤 사람인지 잘 알았어야지."

"네 말이… 맞다."

처음부터 검은 구체를 마음껏 날리고 최선을 다해 창준

을 밀어붙였다면 결과는 달라졌을지 모른다고 생각하는 해리 부국장이었다.

하지만 만약이라는 가정은 거의 패자들이 하는 생가이라 말하딘 해리 부국장이기에 스스로를 탓했다. 그러면서도 그의 얼굴에서는 어떤 패배감이나 자괴감, 고통 등은 전혀 보이지 않았다. 오히려 앞으로 다가올 즐거운 일을 기대하는 듯한 모습이었다.

이러는 사이 해리 부국장의 뒤에 소리 없이 나타난 주강이 해리 부국장의 등을 발로 차서 쓰러뜨렸다.

"패배한 놈이 뭐 이렇게 당당하게 서 있어?"

부지불식간에 주강에게 차여 바닥에 쓰러진 해리 부국장이 주강을 죽일 듯이 노려봤다.

"주… 강… 더러운 중국 원숭이 새끼가……."

"허허! 참 건방진 말투군. 혓바닥을 뽑아줄까? 아차! 아직 들어야 할 얘기가 있으니 혓바닥을 놔두고 다른 부위부터 손을 봐줘야겠군."

"크윽……."

"우리 중국에서는 말이야, 과거 선조들이 해왔던 즐거운 놀이가 있어. 일명 작대기라고 하는데, 몸에서 튀어나온 부분을 다 자르는 거야. 팔다리는 당연하고, 귀하고 코도 자르고, 네 하물까지도 말이야. 그러면 움직이지도 못하는 놈이 벌레처럼 기어 다닌다고 하더군. 한번 해볼까?"

무시무시한 말을 대수롭지 않게 말하는 주강의 모습은 어떤 협박보다도 무서워 보였다.

"나는 원래 패자에게 굴욕을 주지는 않아. 자신의 조국을 배신한다고 하더라도 말이야. 너도 알다시피 우리가 사는 곳은 그런 곳이잖아."

"……."

"하지만 넌 조국을 배신하는 수준이 아니라 사람이기를 포기했어. 네가 벌인 일 때문에 죽어간 수많은 사람들과 고통 받는 사람들을 생각해 보라고. 그러니 겨우 이 정도의 대접에 화를 내면… 내가 화날 것 같군."

냉혹하게 말한 주강은 창준에게 다가오며 말했다.

"뭐가 이렇게 오래 걸렸나?"

"다 봤잖아요. 쉬운 상대가 아니란 걸."

"보기야 했지. 아무래도 나까지 나서야 되는 건 아닌지 진지하게 고민했으니까 말이야."

주강은 창준과 해리 부국장이 싸우는 걸 모두 지켜보고 있었다. 만약 창준이 정말 위험하게 되면 당장이라도 뛰어들 준비를 하고서 말이다.

다행히 창준이 해리 부국장을 훌륭히 상대했기에 그저 지켜보기만 하다가 상황이 정리되고 나서야 나타난 것이다.

주강은 거의 초토화가 되어 있는 주변을 둘러보며 속으로 혀를 내둘렀다.

'마법이라… 정말 대단한 힘이야. 지진과 용암까지 다루디니…….'

주강이 갖고 있는 힘도 결코 약하지 않다. 그렇지만 7서클 마법이 보여준 위력은 그 역시도 놀랄 정도였다.

창준은 주강이 놀라든지 말든지 신경 쓰지 않고 해리 부국장에게 다가가 입을 열었다.

"그럼 이제 얘기를 해보지? 마스터라고 했는데, 그놈은 어디에 있지? 그리고 너희들의 목표는 무엇이고?"

해리 부국장은 창준의 물음에 답하지 않았다. 그저 얼굴에 기묘한 웃음만을 띠고 이 상황을 즐기는 듯한 모습이었다.

"…왜 웃고 있는 거지?"

"흐흐흐! 불나방 같은 놈들… 너희는 지금 어떤 상황인지도 모르고 있다……."

"그래, 그러니까 어떤 상황인지 알려달라는 말이잖아."

"내가 왜 그래야 하지?"

"괴물로 변하기 싫으면 그래야 하니까. 아마 너도 모르겠지만, 네가 죽을 정도가 되면 너도 제프리처럼 변하게 될 거다. 영국에 나타난 괴물 알지? 대답만 잘해주면 최소한 사람의 몰골로 죽을 수 있을 거다."

"크크크큭… 내가 제프리와 같은 멍청이랑 같은 놈인 것 같나? 애초에 제프리에게 씨앗을 먹인 게 나라고."

창준이 멈칫했다. 이건 생각하지 못했던 결과였다. 제프리가 괴물로 변이할 때 했던 말을 똑똑히 기억하고 있어서 해리 부국장도 같은 입장일 거라고 생각했던 것이다. 이걸 가지고 협박을 하면 어느 정도 먹힐 거라고 생각했는데, 너무 안일한 생각이었던 것 같았다.

주강은 그런 창준을 보고 앞으로 나섰다.

"그렇다고 상황이 달라지는 건 아니지. 대답을 해. 대답을 안 하면 차라리 죽여 달라고 소리를 지르도록 만들어줄 테니까. 아까 말했던 작대기로 만들어 버릴 수도 있고."

너무 막무가내로 압박하는 것 같다고 생각한 창준이 서둘러 말을 덧붙였다.

"하지만 대답을 해주면 살려주겠다. 치료도 해주고 네가 말하는 마스터에게서 보호도 해주지."

해리 부국장은 창준의 말에 반응도 보이지 않고 오직 주강을 노려봤다. 그의 눈에는 서서히 붉은 광기가 떠오르고 있었다.

"작대기? 어디 한번 만들어 봐! 크아압!"

해리 부국장이 소리를 지르자 그의 등 위에서 검은 구체가 만들어졌다.

아무리 해리 부국장이 쓰러져 있다고는 하나 검은 구체가 갖고 있는 힘을 무시할 수 없었다. 그리고 손을 사용하지 않아도 검은 구체를 만들 수 있다는 걸 몰랐던 두 사람은 검은 구체에게 빨려들어 가지 않기 위해 서둘러 뒤로 물러섰다.

하지만 어차피 검은 구체는 두 사람을 노린 게 아니었다.

해리 부국장의 몸이 검은 구체를 향해 끌려가기 시작했다. 바닥을 한 손으로 붙잡고 버티고 있기는 했으나, 너무 근거리에서 나타난 검은 구체였기에 다리 부분은 벌써 검은 구체에 닿았다. 당연하게도 검은 구체에 닿은 해리 부국장의 다리는 섬뜩한 소리를 내며 산산이 부서져 사라져 갔다.

우두두둑!

찌지직!

뼈가 순식간에 부서지고 살이 찢겨져 나가는 소리는 사람의 간담을 서늘하게 만들었다.

"아… 안 돼!"

창준은 당황한 얼굴이 되었고, 주강은 욕설을 내뱉었다.

설마 자신의 목숨을 스스로 끊으려고 할지 생각도 하지

못한 창준은, 몸이 부서지는 고통에 식은땀을 줄줄 흘리면서도 비명조차 지르고 있지 않는 해리 부국장을 망연히 바라봤다.

해리 부국장에게서 어떤 정보든 얻었어야 했다. 이렇게 해리 부국장을 잃으면 마스터라는 놈을 찾을 방법이 현재로는 없었다. 아니, 찾더라도 시간이 오래 걸릴 것이다.

그렇다고 해리 부국장을 끌어낼 수 없었다. 잘못하면 검은 구체에 끌려들어 가 허무하게 죽을 수 있기도 했고, 창준이 다가오면 해리 부국장은 지면을 잡고 있던 손을 놓을 것 같았기 때문이다.

그런 해리 부국장의 입가에는 오히려 웃음이 걸려 있었다.

"멍청한 놈들… 마스터에 대해서 실토하느니… 차라리 내 손으로 목숨… 을 끊어주지. 네놈들이 앞으로 얼마…나 살아남… 을 것 같나? 차… 라리 살려달라고 외치게 될 거라고? 그건… 네놈들… 일 것이다. 으하하하!"

힘겹게 말하던 해리 부국장이 손을 놓자 그대로 검은 구체에 빨려들어 가며 가루가 되어 사라졌고, 동시에 검은 구체도 사라졌다.

창준은 망연한 눈으로 검은 구체가 있던 곳을 바라봤다. 그곳에는 해리 부국장이 사라졌다는 흔적조차 남아 있지 않았다.

"이런 독한 놈이… 스스로 목숨을 끊다니……."

주강 역시 설마 해리 부국장이 자살을 선택할 것이라 생각하지 못했는지 약간 허탈한 모습이었다.

원래 주강이 활동하는 방첩 세계에서 스스로 목숨을 끊는 일은 생각보다 자주 일어나는 것이기는 했다. 하지만 자살을 선택하는 사람들의 대부분은 거대한 대의명분을 가지고 있었다.

해리 부국장과 같은 사람들은 보통 자신의 목숨을 대단히 소중히 생각한다. 애초에 조국을 배신하는 일은 자신을 위해서 다른 사람을 쉽게 희생시킬 수 있는 사람들이 선택하기 마련이니까 말이다.

그런데도 일반적인 모습과 달리 스스로 목숨을 끊은 해리 부국장의 행동은 창준과 주강의 머릿속을 복잡하게 만들기 충분했다.

이제 어디서부터 다시 흔적을 쫓아야 할지, 마스터란 사람이 누군지, 그의 목적이 무엇인지 등, 이 모든 궁금증을 풀어줄 사람이 사라졌다.

창준은 애써 복잡한 생각을 버리려고 했다.

'좋게 생각하자. 어차피 지금 내 실력으로는… 아마도 마스터라는 놈과 싸울 수 없을 거야.'

해리 부국장이 보여준 힘은 비록 창준을 넘어서지는 못했어도 충분히 위협할 정도는 되었다. 아니, 어쩌면 큰 격차가 없었을 수도 있다.

마스터라는 자의 수하를 자청하는 해리 부국장의 힘이 이 정도라면… 아마도 마스터라는 자의 힘은 훨씬 더 무서울 것이라 예상했다. 창준이 7서클 마법사이기는 하더라도 마스터를 이길 수 없을 가능성이 높았다.

자신의 힘을 한 단계 더 높여야 했다. 그리고 조금 전 떠올렸던 작은 단초를 파고들어야 했다. 어쩌면 그것으로 말미암아 8서클에 올라설 수 있을지도 모른다.

'빨리 수련할 곳을 찾아야겠다.'

마음을 정리한 창준은 주강에게 말했다.

"일단 이후의 일에 대해서 부탁을 드려도 되겠지요?"

"그건 걱정하지 말게나. 그리 어려운 일도 아니니까."

이후의 일이란 해리 부국장이 숨기고 있던 비리 등을 이용하여 그가 잠적한 것으로 CIA를 속이는 일이었다. 이건 중국 국가안전부의 힘만으로는 조금 버거운 일이었지만, 페르낭과 유럽의 힘을 이용하면 충분히 조작하거나 CIA를 속이는 게 가능했다.

이것만이 아니라 해리 부국장이 말한 마스터를 쫓는 일도 일단 국가안전부와 주강이 맡았다.

고개를 끄덕인 창준은 간단한 인사를 전하고 서둘러 자리를 떠났다.

마스터라는 자가 무엇을 준비하고 있는지는 모른다. 하지만 해리 부국장은 마스터라는 자를 믿고 스스로 목숨을 끊었을 정도였다. 그것이 무엇인지 몰라도 유전자 변형 마약 정도는 아무것도 아닌 수준이 될지도 몰랐다.

시간이 없었다. 한시라도 빨리 더 강한 힘을 얻어야 했다.

CHAPTER
05
강림

철컥!

문이 열리는 소리가 들리자 모니터를 뚫어져라 바라보고 있던 신우가 시선은 여전히 모니터를 향한 상태로 말했다.

"찾았어?"

들어온 사람은 대답을 하지 않고 신우가 앉아 있는 책상으로 다가와 남아 있는 의자에 털썩 앉았다.

신우의 옆에 앉은 사람은 몸에 달라붙는 정장을 입은 20대 중반의 백인 여성이었다. 황금빛 금발에 눈부신 미모를 가진 여자는 묘하게 섹시한 분위기를 풍기며 다리를 꼬았다.

"사람이 왔는데 보지도 않아?"

"굳이 그래야 되나? 그리고 지금 해리 부국장이 내렸던 임무와 명령을 모두 살펴보는 중이라 바쁜 걸 빤히 알면서."

"아직도 그걸 확인하고 있는 거야? 그렇게 많은 자료들 중에서 찾으려면 1년은 걸릴 거라고."

투덜거리듯 말하는 여자의 말에 모니터에만 집중을 하고 있던 신우가 고개를 돌려 그녀를 바라봤다. 신우의 입가에는 희미한 미소가 달려 있었다.

"대충 가닥을 잡았다면?"

"진짜? 뭔데? 어떤 단서를 잡았어?"

화들짝 놀란 여성이 자세를 바로 하며 급히 물었다.

"일단 너 먼저 말해. 여기까지 온 걸 보면 실종된 해리 부국장을 찾은 것 같은데, 아니야?"

"맞아."

의자에 몸을 기대며 요염하게 다리를 책상 위에 올리는 여자를 보며 신우는 문득 자신이 미국으로 건너올 때를 떠올렸다.

재철의 복수를 위해 미국으로 건너온 신우가 가장 먼저

찾은 사람은 FBI에 있는 에릭 최였다.

에릭은 미국 이민 1.5세대로 FBI에서 활동하고 있는 요원이었다. FBI에서 제법 이름이 높은 에릭은 국정원 요원이었던 재철과 깊은 친분이 있었던 사람이기도 했다.

에릭을 만난 신우는 도움을 요청했고 에릭은 적극적으로 돕겠다는 의사를 표했다.

일단 에릭에게 제대로 된 도움을 받으려면 기밀에 속하는 키메라의 정보를 풀어야 했다. 당연한 얘기일지 몰라도 에릭 역시 키메라에 대해서 알고 있었다. 아직은 국민들에게 비밀로 하고는 있었지만, 에릭과 같이 일선에서 일하는 사람들은 키메라에 대해 모를 수 없었다.

에릭의 도움을 받아 연결된 사람이 바로 신우의 옆에 앉아 있는 여자, 라나 맥코이였다.

처음에는 라나가 어떤 사람인지 몰랐었다. 에릭에게 소개를 받았을 때는 미국 국가안보국, 통칭 NSA(National Security Agency)에 소속된 요원이라고만 알았다.

CIA와 함께 미국 첩보공작의 양대산맥으로 불리는 NSA는 미국 국방부 특별 활동국 소속 정보 수집 기관으로 암호 작성, 관리, 해독을 주 임무로 가지고 있었는데, 거의 전 세계의 모든 통신 수단을 감청하고 있다는 소문의 주인공이기도 했다.

처음에는 정보를 잘 얻을 수 있도록 하기 위해 라나를 소개시켜 줬다고 생각했다. 그럴 수밖에 없는 게, 신우가 필요하다고 말하는 정보를 거의 실시간으로 받을 수 있도록 해줬던 사람이 바로 라나였기 때문이었다.

그러면서 라나와 친분이 깊어진 신우는 마침내 라나라는 사람이 어떤 사람인지 차후에 알게 되었다.

텔레파시스트(telepathist).

텔레파시는 오감을 사용하지 않고 사람의 생각을 읽거나 감정을 주고받으며 대화까지 할 수 있는 초능력이다. 이걸 사용할 수 있는 사람을 부르는 말이 바로 텔레파시스트였다.

라나는 신우가 얘기를 하지 않아도 그의 감춰진 모든 과거를 알아냈고, 그에게 적극적으로 지원을 하기 시작한다.

라나의 도움을 받아 흑마법사를 추적하다가 CDC의 폭발에 대해서 알게 되었고, 그곳에서 누군가 흑마법사가 존재한다는 걸 알아내게 된다. 그리고 그 정보는 고스란히 창준에게 넘어갔고 말이다.

라나는 자국의 일이면서도 굳이 다운스 국장의 정보를 건네준 건 정의를 실현하기 위해서였다.

다운스 국장은 상당한 권력을 가진 사람이다. 그리고 그의 뒤를 봐주는 정치인들도 많았다. 그런 사람은 절대로 제대로 된 심판을 받지 못한다.

그랬기에 신우와 거래를 했다. 정보를 건네주는 대신 처리는 창준이 해주는 것으로.

“창준이라는 너희 나라의 마법사 정말 대단하더라.”

“응? 갑자기 그게 무슨 말이지?”

라나도 창준에 대해서 기본적인 정보를 모두 알고 있었다. 과거 CIA에 구속된 적이 있던 창준이었으니 당연했다.

“일단 해리 부국장은 죽었어.”

“죽었… 다고?”

“시체는 발견하지 못했지만, NSA에서도 해리 부국장을 찾고 있었고, 얼마 전에 최종적으로 그가 죽었다고 공표되었어. 물론 언론에는 여전히 실종으로 알려지겠지만 말이야.”

“그를 창준이 죽였다는 말인가?”

그 말에 라나가 웃으며 신우의 어깨를 살짝 때렸다.

“새삼스럽게 모르는 척은. 정확한 증거는 없는데, NSA 내부에서 나온 얘기니까 맞을 거야.”

NSA의 능력자는 라나만이 아니었다.

미국의 능력자가 CIA에만 있는 건 아니었다. CIA의 능력자들은 전투 쪽에 특화되었다고 할 수 있었고, NSA에서는 정보를 수집하기 위한 라나와 같은 능력자들과 몇몇 특수한 능력을 가진 능력자들이 포진하고 있었다.

그렇기에 해리 부국장의 시체를 발견하지 못했어도 영혼을 찾을 수 있는 능력자를 통해 해리 부국장이 죽었다는 확답을 받을 수 있었다.

그리고 해리 부국장이 죽임을 당했다고 판단되는 장소를 찾았을 때는 경악을 금치 못했다.

숲 한가운데만 무시무시한 지진이 온 것처럼 온통 갈라지고 깨져 있었고, 용암이 솟구쳐 오른 흔적마저도 있었다. 그리고 온갖 폭발들의 흔적들은 전쟁터라고 해도 믿을 수 있을 정도였다.

자연재해가 이곳에만 일어난 것 같았다. 실제로 지진 관측소에는 이곳에서 지진이 있었다는 증거 자료마저도 나온 상태였다.

라나의 설명을 들으면서 신우는 고개를 끄덕였다. 그는 이미 창준이 대단한 능력을 가졌다는 걸 알고 있었다. 물론 이 정도일 줄은 몰랐지만 말이다.

"해리 부국장이 죽임을 당했다면… 그가 단순한 첩자가 아니라 최소한 다운스 국장 수준의 고위층이었다는 말이겠지."

"그리고 그가 가지고 있던 정보에서는 정말 귀한 내용이 나올 것이고. 그러니까 이제 네가 말해봐. 어떤 정보가 있는지."

신우는 슬쩍 웃으며 모니터를 라나에게 돌렸다. 그곳에는 CIA 요원들이 해리 부국장에게 받은 명령들이 있었다.

"나도 확실하지는 않아서 직접 확인을 해봐야 되기는 하는데, 근래 CIA 요원 수십 명에게 명령을 내렸어. 모두 같은 임무는 아니지만, 그들이 움직이는 곳을 보면 한 장소를 중심으로 그 주변에 포진을 시키는 모양이더군."

"…그게 끝이야?"

"그러니까 확인을 해봐야겠다고 했잖아. 지금까지 조사하면서 느꼈던 걸 생각하면… 아마 이곳에서는 정말 중요한 일이 벌어지고 있을 수 있어."

신우가 눈을 빛내며 모니터를 노려봤다.

라나는 그런 신우를 보며 묘한 눈빛을 보였다.

'대체 이 사람은 무슨 생각이지? 능력도 없으면서…….'

지금 암중에 벌어지고 있는 일들은 상당히 위험했다. 자신과 같은 비 전투 요원이 아니라 실제 전투 요원이라고 하더라도 굉장히 힘든 일들이라 할 수 있었다.

그런데 아무런 능력도 없는 신우가 스스로 위험한 곳에 들어가려는 모습이 이해가 되지 않았다.

라나가 느끼기에 신우는 참 좋은 사람이었다. 의지도 굳고 위험을 피하지 않는 그의 모습에서는 남자의 향기가 나기도 했다.

물론 유부남을 유혹할 생각은 전혀 없었지만, 이런 좋은 사람이 객사하는 걸 보고 싶은 생각도 없었다.

"언제 갈 건데?"

"지금 당장."

"그러면 이걸 받아."

라나는 신우에게 두 가지 물건을 건넸다. 하나는 자줏빛의 돌이었고 다른 하나는 조그만 버튼이었다.

"정말 위험한 순간이 오면 이 버튼을 눌러. 대신 이 돌을 꼭 갖고 있을 때만 눌러야 돼."

"이게 뭔데?"

"정말 위험한 순간이 오면, 네 목숨을 구해줄 수 있는 마지막 방법이겠지."

신우는 이것들이 범상치 않은 물건이란 걸 충분히 알 수 있었다. 어쩌면 라나는 대단히 무리를 하면서 이걸 건네준 것일지도 모른다.

"고맙다."

"한국에 아기가 있다며. 괜히 죽어서 아기가 아버지도 없이 자라게 되면 안 되잖아."

약간 퉁명스럽게 말하는 라나의 모습에 신우는 손을 내밀어 그녀와 악수를 했다.

"절대 안 죽어. 한국에서 나를 기다리는 사람이 있으니까."

신우는 자리에서 일어나 방을 나갔다.

방에 홀로 남은 라나는 신우가 있던 빈자리를 바라보며 한숨을 쉬었다. 순수하게 동료를 걱정하는 라나의 마음이 들어 있는 한숨이었다.

*　*　*

지하인 것 같았지만 제법 넓은 공간에 창준은 홀로 앉아 있었다. 그가 있는 곳은 넓기는 했지만 아무것도 없었다. 책상도 전자제품도 없었고, 심지어 침대도 없었다.

이곳은 한국에서 미국에 만들어 놓은 안전 가옥 중 하나였다. 해리 부국장을 죽인 창준은 바로 국정원과 연락해 안전 가옥에 틀어박혔다.

해리 부국장이 죽은 지 벌써 한 달이 넘어가고 있었는데, 그동안 창준은 한국으로 가기는커녕 지금 있는 장소를 벗어난 적조차 없었다. 오로지 이곳에서 지금처럼 앉아 가만히 무언가를 생각하고 있었을 뿐이다.

창준이 이렇게 가만히 무언가를 고찰하고 있는 이유는 당연하게도 8서클에 오르기 위해서였다.

해리 부국장을 처리하기는 했지만, 그의 뒤에서 더 무서운 힘을 가진 누군가가 무언가를 준비하고 있다. 그것이 무엇인지는 모르지만, 해리 부국장의 말대로라면 준비가 끝났을 때는 높은 확률로 큰 문제가 발생하는 것 같았다.

아직 마스터라는 자의 위치도 모르기는 하나 어떤 방식으로든 그를 막거나 그가 벌인 일을 수습하려면 힘이 있어야 했다. 최소한 해리 부국장을 쉽게 처리할 수 있을 정도의 힘을.

"후우……."

창준의 입에서 깊은 한숨이 튀어나왔다.

'내가 얼마나…이러고 있었던 거지?'

이곳에는 시계도 없고 창문도 없다. 그리고 깊은 고찰에 들어가면 시간은 의식과 달리 빨리 지나가게 된다. 그러니 자신이 얼마나 이러고 있는지 스스로도 인지하기 힘들었다.

창준은 해리 부국장을 처치하면서 어떤 단초를 얻었다. 그리고 그것이 어쩌면 8서클로 올라가는 해답이 될지도 모른다고 생각했다.

하지만 결론만 말하면 그렇지 않았다.

깊게 고찰을 해봤고, 그로 인하여 성과도 약간 있었다. 하지만 말 그대로 약간이었을 뿐, 8서클로 오르지는 못했다.

그 이후로도 많은 고민을 하고 고찰을 했으나 아직까지는 어떠한 일도 일어나지 않고 있는 상황이었다.

"단시간에 8서클에 오른다는 생각이 나만의 헛짓거리였던 걸까?"

아마 창준의 이런 생각을 페르낭에게 얘기했다면 미친놈 바라보는 눈빛을 받았을 것이다.

페르낭이 7서클에 오른 지 10년이 넘었다. 그런데도 아직까지 8서클은 끝자락도 보이지 않는 중이었다. 그런데 이제 7서클에 오르고 1년도 지나지 않은 창준이 단 1개월 고찰을 하고 8서클에 오르지 못한 것에 한탄하듯 말하고 있으니, 아무리 페르낭이 성격이 좋다고 하더라도 주먹을 날릴지 모르는 일이었다.

창준은 자신이 얼마나 대단한 성취를 이루고 있는지 실감하지 못하는 것 같았다. 머리로는 이렇게 짧은 시간에 7서클에 오른 것이 대단한 것이라고 알고는 있으나 심정적으로 동감하지 못하는 그런 것 말이다.

아무튼 멍하니 허공을 바라보던 창준은 문득 일리미트 비블리어시카를 아공간에서 꺼냈다.

보랏빛 작은 철판으로 만들어진 주먹만 한 구슬은 처음 얻었을 때처럼 지금도 신비로운 보랏빛을 뿜어내고 있었다.

"일리미트 비블리어시카… 아스란은 내가 이걸 얻을 거라고 생각도 하지 못하고 있었겠지?"

아마도 그럴 것이다. 아스란이 창준을 정확히 지목해서 남긴 물건도 아니었으니까.

하지만 이것을 얻음으로써 그의 인생은 완벽하게 변했다.

어머니의 병을 고쳤고, 자신은 사채의 구렁텅이에 빠지지 않았으며, 동생은 그 나이에 걸맞게 커나가고 있었다. 그것뿐이던가. 이제는 가족을 생각하는 마음과 비슷할 정도로 창준의 가슴을 가득 채운 케이트도 있었다.

이제 절망만이 남았던, 빚을 갚지 못해 생매장을 당하고 동생까지 피해를 보던 인생은 완전히 사라졌다.

과거를 떠올리면 지금 창준은 매우 행복하다고 할 수 있었다. 언제나 다음 일을 걱정하고 발버둥을 쳤으며, 이제는 모든 위험을 제거하기 위해 흑마법사를 상대하려고 적극적으로 나서고 있어서 쉽게 느끼지 못했던 일이었다.

'그래… 내가 너무 조바심을 느끼는 거지.'

케이트는 이런 창준을 헤아렸기에 너무 조급하게 생각하지 말라고 말하고 그가 좀 쉬기를 바랐던 것일지도 몰랐다.

8서클 대마법사는 지고한 경지다. 아스란의 세계에서도

이 수준에 달했던 사람을 손에 꼽을 정도로 말이다. 그런 엄청난 경지를 손쉽게 손에 넣으려고 발악을 하고 있기도 했다.

이제는 좀 내려놓아야 할지도 몰랐다.

흑마법사가 준비하고 있는 일이 무엇인지는 몰라도 지금 창준은 강했다. 어쩌면 지금 갖고 있는 힘으로 대항이 가능할지도 몰랐고, 그를 제외하고도 세계에 있는 실력자들은 많았다. 모두 힘을 합치면 아무리 흑마법사가 대단한 짓을 꾸미더라도 부숴버릴 수 있을지도 몰랐다.

마음을 편하게 먹으니 맥이 풀리면서 배가 고파왔다.

창준은 일리미트 비블리어시카를 머리 위로 들어 올려 조명을 가리며 말했다.

"포기한 건 아니에요, 아스란. 하지만 제가 조급하게 생각하고 있다는 건 맞는 얘기겠죠?"

창준이 슬쩍 웃으며 말하고 일리미트 비블리어시카를 내려놓으려고 하는데, 문득 그의 시선에 무언가가 들어왔다.

자신이 잘못 봤나 싶어서 일리미트 비블리어시카를 가까이 가져와 표면을 조명에 반사시켜 가며 눈을 가늘게 뜨고 살펴봤다. 그리고 그의 입이 벌어졌다.

"어?"

무언가가 거의 보이지 않을 정도로 표면에 음각되어 있는 게 보였다.

분명히 일리미트 비블리어시카의 표면은 매끄러웠었다. 지금까지 일리미트 비블리어시카를 사용했던 적이 얼마나 많았는데 그걸 확인하지 못했었겠나?

그런데 지금 다시 보니 분명히 음각되어 있는 무언가가 보였다. 초인적인 수준에 오른 창준이라고 하더라도 거의 보이지 않을 정도로 미세하게 적혀진 글자는 현대 기술을 이용하더라도 이렇게 할 수 있을까 싶을 정도로 대단히 작았다.

7서클에 올랐을 때도 보이지 않았었다. 그렇다면… 이번에 얻은 깨달음으로 신체적인 능력이 조금 더 향상했고, 그래서 보이는 것일지도 몰랐다.

중요한 사실은 아스란이 남긴 무언가가 더 남아 있다는 사실이다.

창준은 서둘러 눈이 빠져라 일리미트 비블리어시카를 살펴보기 시작했다.

―7서클을 넘어 8서클로 가는 벽에 이르렀을 때, 이 글이 보일 것이다.

창준의 눈이 빛났다. 가장 첫 문구에서, 어째서 이제야 이것이 보였는지 이해했다. 자신이 생각했던 것처럼 이번의 고찰로 인해 능력이 약간 상승해서 보이기 시작한 거라고 말이다.

창준은 음각도 글자를 계속해서 읽었다.

—마나의 조화를 이루는 건 있을 수 없는 일이다. 애초에 4대 원소뿐만이 아니라 가공된 각종 원소를 하나로 만드는 건 조화가 아닌 부조화일 뿐이니, 각각의 원소를 따로 완성하여 서로 이어지도록 만들어야 한다. 각각의 원소 마나는 특정 법칙에 따라 이어져야 하며…….

창준의 눈이 점점 커졌다. 아스란이 남긴 글은 창준이 고찰했던 내용을 고스란히 담고 있었다. 아니, 추측으로 끝났던 부분은 더욱 상세하고 깊이 있게 다루고 있어서 이해하기 편했다.

깨달음을 말로 설명할 수 없다. 하지만 반쯤 이해한 깨달음은 충분히 이끌어주는 게 가능했다.

창준은 깨달음의 초입을 넘어선 상태였다. 이다음은 다양한 경험이나 스승의 이끎이 있어야 했다. 어쩌면 아스란이 이렇게 깨달음을 설명하지 않았어도 차후에 시간이 흐르며 경험을 쌓고 스스로 벽을 부수고 나갈 수 있었을 것이다.

하지만 아스란이 설명을 해주고 있는 부분이 있다면, 경험이 없더라도 이해할 수 있는 폭이 대폭 늘어나게 된다.

창준의 몸에서 서서히 마나가 흘러나오기 시작했다. 그 마나는 하나가 아니었고, 각각 색을 띠고 있어서 뭔가 상서로운 것처럼 보였다.

자신이 마나를 흘러내고 있다는 것도 알아채지 못하고 오직 일리미트 비블리어시카에 눈이 박혀 있는 창준은 8서클에 오르기 위한 단계에 올라서고 있었다.

* * *

미국 중서부에 있는 황량한 황야를 달리는 차량 하나가 있었다. 길도 없는 곳을 달리는 차량은 흔히 경찰에서 용의자를 수송하는 수송 차량과 똑같이 생긴 것이었다.

먼지를 흩날리며 황야를 한참 동안 달린 차량은 어느 순간, 사람의 눈에 보이지 않는 어떤 막을 뚫고 들어갔다. 그러자 멀리서는 보이지 않았던 거대한 마법진이 한눈에 들어왔다.

마법진에는 수십 명이 넘는 사람이 중간중간 멍한 얼굴로 서 있었고, 마법진 외곽에는 두 사람이 서 있었다.

마스터와 밀러 회장이었다.

밀러 회장은 점차 마법진으로 접근하는 차량을 보더니 묘한 표정을 지으며 마스터에게 말했다.

"마지막 제물이 도착한 모양입니다. 그리고 쥐새끼 하나가 더 들어온 것 같습니다."

"알고 있다."

"처리할까요?"

마스터가 고개를 저었다.

"놔둬라. 어차피 마법도 모르는 놈이라 무슨 수작을 부릴 수 없을 것이다. 그리고 만약을 대비하여 제물 하나쯤은 가지고 있는 것이 좋겠지."

말을 마친 마스터는 가볍게 손을 흔들며 말을 이었다.

"제물을 위치에 놓고 마법진을 발동할 준비를 하라."

명령을 들은 밀러 회장이 마법진 앞에 멈춘 수송 차량으로 다가갔다. 수송 차량에서 내린 두 사람이 수송 칸의 문을 열고 한 사람을 끄집어냈다. 넋이 나간 듯한 얼굴을 하고 있는 백인 남성은 두 사람이 끌어당기는 대로 움직이고 있었다.

밀러 회장이 명령을 내리자 넋이 나간 사람을 마법진에 올리고 자신들도 각각 마법진에 올라섰다. 분명 자신들이 죽을 걸 알고 있는 것 같으면서도 온통 이런 자리에 온 것이 영광이라는 듯한 표정이었다.

다들 미친 것 같았다.

"준비가 끝났습니다, 마스터."

고개를 끄덕인 마스터는 마법진 중앙으로 들어갔고, 밀러 회장 역시 마스터를 따라 중앙으로 향했다.

반영검을 앞에 둔 마스터는 밀러 회장에게 고개를 끄덕이고는 마기를 흘려 마법진을 활성화시켰다. 마법진은 이전에 발동했던 것처럼 잠시 후 붉은 서광이 하늘을 향해 뿜어져 나갔다.

"아아아악!"

"꺄아악!"

사람들의 몸이 부서지고 끔찍한 고통에 비명을 질렀다. 스스로 제물이 되기를 자처한 흑마법사들마저 비명을 지르고 있었다. 얼굴에는 여전히 뿌듯한 어떤 감정을 띠고 말이다.

마스터는 사람들의 비명에는 신경도 쓰지 않고 밀러 회장에게 말했다.

"마검을 사용하고 가자고 있는 마기를 모두 집어넣어라!"

밀러 회장은 반영검을 들어 마법진 중앙에 힘껏 꽂으며 마기를 집어넣었다. 그러자 마기의 폭풍이 몰아치며 검은 공간이 열렸다. 그 크기는 마스터가 홀로 마법진을 움직였을 때보다 약간 작았으나 제물이 충분했기 때문인지 쏟아져 나오는 마기의 농도는 더욱 짙었다.

마스터는 잔뜩 고양된 얼굴로 검은 공간을 향해 두 손을 푹 찔러 넣었다.

신우는 자신의 눈앞에서 펼쳐지는 광경을 믿을 수 없다는 눈으로 바라보고 있었다.

'대체… 무슨 일이…….'

해리 부국장의 명령을 따라 파견된 요원의 뒤를 조심스럽게 밟다가 요원이 누군가에게 납치되는 걸 봤었다. 해리 부국장의 명령서에 따르면, 초능력을 갖고 있는 것이 분명한데도 어떤 가루가 뿌려지자 최면에 걸린 것처럼 끌려갔단다.

신우는 그 순간 잠시 고민에 빠졌었다. 계속 뒤를 밟을 것인지, 아니면 대략적인 위치만 확인하고 지원을 요청할 것인지를.

계속 뒤를 쫓으면 당연히 목숨이 위험할 수 있었다. 안전을 위해서라면 적당히 위치만 확인하고 뒤로 빠지는 것이 옳았다.

하지만… 신우는 계속 뒤를 쫓는 것으로 정했다.

그 선택은 옳았다.

그저 대략적인 위치만 확인했더라면 내부가 확인되지 않는 막 때문에 아무것도 찾지 못하고 끝났을지 몰랐으니까.

그리고 지금 보이는 광경은 이미 키메라의 존재나 마법사, 초능력자의 존재를 알고 있는 신우라고 하더라도 도저히 믿을 수 없는 광경이었다.

하늘을 뚫기라도 할 것처럼 솟구쳐 오르는 붉은빛부터 알 수 없는 힘에 부서져 가는 사람들의 모습은 지독한 악몽을 보는 것처럼 느껴졌다. 사람을 동력으로 쓰는 것처럼 보여 저런 짓을 벌이는 이들이 사람일 것이라 생각되지 않을 정도였다.

마법진 중앙에 생긴 검은 공간에 손을 집어넣은 사람이 무언가를 꺼냈다. 책처럼 보이는 그것은 진득한 타르가 붙은 것처럼 검은 공간과 연결되어 있었고, 부들부들 떨리는 사내의 팔을 보니 당장이라도 검은 공간에서 꺼낸 책을 놓칠 것 같았다.

'그래, 놓쳐라!'

저게 무엇인지는 모른다. 하지만 이런 짓을 벌이는 놈들이니 분명 좋은 것이 아닌 게 분명했다.

누군가의 시선을 느낀 것은 바로 그때였다.

고개를 돌리니 지면에 검을 박아 넣었던 사내가 자신을 바라보고 있었다. 정통으로 시선을 마주친 것이다.

화들짝 놀란 신우는 자리에서 일어나 몸을 돌려 돌아보

지 않고 뛰었다. 이곳에서 무슨 일이 벌어지고 있다는 걸 확인한 이상, 이제는 빠르게 이곳을 빠져나갈 시간이었다.

특히 자신의 위치를 들켰다. 잘못하면 개죽음을 당할 수 있었다.

하지만 도망치려던 신우의 발이 멈췄다. 자신의 의지가 아니었다. 발바닥에 순간접착제라도 바른 것처럼 지면에서 떨어지지 않고 있는 것이다.

당황한 신우가 상체를 돌려 돌아보자 지면에 검을 박고 있던 사내가 자신을 향해 손을 뻗고 있는 게 보였다.

"제… 젠장!"

신우는 서둘러 품에서 권총을 뽑아 손을 뻗고 있는 사내를 향해 방아쇠를 당겼다.

탕! 탕탕탕!

총구에서 뿜어진 불꽃은 분명히 총알이 발포되었다는 걸 뜻했다. 하지만 사내는 여전히 그대로 손을 뻗고 있었다.

눈을 가늘게 뜨고 보니 자신이 발포한 총알이 붉은빛이 뿜어져 나오는 경계에 멈춰 허공에 둥둥 떠 있는 것이 보였다.

"말… 도 안 돼……."

물론 권총으로 어떻게 할 수 있는 상대가 아니라는 건

알고 있었다. 하지만 마치 영화에서나 봤던 것처럼 총알이 저렇게 공중에 떠 있는 건 생각도 하지 못한 일이었다.

사내가 신우를 향해 뻗고 있던 손을 살짝 흔들었다.

지지지직!

무슨 알 수 없는 힘이 신우를 끌어당겼다. 발은 여전히 지면에 붙어 있는 상태로 끌려가고 있는 것이다.

당황한 신우가 어떻게든 움직이려 발버둥을 쳤지만 도저히 아무런 반응도 나오지 않았다.

"너무 당황하지 말고 가만히 있으면 돼."

신우의 귀에 사내의 목소리가 들렸다. 나지막하게 말하는 것 같았는데, 바로 귀 옆에서 말하는 것처럼 똑똑히 들렸다.

"덕분에 부족한 부분을 채울 수 있겠구나. 영광으로 알거라. 네가 마스터를 위해 제물로 바쳐짐을."

"개소리하지 마!"

욕을 내뱉으며 발버둥을 쳐봐도 소용이 없었다. 신우는 어느새 마법진에서 뿜어지는 붉은 서광 바로 앞까지 끌려와 있었다.

"으… 으윽……."

붉은 서광을 밀어내기라도 할 것처럼 신우가 팔 하나를 내밀었다. 심상치 않은 것처럼 보이는 붉은 서광에 대한 이질감에 거의 본능적으로 움직인 것이다.

이건 신우의 실수였다.

우두두둑.

붉은 서광에 손이 닿자 마법진에 있던 사람들이 분해되었던 것처럼 신우의 손도 분해되어 날아가 버렸다.

"아아아악!"

어마어마한 고통이 뇌리를 찔렀다. 하지만 피할 수 없었다. 그의 몸은 점점 붉은 서광을 향해 끌려가고 있었고, 이미 서광에 닿은 손은 그의 의지와 달리 움직이지 않아 점점 분해되고 있었다.

엄청난 고통 속에서도 이렇게 죽을 상황이 되니 조금 후회스러워졌다. 아니, 최소한 자신이 본 것을 누군가에게 알리지도 못하고 이렇게 허무하게 죽어간다는 것 때문에 후회스러운 것일지도 몰랐다.

'주하야…….'

신우의 눈앞에 마지막으로 봤었던 주하의 모습이 떠올랐다. 눈물 젖은 얼굴로 자신을 배웅하던 모습과 그녀의 품에 잠들어 있던 아기의 모습이.

그렇게 자신에게 떠나지 말라고 외치던 주하와 아직 눈조차 제대로 뜨지 못하는 아기의 모습은 신우의 눈에 물기가 차오르게 만들고 있었다.

'이렇게 죽는 건가? 주하도… 아기도 다시 못 보고?'

절망에 빠지려던 바로 그 순간, 신우는 마지막에 라나가 준 물건들이 떠올랐다.

정말 위험한 순간이 오면 이 버튼을 눌러. 정말 위험한 순간이 오면, 네 목숨을 구해줄 수 있는 마지막 방법이겠지.

다시금 떠오른 라나의 목소리에 신우는 자유롭게 움직이는 팔로 주머니를 뒤졌다. 그의 손에 잡히는 돌과 버튼이 느껴졌다.

신우는 이게 무엇인지 몰랐다. 어쩌면 돌처럼 느껴지는 이것은 폭탄이고 버튼은 격발장치일지도 몰랐다. 하지만 지금은 선택의 여지가 없었다. 차라리 이것이 폭탄이라서 저들이 하고 있는 짓을 방해라도 한다면 억울하지는 않을 것이다.

신우는 지체하지 않고 버튼을 눌렀다.

하지만… 아무런 일도 일어나지 않았다.

당황한 신우가 버튼을 몇 번 더 눌렀어도 상황은 똑같았다. 라나가 준 것이 잘못된 것인지, 아니면 원래부터 그를 속인 건지 몰랐다.

마지막 수단까지 없어진 신우는 허탈한 표정으로 이제 거의 어깨까지 사라져 가는 자신의 팔을 바라봤다. 희망을 버렸기 때문인지 이제는 아픔도 느껴지지 않았다.

'주하야, 미안해……. 약속을 못 지키게 됐어.'

신우의 눈에서 눈물이 떨어졌다.

바로 그 순간이었다.

우웅!

무언가 울리는 소리가 들리더니 누군가 신우의 허리를 감싸는 게 느껴졌다.

"허튼수작을!"

신우를 마법진으로 끌어당기던 사내, 밀러 회장이 노성을 토하자 그의 손에서 시커먼 마기가 튀어나와 신우를 향해, 정확히 말하자면 신우의 뒤를 향해 날아갔다. 마법은 아니지만, 이런 마기를 맞으면 어지간한 사람은 순식간에 죽을 것이다.

하지만 마기가 신우의 근처에 이르렀을 때, 신우의 몸이 흐릿하게 변했고, 이내 마기는 원래 없던 것처럼 사라진 신우가 있는 곳을 스쳐 지나갔다.

"이… 이런!"

밀러 회장은 당황했다. 마법진의 제물이 부족해 신우로 충당을 하려고 했는데, 겨우 팔 하나를 제물로 바친 것으로 끝났기 때문이었다.

황급히 마스터를 바라봤다. 마스터가 들고 있는 책에서

는 아직 검은 타르와 같은 것들이 책을 끌어당기고 있었다.

그런데 신우의 부서진 팔에서 나온 가루가 마법진에 닿았다. 그러자 마법진이 한순간 빛을 번뜩였고, 책을 감싸고 있던 타르가 떨어져 나갔다.

마스터는 격동에 싸인 얼굴로 자신의 손에 들린 책을 바라봤다. 그의 눈이 강하게 떨리고 있었다.

"으하하하하! 드디어 성공이다!"

마스터가 광소를 터뜨리자 하늘을 향해 쏘아지던 붉은 서광이 흩어져 날아갔다. 그리고 이 자리에는 오직 두 사람만이 남았다.

밀러 회장은 서둘러 마스터에게 조아리며 떨리는 목소리로 말했다.

"대… 대업을 축하드립니다. 마지막에 예상치 못한 방해가……."

"됐다. 신념을 가진 인간이었기에 제물의 가치가 더 높았어. 그 정도만으로 이렇게 원하는 걸 얻지 않았느냐."

"감사합니다!"

마스터는 많은 감정이 소용돌이치는 눈으로 손에 들린 책을 바라봤다. 검은 기운이 흩어져 버린 책은 자신의 자태를 유감없이 보여주고 있었다.

불길한 검붉은색으로 물든 책의 표지는 어떤 생물의 가죽으로 만들었는지 기묘한 모습이었는데, 표지에서 사람이나 괴물의 얼굴이 계속 나타났다 사라지는 걸 반복하고 있었다.

마스터는 흉측한 책을 들고도 전혀 거리낌이 없는 듯 말했다.

"이제… 마신의 서를 얻었다. 그분을 영접할 수 있다."

"오오! 드디어 신을 만날 수 있다니……."

마스터가 책을 손에 들고 바라보자 알아서 책장이 펼쳐지더니 빠르게 파라락 소리를 내며 넘어갔다. 그리고 어느 한 부분에서 멈췄고, 마스터의 입이 열렸다.

"강림."

콰아아아!

마신의 서에서 마기와 검은빛이 뿜어져 나오며 주변을 뒤덮었다.

CHAPTER
06
8서클

신우가 있었던 지하 사무실에서 라나는 초조한 얼굴로 연신 사무실을 왔다갔다 걸어 다녔다.

"왜 이렇게 늦어?"

초조하게 있던 라나는 이내 참지 못하고 소리쳤다.

'내가 조심하라고 그렇게 말했건만…아무런 능력도 없는 주제에 왜 그렇게 배짱이 좋은 거야?'

신우에게 만약을 대비하여 도주할 방법을 마련하기는 했어도 그걸 사용하길 바란 건 아니었다. 정말 죽을 것 같을 때 사용하라는 것이었으니까 말이다.

이걸 사용했다는 말은 신우가 정말 큰 문제에 처했다는 것이 아니겠는가.

우웅!

뭔가 울리는 소리가 들리자 라나가 반색한 얼굴로 고개를 돌렸고, 그 자리에 마치 신기루처럼 신우를 품에 안은 잘생긴 사내가 나타났다.

"하마터면 나도 죽을 뻔했어!"

사내가 신우를 내려놓으며 소리쳤지만, 라나는 그의 말보다 쓰러진 신우를 보고 비명을 지르고 있었다.

"꺄악! 시… 신우 팔이……."

바닥에 누운 신우의 한쪽 팔은 어깨까지 사라진 상태였고, 엄청나게 피를 쏟아내고 있는 상황이었다. 아마 이대로 놔두면 5분 안에 사망할 것이 분명했다.

"릭! 지금 당장 병원으로 가야……."

라나가 순간이동 능력자인 릭에게 말하려고 할 때, 신우가 초점이 흐려져 가는 눈으로 라나를 바라보며 손짓을 했다.

"라… 나……."

"신우! 대체 무슨 일인데 이렇게 다쳤어! 곧 병원으로 데리고 갈 테니까, 정신 똑바로 차려! 집으로 가서 아기도 봐야 한다며!"

"중요한… 일이……."

"알아, 알아! 자세한 얘기는 릭한테 들어도 되니까 걱정하지마. 이제는 우리가 알아서 할 테니까!"

라나가 성급히 말했다. 하지만 신우는 그게 아니라는 듯, 손을 저으며 그녀의 말을 막았다.

"연락… 해……."

"연락? 누구한테?"

"창… 준……."

"그건 걱정하지 않아도 된다고! 우리가 알아서 할 테니까 걱정하지마!"

"그 사… 람이… 해결할… 수……."

말을 하던 신우는 이내 정신을 잃었다. 이런 상태로 지금까지 정신을 유지하고 있던 것 자체가 기적적인 일이었다.

"릭! 빨리 병원!"

"제기랄… 너 약속했던 것 꼭 지켜야 돼!"

릭은 크게 고함을 치고는 신우와 라나의 손을 잡고 신기루처럼 사라졌다.

* * *

미국은 초강대국이다. 냉전시대를 지난 이후 초강대국으로 불리는 미국은 그들만의 프라이드가 있다. 그렇기에 자국의 일에 타국의 도움을 받는 일은 발생하지 않았다.

신우를 병원으로 옮기고 그가 가지고 있는 기억을 읽은 라나는 무언가 대단히 불길한 일이 일어나고 있다는 걸 짐작했다. 그렇지만 신우의 말대로 창준을 찾을 생각을 하지 않았다.

그건 NSA 역시 마찬가지였다. CIA와 NSA의 능력자들을 라나가 보고한 위치로 보내기는 했어도 타국의 도움을 요청하지는 않았다. 심지어 군대를 동원하지도 않았다.

"이게 보고에 들어왔던 막이군."

제임스는 흐릿하게 보이는 막을 확인하고 뒤를 돌아봤다. 그의 뒤에는 다양한 복장을 입은 이십여 명의 남녀가 그를 바라보고 있었다.

"이제 안으로 들어갈 것이다. 보고에 따르면 이 안에는 사람을 분해시킨 두 명의 범인이 있다. 무언가 수상한 짓을 벌이고 있는 것으로 보이니, 범인을 생포가 기본 목적이나 여의치 않을 시에는 따로 명령을 내리지 않아도 사살하도록 한다."

그의 말을 듣고 있던 사람들은 고개를 끄덕였다.

딱히 군기가 바짝 든 모습은 아니지만 저들을 보는 제임스의 얼굴에는 숨길 수 없는 믿음이 자리하고 있었다.

CIA와 NSA에서 각각 최고 정예 요원들로 이뤄진 부대를 하나씩 만들었다. 그리고 그들을 이끄는 자리에는 CIA에서 잔뼈가 굵은 제임스에게 주어졌고 말이다.

이런 호화로운 팀이 꾸려진 적은 처음이었지만, 이것으로 끝낼 마음은 전혀 없었다. 앞으로 이 팀을 이끌며 자신의 위치를 공고히 할 생각이었다. 그리고 최종적으로는 현재 실종 상태로 알려진 해리 부국장의 위치가 제임스의 목표였다.

'나라고 못할 리는 없지. 이 정도 팀이라면 전 세계 누구라고 하더라도 충분히 해볼 만하다고. 이런 팀을 끌면서 겨우 부국장으로 끝낼 생각도 없다. 더 위를 바라볼 수 있어!'

혼자 잠시 망상에 빠졌던 제임스는 서둘러 머릿속을 비웠다. 중요한 첫 번째 임무를 앞에 두고 딴생각을 하고 있을 틈은 없었다.

"진입!"

명령을 내린 제임스가 먼저 막을 통과했고 그의 뒤를 따라서 이십여 명의 대원이 막을 통과했다.

막을 통과해서 들어가자 가장 먼저 보인 건 붉은 하늘이었다. 분명 막을 통과하기 전에는 밝은 대낮이었는데, 막을 지나오니 피처럼 붉은빛을 띤 하늘로 바뀐 것이다.

막을 통과한 대원들이 약간 웅성거리는 소리를 내기 시작하자 제임스가 크게 소리쳤다.

"놀랄 필요 없다! 이 정도 환영 마법에 놀랄 정도로 현장 경험이 없는 사람이 있나? 상대는 마법사로 추측하고 있다. 모두 정신 차려!"

시기적절한 제임스의 호통에 약간 수군거리던 대원들은 얼른 입을 다물고 집중하기 시작했다.

안으로 들어가자 마법진이 있었던 흔적이 보였고 그 가운데 두 사람이 보였다. 밀러 회장은 한쪽 무릎을 꿇고 부복하고 있었고, 마스터는 책을 손에 들고 서서 그들을 지켜보고 있었다. 책에서는 검붉은 마기가 하늘로 솟구쳐 오르고 있었다. 아마도 이것이 지금 하늘을 붉게 만드는 원인인 것 같았다.

다가오는 능력자들을 본 마스터가 사이한 미소를 지었다.

"이제 제물은 필요가 없는데……."

"제가 처리하겠습니다, 마스터."

밀러 회장은 당장이라도 달려갈 것처럼 이글거리는 눈으로 능력자들을 노려봤다.

"그럴 필요도 없다. 벌레들에게는 벌레에 어울리는 대

접을 해주는 것이 좋겠지."

그들의 대화를 들은 제임스의 얼굴에서는 비웃음이 자리 잡았다. 미국에서 가장 강력한 능력자들로만 모인 자신들을 두고 벌레라 말하는 두 사람의 대화에 보내는 비웃음이었다.

쓸데없이 분노할 필요도 없었다. 바로 처리를 하면 되니까.

"모두 전투 준비!"

제임스의 외침에 대원들이 각자의 능력을 꺼내 들었다. 불과 물, 바람 등과 같은 원소 계열 능력자부터 검이나 총을 꺼내 드는 등, 온갖 초능력들이 여기저기서 나타났다. 그들 하나하나가 뿜어내는 기운은 결코 무시할 수 없는 수준이었다.

하지만 그걸 바라본 마스터는 여전히 미소를 지은 얼굴로 책을 바라봤다. 그러자 책장이 알아서 넘어가다가 어느 곳에서 멈췄다.

"소환."

마스터의 말이 떨어지자 마기가 진동하기 시작하더니 바닥에 작은 소환 마법진 백여 개가 만들어졌다.

"뭔가 수작을 부렸다! 모두 조심해!"

굳이 제임스가 외치지 않아도 대원들은 소환 마법진에

서 흘러나오는 마기에 정신을 바짝 차리고 있었다.

소환 마법진에서 마물들이 튀어나오기 시작했다. 소환된 마물은 아스란의 세계에서 지상 몬스터 중에 최강이라는 트윈 헤드 오우거부터 드레이크와 같은 비행형 거대 몬스터까지 다양했다. 하지만 그중에 방점을 찍은 건 이십여 마리의 소환된 언데드였다.

거대한 체구에 육중한 갑옷을 입고 손에는 대검을 들고 있는 언데드 기사.

겉으로 봐서는 데스나이트와 비슷하게 생겼지만, 이것이 데스나이트가 아니라는 건 머리에 쓰고 있는 헬름 사이에서 뿜어져 나오는 검은 마기와 눈동자가 없는 검은 눈만 봐도 알 수 있었다.

마계의 백인대장이라 불리는 둠 나이트였다.

마스터는 소환된 마물들을 향해 명령을 내렸다.

"죽여라."

크오오오오오!

캬아아악!

마물들이 요란하게 비명을 지르며 능력자들을 향해 달려들었다. 그리고 둠 나이트들은 대검을 번뜩이며 마물들의 뒤를 따랐다.

"공격!"

제임스의 외침에 능력자들 중에서 원거리 공격 능력을 갖고 있는 자들이 공격을 시작했다.

불덩이가 날아가 트윈 헤드 오우거에게 적중하고 하늘을 날던 드레이크의 한쪽 날개가 얼어붙었으나 폭풍이 마물들 사이를 헤집고 다녔다.

제임스의 입가에 자신감이 깃든 미소가 떠올랐다. 지금 발출된 공격을 버틸 존재는 없다고 단언하면서.

하지만 트윈 헤드 오우거를 불태우던 불길은 순식간에 사그라졌고 드레이크는 얼어붙은 날개를 한번 펄럭이자 얼음이 부서지며 떨어져 나갔다. 그리고 마물들을 헤집고 다니던 폭풍은 빠르게 달려온 둠 나이트가 대검을 한 번 휘두름으로써 한 번에 지워 버렸다.

자신감이 깃들어 있던 제임스는 전혀 예상하지 못한 상황에 당황해서 얼굴이 딱딱하게 굳었다. 그가 굳어 있는 순간에도 원거리 능력자들이 공격을 퍼붓고 있기는 하나, 그들의 공격에 죽어나가는 마물들은 극히 적었다.

크하아아압!

뒤에서 둠 나이트 하나가 외치자 트윈 헤드 오우거들이 전방으로 나서서 원거리 공격들을 몸으로 받았다. 높은 저항력으로 원거리 공격을 막아내려는 것이다.

그러는 사이 하늘에서는 드레이크가 숨을 크게 들이마

시더니 힘껏 브레스를 뿜었다. 그러자 제임스가 따로 명령을 내리지 않아도 방어를 담당하는 능력자들이 나서서 브레스를 막으려고 했다.

능력자들의 각종 방어들은 드레이크의 브레스를 막기는 했다. 하지만 정통으로 브레스를 막은 능력자는 순식간에 산화되어 사라졌다. 아스란의 세계에서도 가장 위험한 마물 중에 하나로 손꼽히는 드레이크의 브레스는 능력자 혼자 막을 수준이 아니었던 것이다.

그것을 신호로 마물들이 능력자들을 향해 몰아닥쳤다.

근접 능력자들이 나서서 마물들을 상대하려고 했으나, 가장 먼저 나섰던 능력자들은 트윈 헤드 오우거가 휘두르는 거대한 몽둥이에 피떡으로 변해서 멀리 날아가는 걸 시작으로 일방적인 학살을 당하기 시작했다.

능력은 물론 수적 열세에 있는 능력자들이 몰살당하는 건 그리 오래 걸리지 않았다.

믿을 수 없다는 눈으로 멍하니 그걸 바라보던 제임스를 그림자 하나가 덮었다. 고개를 돌려보니 둠 나이트가 거대한 대검을 들어 올리고 있는 게 보였다.

둠 나이트의 대검이 수직으로 떨어지는 순간 제임스의 의식이 끊겼다.

* * *

창준이 있던 수련실은 온통 짙은 마나로 가득 차 있었다. 아마도 이곳에 저서클 마법사가 있었다면 넘쳐흐르는 마나의 영향을 받아 서클 하나를 더 만들 수 있을 정도의 수준이었다.

수련실 중앙에 창준이 있었다.

전처럼 가부좌를 틀고 있는 건 아니었고 마법을 사용한 것도 아니었는데, 허공에 둥둥 떠서 몸에서는 폭발적으로 마나를 흘리고 있었다. 수련실을 가득 채우고 있는 마나는 모두 창준이 흘린 마나였던 것이다.

수련실을 가득 채우고 있던 마나가 움직이기 시작했다. 창준을 향해서였다. 어느새 창준도 마나를 더 이상 흘리지 않고 있었고, 오히려 수련실을 가득 채우고 있는 마나를 흡수하고 있었다.

쇄아아아!

마나가 창준에게 흡수되는 게 얼마나 빠른지 바람소리마저 들려오고 있었다.

순식간에 수련실에 있던 마나를 모두 흡수한 창준은 그것만으로 모자라다는 듯이 수련실 밖에서도 마나를 흡수했다. 그러자 수련실에 근접한 위치에 있던 나무나 꽃들이 빠르게 말라가는 기현상이 일어나기도 했다.

마나를 흡수하는 걸 멈췄을 때, 창준의 눈이 천천히 떠졌다. 그의 눈동자에서는 충만한 마나가 번뜩이고는 이내 사라졌다.

자신이 허공에 떠 있었는데도 별로 놀라지 않은 창준은 서서히 내려와 지면을 딛고 섰다. 그리고 그의 앞에 같이 떠 있던 일리미트 비블리어시카를 향해 손을 내밀어 받았다.

"후우…8서클에 올랐구나."

깊은 한숨을 내쉬는 창준의 얼굴에는 숨길 수 없는 기쁨이 자리 잡고 있었다. 거의 포기를 했었을 때 얻게 된 8서클의 힘이었으니 감회가 새로웠던 것이다.

8서클에 오르고 보니 7서클의 힘은 아무것도 아니었다. 겨우 이 정도 힘에 취해 미국을 돌아다니며 흑마법사를 잡겠다고 했던 자신의 모습이 어처구니없을 뿐이다.

흑마법사를 상대하기 어렵다면 주강과 페르낭의 힘까지 합쳐서 싸우려고 했었는데, 지금 자신에게 느껴지는 힘을 보니 그게 얼마나 철없는 생각이었는지 깨달을 수 있었다.

창준의 시선이 일리미트 비블리어시카를 향했다.

아직 끝이 아니었다. 8서클에 오르기는 했으나 8서클 마법은 하나도 모르는 창준이었다. 이제 일리미트 비블리어시카에서 8서클 마법을 배울 시간이었다.

"일리미트 비블리어시카 오픈."

평소와 똑같이 일리미트 비블리어시카를 열려고 했다. 그리고 일리미트 비블리어시카에서 서광이 흐르는 것까지도 똑같았다. 하지만 다음으로 나오는 반응은 전혀 달랐다.

"… 어?"

일리미트 비블리어시카가 열리고 빛이 쏟아지며 두 개의 반딧불을 만들어야 했다. 하지만 지금까지의 익숙한 반응이 아니고 일리미트 비블리어시카 당장이라도 부서질 것처럼 떨리기 시작하는 것이 아닌가.

그리고 부서질 것처럼 보이는 것만이 아니라 실제로 일리미트 비블리어시카가 부서지고 있었다. 아직 8서클 마법을 익히지 못했다. 이렇게 부서지면 8서클 마법을 스스로 만들어내는 수밖에 없을 것이다.

"아… 안 돼!"

창준이 당황한 마음에 일리미트 비블리어시카를 손으로 잡으려고 했다. 하지만 그의 손이 닿기 직전, 일리미트 비블리어시카가 완전히 부서지며 지금까지 봤던 빛보다 더욱 강렬한 빛을 쏟아냈다.

"으윽……."

강렬한 빛에 눈을 가리자 일리미트 비블리어시카에서 부서진 철편들이 녹아내리는 것처럼 변했고 창준에게 달라붙었다. 그의 상의는 녹아내리는 것처럼 사라졌고, 그 자리에 달라붙은 철편의 액체들 하나하나가 하나의 기묘한 문자를 만들며 창준의 몸에 새겨졌다.

창준은 자신의 몸에 일어나는 변화에 대응할 수 없었다. 지금 그의 뇌리에는 이전보다 수십 배는 빠른 속도로 8서클 마법들이 새겨지고 있었기에 정신을 차릴 수 없었던 것이다.

그러는 사이 녹아내린 일리미트 비블리어시카의 파편들은 창준의 상체에 잔뜩 문신을 새겼다. 그건 아스란의 몸에 있던 것과 완전히 똑같은, 9서클 마법을 사용하기 위한 마법진이었다.

자신의 몸에 9서클 마법진이 새겨진 것을 모르는지, 창준은 머릿속에 쌓이는 마법 지식을 받아들이느라 눈조차 뜨지 않고 있었다.

이제야 창준은 아스란이 이뤘던 수준까지 쫓아올 수 있었다.

"으악! 이게 뭐야!"

창준은 자신의 팔뚝과 몸을 보고 소리쳤다. 팔뚝부터 가슴, 배는 물론 등까지 온통 룬어로 뒤덮여 있었다.

이 문신과 같은 룬어들이 일리미트 비블리어시카에서 비롯된 9서클 마법진이라는 걸 모르는 건 아니었다. 하지만 정도가 있지 온몸을 뒤덮고 있는 문신과 같은 룬어를 기쁘게 받아들일 사람이 어디 있겠는가.

창준은 자신도 모르게 깊은 한숨을 내쉬고 말았다.

"젠장… 나중에 어머니가 이걸 보면 뭐라고 하실지……."

딱히 신체발부수지부모(身體髮膚受之父母)라는 공자의 말씀에 따라 몸에 흠집을 남기지 않으려는 건 아니지만, 창준의 어머니는 문신을 별로 좋게 보시지 않았다.

하지만 어쩌겠는가. 그렇다고 단 한 번밖에 사용하지 못하고, 어쩌면 흑마법사와 싸움에서 결정적인 역할을 할지도 모르는 9서클 마법진을 허공에 날려버릴 수는 없는 노릇이었다.

그나마 다행이라면 룬어가 마구잡이로 들어간 것은 아니라서, 어떻게 보면 제법 스타일리쉬한 매력은 있다는 사실이었다.

'케이트가 이걸 보고 질색을 하는 건 아니길 바라야지.'

어머니의 시선을 어떻게든 피할 수 있지만, 이제 잠자리를 같이하는 케이트가 눈을 찌푸리지 않기를 바랄 뿐이었다. 참고로 케이트가 눈살을 찌푸리는 수준이라면 다른 사람에게는 대단히 극렬한 반응이라고 할 수 있었다.

다시 한 번 한숨을 내쉰 창준은 잠시 8서클 마법을 떠올려봤다.

정말 짧은 시간에 엄청난 분량의 마법 공식이 머릿속에 쑤셔 박히듯 새겨졌다. 아마도 창준이 8서클에 오르며 신체는 물론 지능의 폭까지 오르지 않았다면 그대로 미쳤을지도 모르는 힘든 시간이었다.

아마도 아스란은 그것마저 계산을 넣고 마법을 각인시킨 걸지도 몰랐다.

8서클 마법은 7서클 마법보다 더욱 복잡하고 방대한 공식을 갖고 있는 건 당연했다. 이전처럼 습득을 했다면 아마도 몇 달이라는 시간을 보냈어야 할지도 몰랐다. 어쩌면 아스란은 시간을 줄이려고 이전보다 더 빠른 각인을 진행했던 것일지도 몰랐다.

뭐가 어떻게 되었든, 창준은 이제 8서클 마법사였다. 그리고 이제야 자신감을 갖게 되었다. 그의 스승인 아스란과 같은 수준에 올랐으니까 말이다.

아직까지는 9서클에 오른다는 생각은 감히 떠올리지도 못하는 창준이었다.

가뿐한 마음에 자리에서 일어선 창준은 정말 오랜만에 밖으로 나간다는 생각에 즐거운 기분으로 수련실을 나섰다. 그리고 수련실을 나오자마자 보이는 세 사람을 보며 멈칫하고 말았다.

"이제 나오는군."

"새로운 경지에 오른 걸 환영하네."

"기다리고 있었습니다."

문 앞에서 기다리고 있던 사람은 주강과 페르낭, 그리고 정선이었다.

의외의 조합으로 서 있는 세 사람을 멀뚱멀뚱 바라보다가 창준이 입을 열었다.

"세 분은 여기서 뭐 하는 거예요? 저를 기다리고 있던 거예요?"

정선은 한국에 있어야 했고, 이곳은 한국의 안전 가옥이었으니 주강과 페르낭이 보이면 안 되는 곳이기도 했다.

"허… 자네가 이곳에 들어가고 얼마나 시간이 지났는지 모르는가?"

어처구니없다는 얼굴로 말하는 주강을 보며 창준이 어색하게 웃었다.

시간이 꽤 많이 흘렀을 거라는 건 알고 있었다. 하지만 얼마나 지났는지 구체적으로는 모른다. 말했듯이 수련실 안에는 창문도 시계도 없었으니까 말이다. 거기다가 창준은 의식의 흐름에 침잠되어 그런 것에 신경 쓸 여력도 없었다.

"많이… 지났나 보네요."

"삼 주나 지났네, 삼 주!"

"헐… 그렇게 오래됐어요?"

생각지도 못했던 시간에 창준이 조금 놀랐다. 이것조차 아스란이 빨리 8서클 마법을 습득하도록 한 것이 아니었다면 두 배가 넘도록 걸렸을 시간이기는 했다.

정선이 나서서 창준에게 말했다.

"처음 수련실에서 창준 씨가 나오지 않는다는 보고를 받았을 때는 이렇게 오래 걸리는 이유를 몰랐어요. 그래서 들어가려고 했는데……."

"내가 막았다."

주강이 정선의 말을 끊고 끼어들었다. 그러자 페르낭이 못마땅한 표정을 지었다.

"우리가 막았다고 해야지. 왜 자네가 혼자 막았다는 듯이 말하나?"

"내가 먼저 달려왔잖아."

"하지만 수련실 앞에 도착한 건 내가 먼저였다."

"치사하게 네가 나를 막았으면서 뻔뻔하게 나오는군."

"네가 달려드는 기세가 당장이라도 문을 열 것처럼 보였으니까 그랬지. 그렇게 흉흉하게 생긴 얼굴로 달려오는 걸 보면 누구라도 앞을 막았을 거다."

"허… 내가 너보다 창준과 먼저 만났거든."

"그게 무슨 상관이겠나? 하는 짓은 여전히 젊었을 때처럼 철없이 어디로 튈지 모르는데."

서로를 노려보며 당장이라도 한판 붙을 것처럼 말싸움을 하는 주강과 페르낭의 모습은 누가 더 철이 없는지 논할 필요가 없어 보였다.

'늙으면 더 어린애 같은 행동을 한다는데…….'

창준은 진짜 싸움이라도 나기 전에 얼른 끼어들었다.

"그래서 두 분이 다른 사람이 들어오지 못하도록 막으셨군요."

"그렇지. 기가 요동치는 걸 보고 얼른 달려와서 막았지."

"나 역시 마나가 과도하게 움직이는 걸 보고 달려왔다네. 그런데 도착하고 보니… 그렇게 열심히 달려오지 않았어도 됐었을 것 같더군."

"왜요?"

페르낭의 말에 창준이 물었다. 창준이 중요한 순간을 보내고 있었던 그때, 누군가 들어와서 창준을 방해했다면 분명 문제가 생기기는 했었을 것이다. 어쩌면 8서클에 오르지 못했을 수도 있었을 테고 말이다.

"자네는 아무런 의식도 하지 못하고 했던 일이겠지만, 그때 자네가 있던 수련실은 온통 마나로 가득 차서 누구도 들어갈 수 없었다네."

"아니지, 나라면 억지로라도 들어갈 수는 있었을걸."

"쯧쯧… 들어가서 어쩌려고. 수련실 자체가 창준의 마나로 가득 차 있어서 들어는 갔어도 네가 자랑하는 그 무공을 사용하지도 못했을 텐데."

"끄응……."

사실이었기에 잠시 끼어들었던 주강은 페르낭의 말에 본전도 못 찾고 고개를 돌렸다. 그리고 정선이 페르낭의 말을 받았다.

"그래서 저도 급하게 한국에서 날아왔고, 고맙게도 두 분이 같이 경계를 해주셨어요."

말은 그렇게 하면서도 주강과 페르낭을 보는 정선의 눈초리가 그리 곱지 않았다.

이곳이 안전 가옥이라 타국인인 주강과 페르낭이 있으면 안 된다는 건 그냥 넘어가더라도, 그들이 창준을 지키겠다고 이곳에 있는 게 이해할 수 있는 일은 아니었다.

아무라 주강과 페르낭이 창준과 친분이 깊고 그를 위한다고 하더라도, 이들은 타국의 사람이었다. 그렇기에 자국의 이익을 위해서 창준에게 해를 끼칠지도 모른다고 국정원에서는 판단했었다. 덕분에 정선은 급히 한국에서 미국으로 들어온 것이었다.

주강과 페르낭도 정선이 말하고자 하는 것이 무엇인지 알고는 있었다. 그렇지만 주강과 페르낭이 창준을 지키겠다고 한 것은 진심이었다.

페르낭은 창준에게 물었다.

"혹시… 8서클에 오른 것인가?"

굳이 대답을 해야 할 필요는 없었다. 그리고 이런 것 자체가 창준을 규정짓게 만드는 요인이 될 수 있으니 정상적이라면 최대한 숨겨야 할 일이다.

하지만 창준은 대답을 했다.

"그렇습니다."

8서클에 오르고 느낀 힘이 얼마나 강대한지 알고 있는 창준이었다. 그러니 혹시나 자신이 8서클에 오른 것을 이들이 안다고 하더라도 크게 문제가 될 것은 없다고 생각한 것이다.

"대단하군! 축하드리네."

"감사합니다."

"알려진 바로는 8서클에 오른 마법사가 없다네. 그러니 자네가 8서클에 올랐다는 건 마법사의 역사에 큰 획을 그었다는 사실이지. 이것이 알려지면 다른 마법사들 역시 엄청나게 축하를 할 게 분명해.”

페르낭이 잔뜩 흥분된 목소리로 외쳤다. 정선은 그런 페르낭에게 함구해 달라는 요청을 하려다가 말았다. 프랑스 사람이고 심지어 방첩부대에 소속된 그에게 함구를 요청해 봤자… 그가 들어줄 이유가 없었으니까 말이다.

정선은 창준에게 온갖 질문들을 던지려는 주강과 페르낭을 비집고 들어가 심각한 목소리로 말했다.

“그동안 큰 문제가 발생했었어요.”

“큰… 문제요? 설마 그들인가요?”

창준이 말하는 그들이 누군지 바로 알 수 있었던 정선은 고개를 끄덕이며 긍정을 표시했다.

“무슨 일인데요?”

“일단 같이 가시죠. 기다리는 사람이 있어요. 자세한 건 그곳에 가면 알게 될 거예요.”

궁금하기는 했지만 이유가 있을 거라고 생각한 창준은 주강과 페르낭에게 양해를 구하고 정선을 따라나섰다.

정선이 창준을 데리고 안전 가옥에 있는 다른 방으로 가자 그곳에서는 라나가 먼저 자리하고 있었다. 그녀는 창준을 보고 자리에서 일어섰고 정선이 그녀를 소개했다.

“NSA에 소속되어 계신 분이세요.”

“라나 맥코이라고 합니다.”

손을 내민 라나와 악수를 한 창준의 표정이 묘하게 바뀌었다. 그리고 라나는 살짝 놀란 표정을 지었다.

'읽을 수가 없어!'

지금까지 신체 접촉을 하면 읽지 못하는 사람이 없었다. 특급 경계 대상인 주강이나 페르낭과 같은 사람에게는 실험해 보지 못했지만, 다른 사람들은 모두 읽을 수 있었다.

그런데 창준과 잡은 손에서는 아무것도 느껴지지 않았다. 그건 마치 능력이 없었을 때 다른 사람과 악수를 하는 그런 느낌이었다.

당황한 라나의 귀에 창준의 목소리가 들려왔다.

"상당히 무례하군요. 제 기억을 읽고 싶어서 기다리고 계셨던 겁니까?"

"아! 죄… 송해요. 제가 스스로 컨트롤되는 능력이 아닌지라……."

직설적인 창준의 말에 라나가 더욱 당황했다. 그리고 정선은 라나가 텔레파시스트라는 걸 모르고 있었는지 미간을 찌푸리며 노려봤다. 하지만 라나를 쫓아내지는 않았다. 지금 정말 심각한 일이 벌어지고 있다는 걸 알기 때문이었다.

"일단 무슨 일인지 얘기를 해주시죠."

느긋하게 말한 창준은 의자에 앉아 라나를 바라봤다. 자신의 생각을 읽으려고 했던 건 괘씸하지만 정선이 가만히 있는 것과 흑마법사에 대한 얘기가 나올 걸 알았기에 더 문제를 크게 만들지 않으려는 것이다.

창준의 발에 라나가 다시 한 번 동양식으로 고개를 숙여 사과를 하고 말했다.

라나가 말하는 건, 신우에 대한 얘기였다. 그가 미국에 와서 어떻게 움직였는지, 그리고 어떻게 창준에게 정보를 건네게 되었는지, 마지막에 무슨 일이 있었는지를 말이다.

"…그러면 신우 씨는 지금 어디에 있는 겁니까?"

"NSA에 소속된 비밀 병원에 있어요. 원래는 국정원에 인도를 하려고 했지만… 지금 상태가 너무 좋지 않아서 그럴 수 없었어요."

"많이 다쳤습니까?"

"…팔 하나를 잃었어요."

창준은 자신도 모르게 혀를 찼다.

"쯧쯧쯧… 그러기에 이쪽 싸움에 끼어들어 봤자 좋은 꼴 보기 힘들다고 얘기를 했는데……."

"그래도 그가 있어서 위험 분자들이 어디에 있는지 찾은 거예요."

라나의 말이 틀린 건 아니었다. 단지 이제 아기 아빠인 신우가 그런 큰 부상을 입었다는 것이 안타까워했던 말일 뿐이다.

“그러면 신우 씨가 그들을 찾은 이후… 가만히 지켜보시지는 않았을 것 같은데요.”

“…원래 미스터 박은 당신을 찾아서 얘기를 하라고 했었어요. 하지만 NSA 내부에서는 자국의 일에 타국의 도움을 받을 수 없다고…….”

대충 짐작은 했다. 그렇다고 해도 8서클로 각성 중이었던 창준이었기에 신우의 말대로 그를 찾아왔어도 만날 수 없었을 것이다.

“그러면 상황은요?”

“일단 1차로 능력을 갖고 있는 최정예 요원을 들여보냈지만… 아무런 연락이 되지 않았어요. 저는 거기서부터 당신과 타국의 힘을 빌려야 한다고 요청을 했지만 받아들여지지 않았어요.”

“군대를 동원한 겁니까?”

“그… 렇죠.”

라나의 얘기에 따르면 미국 정부는 도합 네 번에 걸친 공격을 했다. 처음에는 능력자로 이뤄진 특수요원, 그다음은 지상 병력, 세 번째는 공중 지원 및 전투기까지 동원을 했고, 마지막에는 미사일까지 발사를 했다고 한다. 하지만 그 모든 힘을 사용하고도 상황은 바뀌지 않았다.

이제는 마지막 방법밖에 없다고 했다.

"설마 핵 공격을?"

"아직은 아니지만, 확인이 되지 않는 막 내부에서 무슨 일이 벌어지고 있든지 간에 상황이 위험하다고 판단이 된다면… 핵 공격을 감행할 수 있어요."

핵에 대한 사람들의 공포는 대단하다. 그런데 그런 핵을 자국에 발사할 정도로 상황을 심각하게 생각하고 있었다.

그 이유는 라나에게 있었다. 직접 마스터나 밀러 회장의 생각을 읽은 건 아니지만, 그곳에 들어갔다가 살아서 나온 사람들의 기억을 읽은 라나가 국가의 근간이 흔들릴 수 있는 큰 문제가 발생할 것 같다고 보고를 했기 때문이었다.

자국에 핵을 발사할 상황이 되고 나서야 미국 정부는 타국의 도움을 받는 걸 승인했다. 아무리 그들이 자존심이 있다고 해도, 자국에 핵을 발사하는 극단적인 상황보다는 나았으니까 말이다.

라나의 얘기를 모두 들은 창준은 눈을 감았다.

아마도 라나가 말하는 곳에는 흑마법사의 최고 우두머리인 마스터라는 사람이 있을 것이라 생각이 들었다. 그리고 해리 부국장이 싸우기 전에 흘렸던 말처럼 그를 보필하고 있다는 오른팔을 자처하는 놈도 있을 것이다.

그런데 그들이 한곳에서 가만히 있다는 걸 생각하니 불

길한 느낌이 들었다.

'대규모 마법진… 수십 명의 능력자를 제물로 바치고… 그대로 기다린다?'

아스란의 지식으로도 이유를 알 수 없었다. 아스란은 거의 9서클에 근접한 대마법사이기는 하나 흑마법에 통달한 것은 아니었으니 어쩔 수 없었다.

하지만 확실한 건 흑마법사가 자신의 위치가 들통났는데도 가만히 있는다는 건 무언가 정말 커다란 일을 벌일 것이라는 사실이었다. 그리고 그걸 막지 않는다면…….

'세상에 엄청난 혼란이 발생한다는 것이겠지.'

창준은 마스터를 처치하러 가기로 정했다. 굳이 라나가, 미국 정부가 요청했기 때문이 아니었다. 이대로 있으면 자신의 소중한 사람들이 다칠 수 있기 때문이었다.

"이미 중국의 미스터 주와 프랑스의 미스터 바넬은 함께하기로 하셨어요. 그리고 유럽의 마법사들과 중국의 무인들은 물론이고 타국의 힘이 모이기도 했고요."

"저만 가면 되는 겁니까?"

직접적으로 간다는 말을 하지는 않았지만, 지금 창준의 질문은 라나의 말대로 힘을 더하겠다는 것과 같았기에 라나의 얼굴이 조금 환해졌다.

"맞아요. 특히 미스터 주와 미스터 바넬은 당신이 꼭 필요하다고 하셨어요."

두 사람은 누구와 싸우려고 하는지 모를 가능성이 컸다. 그저 새로운 경지에 오른 자신의 힘을 보고 싶다는 마음이 더 클지도 몰랐다.

하지만 무슨 상관이겠는가. 그들이 있다는 것만으로도 큰 도움이 되는데 말이다.

"언제 공격을 합니까?"

"디데이는 앞으로 이틀 후예요."

CHAPTER 07

대결전

잠시 신호음이 울리다가 연결되었다.

—여보세요?

수화기를 통해 들리는 케이트의 목소리에서는 조금 피곤한 기색이 느껴졌다.

"저예요, 케이트."

—아, 알스?

케이트는 창준이 전화를 했을 거라고 전혀 예상을 하지 못했었는지 조금 놀란 목소리였다. 그리고 그녀의 목소리 뒤로 다른 사람들의 목소리도 들렸다.

—오빠예요? 너무해! 우리한테는 연락도 안 하고! 가족보다 사랑이다, 이건가!

—네 오빠가 놀러간 게 아니잖니. 회사 일 때문에 전화를 한 거겠지.

어머니와 은미의 목소리였다. 그러고 보니 미국으로 온 뒤로 가족에게 전화를 했던 것보다 케이트에게 전화를 더 자주했었다는 사실이 떠올랐다.

물론 변명거리는 있었다. CIA에서 자신을 주시하고 있으니 가족에게 연락을 하면 그들이 바로 자신이 미국에 있다는 사실을 알아챌 것이라는 것이었다.

하지만 이런 사실을 모르는 어머니와 은미였고, 사실대로 말할 수도 없었다.

케이트도 당황했는지 뭐라고 대답도 못 하고 있었다.

"바꿔주세요."

피할 수 없었기도 하고, 어차피 케이트와 전화를 하고 난 이후에 가족에게도 전화를 하려고 했었다.

전화를 받았는지 은미의 목소리가 수화기에서 쩌렁쩌렁 울렸다.

—오빠! 어떻게 이럴 수 있어!

"케이트하고 같이 있었어? 서울에 올라왔던 거야?"

—케이트 언니가 대전으로 내려온 거야. 아니, 그게 중

요한 게 아니라 어떻게 이럴 수 있냐고! 우리한테는 그동안 연락도 거의 없었잖아. 그런데 케이트 언니한테만…….

"한국에 들어갈 때 선물 사 갈 건데 뭐 갖고 싶어?"

—앗! 그러면 사이즈 알려줄 테니까 청바지 좀 사다 줘. 미국에서는 엄청 싸다고 하더… 오빠!

창준의 말에 휘둘리고 있다는 걸 알아챈 은미가 소리를 빽 질렀다.

"귀 아파. 왜 소리를 지르고 그래?"

—오빠야말로 언제부터 이렇게 능글능글하게 변했어? 그냥 미안하다고 하면 되잖아!

"그래서 사이즈는 얼마야?"

—다이어트 중이기는 하니까 한 치수 줄… 정말 이러기야?

창준은 수화기 너머의 울상을 짓고 있는 은미의 모습이 떠올라 미소를 지었다.

"알았으니까 어머니 좀 바꿔줘."

—흥! 나한테 사과하기 전까진 안 돼.

"알았어, 미안하다. 나중에 청바지 왕창 사 가지고 돌아갈 테니까 전화나 바꿔줘."

—꼭이야!

그러고는 어머니에게 수화기를 넘겼는지 어머니의 목소

리가 들렸다.

—창준이니?

“네, 전화 자주 못 드려서 죄송해요.”

—외국까지 나가서 고생하고 있는데 자주 전화를 할 필요 없어. 저 철딱서니 없는 것이나 저러고 있는 거지. 이제 다 커 가지고 누가 저런 철없는 애를 데리고 갈 건지…….

—엄마! 내가 뭐 어떻다고!

수화기에서 은미가 소리치는 걸 들으며 은미가 남자를 데리고 오는 걸 상상해 봤다.

‘딱히 그려지지는 않지만… 만약 이상한 놈이 은미를 채가려고 데리고 오면 지옥을 보여줘야지.’

소중한 동생을 이상한 놈팡이한테 줄 수 없었다. 은미가 똑 부러지는 성격이라 그럴 리는 없겠지만, 만약 그런 일이 벌어진다면… 아마 살아 있는 걸 후회하게 만들게 될지도 몰랐다.

“그런데 케이트가 왜 대전에 있어요?”

—응? 네가 모르는 것 같은데, 케이트는 은근히 자주 왔었어. 거의 일주일에 한 번은 인사를 왔었단다.

“그래요?”

—덕분에 케이트가 오면 즐겁게 하루를 보내고는 했었는데… 몰랐니?

"전혀요."

―한국 사람은 아니지만 참한 아가씨더구나.

솔직히 조금 얼떨떨할 지경이었다. 어머니가 제법 열린 사고방식을 갖고 있어서 걱정하지는 않지만, 혹시나 외국 사람과 사귄다는 걸 반대할까 봐 걱정했었는데 케이트가 그에게는 말하지 않고 알아서 풀고 있는 모양이었다.

'그만큼 나를 생각한다는 거겠지?'

은근히 흐뭇한 기분을 갖고 있을 때, 어머니의 말이 들렸다.

―너하고 좋은 관계면 빨리 결혼이라도 해서 손자나 손녀를…….

"어머니, 일단 회사 일로 바빠서 케이트랑 얘기를 좀 해야겠어요."

창준은 얼른 어머니의 말을 끊었다. 케이트와 꽤 깊은 관계를 맺고 있는 창준이지만 아직은 결혼에 대한 구체적인 대화를 했던 적이 없었다. 아무리 어머니라고 하더라도 이런 식으로 등 떠밀리고 싶지도 않았고 말이다.

―그렇지. 자세한 건 나중에 얘기하고 전화 바꿔주마.

―전화 바꿨습니다.

"어떻게 저희 집에 찾아갈 생각을 다 했어요?"

창준은 가볍게 물어본 것이지만 의외로 케이트의 대답

은 조금 오래 걸렸다.

—…창준의 가족에게 인정을 받아야…….

"인정? 무슨 인정이요?"

— 그것보다 무슨 일이 있나요? 목소리가 별로 좋지 않습니다.

케이트가 말을 돌리는 걸 느꼈지만 그녀의 말이 사실이기도 했다. 앞으로 어쩌면 목숨을 걸어야 할지도 모르는 싸움이 곧 시작될 것이니 그런 감정이 목소리에 담길 수밖에 없었다.

"별일은 아니에요. 그냥 케이트 목소리를 듣고 싶어서 전화를 했을 뿐이죠."

—…무슨 일인지는 모르겠지만… 무사히, 몸성히 돌아오세요.

케이트는 창준에게 더 이상 묻지 않았다. 자신이 들어도 될 얘기면 아마도 창준이 미리 했을 것이란 걸 알고 있었으니까.

단지 이번 일이 대단히 힘든 일이란 걸 알아챘기에 자신의 염원을 얘기했을 뿐이다.

"무사히 돌아갈 거예요. 그리고 한국에 돌아가면 회사 일은 일단 미뤄두고 케이트와 가족까지 모두 데리고 여행이나 갈래요. 혹시 가고 싶은 곳이 있나요?"

—은미 씨와 어머니가 방송에서 보셨다며 아이슬란드에 가고 싶어 하시더군요.

"좋아요, 아이슬란드. 거기에 가요."

—알겠습니다.

창준은 스스로에게 돌아갈 명분을 부여하고 싶었다. 혹시나 어려운 싸움이 되면 이 약속을 기억하고 최선을 다하도록 말이다.

그렇게 케이트와의 대화는 점점 길어졌다.

* * *

요란한 소리를 내며 창준과 주강, 페르낭이 탄 헬기가 천천히 지면에 착륙했다.

마스터와 밀러 회장이 있는, 투명한 막으로 가려진 이곳에는 그들만이 도착한 것이 아니었다.

전투 무장을 끝낸 군대가 거의 1개 사단 정도는 모여 막을 향해 총구와 포구를 겨누고 있었고, 혹시나 기자나 파파라치가 있을까 싶어 외곽을 경계하고 심지어 인공위성까지 동원하고 있었다.

이들은 직접적으로 전투를 하려고 모인 것은 아니었다. 실제로 전투를 하려는 사람들은 모두 세 부류로 나뉘어 있었다. 미국에서 모인 초능력자들과 중국의 무인, 유럽의 마법사들이었다.

군인들이 만들어준 길을 따라 나오자 막에 진입하기 위해 기다리고 있던 능력자들이 그들을 주목했다.

주강은 무인을 통솔하고 페르낭은 마법사들을 통솔했다. 원래부터 각자 분야에서 가장 명망이 높던 사람들이었기에 통제하는 게 어려운 일은 아니었다. 초능력자들은 가장 이름이 높았던 해리 부국장이 실종 처리되고, 고위 초능력자들이 막에 진입했다가 죽었기에 조금 어수선한 느낌이었다.

세 사람이 나오자 이곳을 통제하고 있던 50대 장군 하나가 다가왔다.

"아킨 준장이오."

심각한 얼굴이기는 하나 호의적인 눈빛을 보이고 있는 아킨 준장와 악수를 나눴다. 주강과 페르낭은 어떨지 몰라도 한국에서 육군 병장으로 전역한 창준은 장군과 이런 식으로 악수를 나누는 경험이 처음인지라 기분이 신선했다. 하마터면 경례를 할 뻔했다는 점은 넘어가도록 하자.

"진입 예정 시간은 어떻게 되오?"

"이제 곧 진입할 겁니다."

창준 등이 직접 능력자들을 통솔하지는 않는다. 능력자

들은 각자 통솔하는 사람들이 따로 있었다. 세 사람은 선봉에서 진입을 외치기만 하면 됐다. 가장 강한 능력자이고 가장 큰 활약을 해야 했으니 괜한 지휘에 정신 사납게 하지 않으려고 이렇게 정했었다.

고개를 끄덕인 아킨 준장은 심각한 얼굴로 변했다.

"그러면 진입하기 전에 알려드릴 게 있습니다."

"표정을 보니 별로 좋은 소식은 아닐 것 같군요. 마음의 준비를 하고 듣도록 할게요."

말은 그렇게 하면서도 입가에는 옅은 미소가 떠올라 있었다. 8서클에 오르고 여유가 생긴 창준이었다.

"지금 들어가셔서 문제를 해결하시면 가장 이상적인 일이지만, 만약 미션이 실패했을 경우를 가정해야 합니다."

"이해해요. 그래서 플랜B가 어떤 건데요?"

너무 평온하게 말하는 창준의 모습이 이상했는지 아킨 준장은 살짝 의구심이 깃든 눈으로 그를 바라봤다가 다시 진지한 눈으로 말했다.

"일단 현재 정부에서는 지금 이곳에서 일어나고 있는 일에 대단히 큰 우려를 표하고 있습니다. 이건 당파를 떠나, 능력자들에 대해 알고 있는 모든 장관급 인사들과 대통령님께서도 마찬가지입니다. 아시는지 모르겠지만, 정부는 통제되지 않는 힘을 싫어합니다. 아무리 유용한 힘이라고 하더라도 통제가 되지 않으면 아예 제거를 해버리는 게 우리라는 걸 알고 있을 겁니다."

이런 일들까지는 창준도 몰랐다. 하지만 비슷한 얘기들은 헐리우드 영화를 보고 제법 많이 접했기는 했다. 설마 실제로 이런 얘기를 들을 거라고 생각하지는 못했었지만 말이다.

"이번 일은 통제에서 벗어난 힘입니다. 그걸 제어하기 위해 이곳에 능력자들을 넣었던 것이고, 그것이 실패한 이후로 힘으로 제거하려고 했던 겁니다. 정부는 현재 인내심이 한계에 달해 있습니다. 더 이상의 위협은 묵과할 수 없다는 입장입니다."

"음… 얘기가 많이 장황해지는 것 같네요. 그래서 핵심이 뭐죠?"

"…지금부터 시간은 약 4시간 남았습니다. 그 안에 해결되지 않으면… 핵을 사용할 수 있습니다."

"핵… 이요? 설마 미국 정부는 자국 영토에 핵을 발사할 생각을 하고 있다는 말인가요?"

핵무기를 사용하게 되면, 이곳이 아무리 황무지밖에 없는 황야라고 하더라도 엄청난 여파를 만들 것이다. 자국에서 이런 일까지 각오하고 있다는 미국 정부의 입장을 들으니 가볍게 넘길 일은 아니란 생각이 들었다.

"자국 영토에 핵무기를 사용하면 문제가 커질 텐데요. 수습할 수 있답니까?"

"최악의 경우까지 가정하고 있는 것 같습니다. 그리고 그런 생각을 할 정도로 심각하게 생각하고 있다는 말이 되겠지요."

미국 정부의 입장은 대충 이해할 수 있었다. 유전자 변형 마약만으로도 거의 백기를 들고 있던 상황이었는데, 은연중에 알려진 괴물의 존재와 흑마법사를 알게 되니 가만히 있을 수 없다는 결론이 나왔을 것이다.

창준은 처음에는 미국 정부의 이와 같은 결론이 대단히 불만스러웠다. 하지만 그 생각은 곧 사라졌다.

'어차피 이곳에서 모든 일을 끝내야 해. 4시간이면 시간적으로는 충분하기도 하고. 우리가 실패하게 된다면… 어쩌면 핵무기가 마지막을 정리할지도…….'

자신만 하더라도 핵무기를 막을 방법이 몇 가지 있었다. 그러니 마스터 역시 그런 능력이 있다고 생각하는 게 좋을 것 같았다.

하지만 힘을 온전히 사용하지 못하도록 지치거나 몸에 문제가 있다면… 핵무기는 마무리를 짓지 못한 창준 일행을 대신해 흑마법사를 끝장낼 수 있었다.

정리를 끝낸 창준은 자신의 생각을 주강과 페르낭에게 전했다. 이곳에서 창준이 가장 강한 힘을 갖고 있기는 하나, 이곳의 모든 사람의 생사여탈권을 갖고 있는 건 아니었으니까.

얘기를 들은 주강과 페르낭의 표정은 그다지 좋지 않았다.

"하여간 미국은 항상 그런 식이지."

"동감이야. 앞에서는 인도주의적인 모습을 보이다가도 뭔가 자신들에게 이득이 되지 않는다고 하면 바로 총을 뽑아 들지. 마음에 들지 않아."

"처음으로 의견이 일치하는군."

"이런 일에 대해서는 미국을 제외한 거의 모든 요원들이 동의할걸."

창준은 두 사람의 투덜거리는 얘기를 듣다가 말했다.

"그래서 불참하겠다는 말은 아니겠죠?"

"그렇지는 않아. 미국이 자국의 땅에 핵을 날리겠다는데 우리가 뭘 어떻게 하겠나?"

"지금까지 알려진 바에 따르면, 흑마법사는 어떤 테러리스트보다도 위험한 놈들이니 피할 수 없지. 대신 3시간이 지나면 일이 어떻게 되든지 몸을 피하는 게 좋겠지."

핵이 날아오는 걸 알면서도 계속 싸우고 있을 수 없다.

아직까지는 마스터가 노리는 일이 무엇인지 모르니 미국의 일에 목숨을 걸 수 없다는 말이었다.

이건 창준도 동감이었다. 단지 마스터가 노리는 게 전 세계를 아우르는 일이라면… 과연 빠질 수 있을지 확신할 수 없었다. 보통 아스란의 세계에서 흑마법사들은 거의 세계의 파멸을 바라던 놈들이었으니까 말이다.

대충 협의를 마친 창준은 아킨 준장에게 이해했다는 말을 전했다. 이제는 막으로 진입할 시간이었다.

창준과 주강, 페르낭은 막 앞에 섰다. 그들의 뒤에는 그들을 따라 움직일 능력자들이 강렬한 눈빛으로 주시하고 있었다. 이곳이 대단히 위험한 곳이라는 전달을 받았기 때문이었다.

"그러면 들어가 보실까요?"

말을 던진 창준이 먼저 막을 통과했다.

막을 통과하자마자 가장 먼저 보인 건 대낮이었던 밖과 달리 불길하게 어둡고 붉은 하늘이었다. 전방의 마법진 가운데에는 두 사람이 서 있는 것도 보였다. 한 사람은 누군지 모르겠지만, 후드를 쓰고 있는 사람은 단번에 누군지 알 수 있었다.

"마스터가 저놈인가?"

창준을 따라 들어온 주강 역시 같은 생각을 했는지 먼저 말했다. 옆에 있는 밀러 회장이 누군지는 알고 있었다.

"밀러 회장이 여기에 왜 있는 거지?"

"해리처럼 포섭된 모양이겠지."

이곳에 마스터와 함께 있다는 이유만으로 더 이상의 이유가 필요 없었다. 이곳에서 그들을 제외한 나머지 두 사람은 무조건 적이었다.

마스터는 창준, 주강, 페르낭을 확인하고 그들을 따라 들어오는 능력자들을 확인했다. 살짝 미소를 지은 마스터가 가볍게 발을 굴렀다.

드드드드득!

지진이라도 일어난 것처럼 지면이 요란하게 울리더니 마법진이 있는 지면이 하늘로 솟구쳐 올랐다. 한순간에 몇십 미터짜리 낮은 산이 생긴 것 같은 느낌이었다.

그걸 본 주강과 페르낭의 얼굴이 굳었다.

'강하다!'

마법이 발현되며 느껴진 힘이 어마어마했다. 그들조차 한순간에 낼 수 없는 이런 힘을 가볍게 발을 구르는 것만으로 사용하는 마스터의 모습은 대단히 위협적이었다.

그리고 마스터가 아래를 내려다보며 책을 펼치고 말하는 게 보였다. 그게 뭐라고 말했는지는 모르지만, 그의 말이 끝나기가 무섭게 바닥에 수백 개의 마법진이 그려지더니 빛을 발하기 시작했다.

"모두 조심해라!"

주강이 소리쳤지만, 그가 굳이 소리치지 않았어도 뭔가 심상치 않다는 걸 눈치챈 사람들이 잔뜩 긴장한 눈으로 경계하고 있었다.

마법진에서 아스란 세계의 몬스터와 마물들이 쏟아져 나오기 시작했다. 작은 고블린과 같은 몬스터부터 이전에도 소환됐었던 트윈 헤드 오우거, 드레이크와 같은 대형 몬스터까지.

마법진이 수백 개였으니 한 번에 소환되는 몬스터와 마물들의 숫자만 해도 수백 마리였는데, 이것이 한 번으로 끝날 게 아닌 것처럼 마법진의 빛이 사라지지 않고 있었다.

캬아아아아!

끼이익! 끼익!

몬스터들과 마물들의 소름 끼치는 소리가 울려 퍼졌다.

살아오면서 처음 보는 끔찍한 마물의 모습들은 사람들을 절로 경직되게 만들었다. 그리고 사람들이 경직이 되어 있는 이 순간, 수백 마리의 마물이 한 번에 밀려오기 시작했다.

유일하게 덤덤한 눈으로 바라보고 있던 창준은 손을 들

어 올리곤 나지막하게 말했다.

"헬 파이어."

창준의 손에서 세상을 태울 것처럼 어마어마한 열기가 피어오르더니 사람보다 거의 두 배는 큰 화염구가 만들어졌다. 화염구는 다른 불처럼 붉은색이기는 했으나 뭔가 더 짙었다. 이 불꽃이 바로 화염계열 최고 마법 중 하나이자 영혼까지 불태운다는 지옥의 불꽃이었다.

마물들은 이걸 보고도 아무런 생각이 없는지 달려오고 있었다. 창준의 손에서 커다란 화염구가 떠나 달려오는 마물들과 부딪쳤다.

쿠아아아앙!

무언가 묵직한 폭음과 함께 불꽃이 한순간 사라지는가 싶더니 엄청난 크기로 늘어나 달려들고 있던 마물들을 한꺼번에 삼켜 버렸다. 너무 강렬한 빛에 눈을 뜨기가 힘들었지만, 간신히 눈을 떠서 보면 불꽃에 닿은 마물들이 한순간에 재로 변하는 게 보였다.

불꽃이 사라지고 방금 전 일이 환각이 아니라는 듯, 바닥에서 열기가 올라오고 있었다. 달려들던 마물들은 단 한 마리도 보이지 않았다.

8서클 화염계 마법 헬 파이어의 위력이었다.

하지만 소환 마법진이 그대로 남아 있었다. 마법진이 다시 수백 마리의 마물을 쏟아냈다.

창준은 어안이 벙벙한 표정으로 자신을 바라보던 사람들에게 담담히 미소를 지으며 말했다.

"갑시다."

간단한 말이었지만, 엄청난 신위를 보인 창준의 말이었기에 사람들은 모두 잔뜩 고양되어 사기가 올라 소리쳤다.

"우아아아아!"

"가자!"

"괴물들을 죽여라!"

잠시 당황했던 마음은 순식간에 사라졌고, 사람들은 잔뜩 올라간 사기를 품고 마물들을 향해 달려들기 시작했다.

"아스란!"

멍하니 몬스터들이 헬 파이어에 재로 변해 사라지는 걸 바라보던 밀러 회장은 마스터가 외치는 소리에 그를 바라봤다.

'아스란이라면 마스터가 말씀하셨던…….'

마스터는 밀러 회장이 자신을 바라보고 있다는 걸 인지하지 못하고 있는지 창준에게만 시선을 고정하고 있었다. 그의 시선에는 여러 가지 감정이 한꺼번에 담겨 있었다. 기쁨, 흥분, 열망 등이 담긴 시선은 거의 광기가 느껴질 정도였다.

'아스란이 아니야.'

단번에 알 수 있었다. 동양인이었으니까 말이다. 그리고 마스티는 그가 바로 창준이라는 걸 짐작했다.

헬 파이어 마법을 사용했다는 건 8서클 마법사라는 것이다. 그것도 일반적인 8서클 마법사도 아닌 용언 마법을 배운 8서클 마법사.

그런 상대를 처치하라고 호문클루스부터 해리 부국장까지 나섰으니 줄줄이 당한 것이 당연하게 보였다.

'그러면 너도 아스란처럼 9서클에 오른… 아니지, 9서클 마법까지 사용할 수 있는 거냐?'

아스란의 모든 것이 담긴 일리미트 비블리어시카를 창준이 얻었다. 그러니 그가 8서클에 올랐다는 말은 아스란과 비등한 수준에 올랐다는 것이라 짐작했다.

마스터는 밀러 회장에게 말했다.

"저 마법을 사용하는 동양인을 위로 올려 보내라."

"마, 마스터! 굳이 그러실 필요는 없습니다! 제가 처리하겠습니다!"

"네가? 크크큭……."

어이가 없다는 듯이 마스터가 웃었다. 7서클 마법사라면 몰라도 8서클에 오른 창준은 밀러 회장이 감당할 수 있는 사람이 아니었다.

"너는 저놈을 이길 수 없어."

"그건 모르는 일……."

"밀러, 시키는 일만 해라. 내 지시에 불응하겠다는 것처럼 보이니까."

"헉! 아닙니다! 며, 명하신 대로 하겠습니다!"

화들짝 놀란 밀러는 황급히 대답하고는 사람들이 마물과 어울려 정신없이 싸우는 곳으로 몸을 날리려고 했다. 그런 밀러 회장의 뒤통수에 대고 마스터가 외쳤다.

"만약 네가 주강과 페르낭을 상대하고 올라가라고 했는데도 오지 않으면… 그에게 크로노스라고 말하라."

"마, 마스터! 그것은……."

"시키는 대로 해."

입술을 깨문 밀러 회장은 힘겹게 고개를 끄덕이고 밑으로 뛰어내렸다.

홀로 남은 마스터는 창준을 보며 비릿한 미소를 짓고 있었다.

'넌 내 것이다. 아스란에게 당했던 걸 네게 갚아주지.'

"쇼크 웨이브."

피잉!

창준은 자신을 향해 달려들던 오우거의 복부를 터뜨리고 주위를 둘러봤다.

이백은 넘을 것 같은 마법사와 무인, 초능력자들이 마물들과 사투를 벌이고 있었다. 선별된 사람들이기 때문에 개개인의 능력이 뛰어났지만, 서로 다른 힘을 갖고 있으면서도 작전을 잘 짰는지 대단히 효과적으로 마물들을 상대하고 있었다.

무인들과 육체강화 초능력자들이 앞에 나서서 달려드는 마물들을 일차적으로 상대했다. 그리고 무인들이 놓친 마물들이 달려들면 염력과 같은 원거리 계열 초능력자들이 달려오는 마물들을 상대하며 마법사들을 지켰고, 안전하게 캐스팅을 끝낸 마법사들은 강력한 마법으로 마물들을 처리했다.

몇몇 능력자가 죽는 경우도 있기는 하였으나 마물들이 압도적으로 밀리는 모양새였다.

마물들이 밀리는 이유는 능력자들이 유기적으로 상대하고 있다는 이유가 있기도 하나 무엇보다 창준을 비롯한 주강과 페르낭, 두 사람이 압도적인 실력을 발휘하고 있기 때문이었다.

서걱!

"번 플레어."

주강이 오리가 이글거리는 검으로 두부를 써는 것처럼 마물들을 토막 내고 있었고, 페르낭은 강력한 힘을 자랑하는 마법으로 마물들을 상대하고 있었다.

하지만 그렇다고 마물들이 압도적으로 밀리는 건 아니었다. 마물들이 죽어가는 숫자만큼 끊임없이 새로 마물들이 소환되고 있었기 때문이었다. 이대로 계속 싸우고 있으면 지쳐서 패배하든지, 마물들에게 먹히든지 둘 중 하나일 것이다. 아무리 버틴다고 하더라도 미국에서 발사한 핵이 떨어질지도 모르는 일이고 말이다.

'머리를 쳐야 돼.'

마물들을 소환하고 있는 건 마스터였다. 그러니 그를 처리하면 마물들을 소환하는 마법진도 멈출 것이다.

"주대인! 미스터 바넬!"

창준이 소리치자 주강과 페르낭은 상대하던 마물을 빠르게 처치하고 창준에게 다가왔다.

"뭔가?"

"이대로는 안 돼요. 마스터를 노리도록 하죠."

"음… 그러면 이곳에 있는 사람들이 많이 다칠 거네."

페르낭은 걱정스러운 눈으로 치열하게 싸우고 있는 능력자들을 둘러봤다.

현재 호각으로 보이는 건 모두 창준과 주강, 페르낭이

빠르게 마물들을 처리하고 있기 때문이었다. 그런데 이런 상황에서 빠진다면 마물들의 숫자가 느리게 줄어들 것이고, 싸우던 사람들은 점점 몰리게 될 것이 분명했다.

하지만 장준의 말이 틀린 건 아니었다. 그가 말하지 않아도 두 사람 모두 느끼고 있던 부분이었다.

"저 혼자라도 올라갈 겁니다. 이대로 계속 싸우면 어차피 지쳐서 쓰러질 거라고요."

어쩔 수 없다는 생각에 고개를 끄덕이려던 두 사람은 마스터가 있는 곳을 바라보며 눈을 찌푸렸다. 창준도 마스터가 있는 곳을 향해 고개를 돌리자 한 사람이 뛰어내리는 걸 볼 수 있었다. 마스터 옆에 있던 사내로 주강과 페르낭이 밀러 회장이라 불렀던 사람이었다.

창준은 처음 보는 사람이었다. 그러면서 동시에 자신을 지금까지 노렸던 사람이라는 걸 알아봤다. 저렇게 대놓고 죽일 듯한 눈으로 바라보는데 몰라보기도 힘들었다.

밀러 회장을 향해 나선 건 페르낭이었다.

"오랜만이오, 밀러 회장."

밀러 회장은 페르낭의 인사에 창준에게서 시선을 떼고 오만한 미소를 지으며 페르낭을 바라봤다.

"프랑스에 처박혀 있던 겁쟁이 녀석이 무슨 일로 여기까지 행차를 하셨나?"

"나라고 나오고 싶었던 건 아니었소. 아마도 당신이 이런 문제를 일으키지만 않았으면 미국으로 들어오는 일은 없었을 듯싶소만……."

"키킥… 솔직히 말해, 뭐 주워 먹을 것이 없는지 개처럼 냄새 맡고 기어왔다고 말이야."

밀러 회장의 말에 페르낭은 혀를 찼다. 과거 밀러 회장을 만났을 적 그의 모습은 상당히 매너 있고 샤프한 이미지였다. 그렇기에 꽤나 호감을 갖기도 했었다.

하지만 지금 모습은 예전의 그런 모습을 찾아볼 수 없었다. 눈빛에서도 광기가 흐르고 있어서 밀러 회장이 과연 무엇을 얻으려고 이렇게까지 변했는지 궁금할 지경이었다.

'이 사람이 얻고 싶은 게 있다는 것도 믿기 힘들군.'

밀러 회장은 일반적으로 잘 알려지지 않았지만, 전 세계에서 손꼽히는 무기제조회사였다. 아무래도 일반인들과는 거리가 있는 회사라서 잘 모르겠지만, 밀러 회장의 재산은 포브스에서 발표한 세계 1위 갑부보다 많았다. 당사자가 원하지 않으면 빼주는 것이 예의였기에 리스트에 오르지 않았을 뿐이다.

결국 밀러 회장이 돈 때문에 이렇게 변하지는 않았을 거라는 말이었다.

"정말 궁금해서 묻는 건데, 대체 무엇 때문에 흑마법사와 손을 잡은 것이오? 그 정도로 돈이 있고 사회적인 명망도 높은 당신이 흑마법사와 손을 잡을 이유는 도저히 모르겠소."

페르낭의 진지한 질문에 밀러 회장은 키득거리며 웃었다.

"돈? 명예? 그렇지. 그것들을 갖고 있으면 원하는 것들은 거의 모두 가질 수 있지. 하지만 말이야. 그것으로도 살 수 없는 것들이 있어."

"……."

"생명이지. 마스터를 만나고 내가 살기 위해서라면 마스터에게 충성을 다할 수밖에 없다는 걸 알았다. 돈이나 명예가 아무리 많아도 내가 죽으면 무슨 소용이겠나?"

"마스터라는 사람이 무슨 일을 하고 있기에……."

"긴말이 필요하나? 우리는 시간이 없어. 어디 저놈이 말하는 마스터라는 놈이 과연 그에게 어떤 힘을 줬는지 확인을 해보면 되는 일이야. 목을 잘라도 뒈지지 않는지 보자고."

주강이 끼어들었다. 하지만 그가 실수한 건 아니었다. 실제로 지금은 시간이 별로 없었다. 이제 핵이 날아오기까지 3시간도 남지 않은 상황이었으니까 말이다.

"주강, 중국 국가안전부 소속 무인으로 중국에 있는 무인들의 수장 격인 위치에 서 있다. 계산을 하지 않는 성격에 마음에 드는 사람에게는 간이라도 빼주는 습성을 갖고 있어 중국 정치인들에게 나쁜 인상을 주고 있으나 중국을 진심으로 생각한다는 이유 하나만으로 그나마 목숨을 부지하고 있는 처지."

"뭐라고?"

"크큭! 이게 중국 내부에 대한 너의 평가야. 주둥이를 함부로 놀린다는 평가도 있더군. 마음에 들지 않는다고 정치인들 몇을 직접 손봤다고 하던데… 너는 내가 처리하지 않아도 중국 내에서 소리소문 없이 사라지겠어. 원래 외부에 드러나지 않는 사람이었으니 노숙자 하나 실종 처리된 것으로 말이야."

이죽거리는 밀러 회장의 말에 주강의 얼굴이 벌겋게 달아올랐다.

밀러 회장의 주강에 대한 평은 조금 과장된 것 같지만 틀린 말은 아니다. 원체 복잡하게 물고 물리는는 관계인 중국 내부에서 주강을 죽이고 싶어 하는 정치인들이 적지 않았으니까. 하지만 지금까지 그걸 성공한 사람은 단 하나도 없었다. 심지어 주석까지 그를 죽이려고 했었지만… 결과는 정권이 교체되는 것으로 나타났다.

이걸 모르고 있을 것 같지 않았는데도 이런 얘기를 한다는 건, 나름 고급지게 주강을 도발하는 것이라 할 수 있었다.

당장 폭발할 것 같았던 주강은 이내 속 깊은 한숨을 내쉬고는 빙긋 웃었다.

"이럴 줄 알았어?"

주강의 얼굴은 언제 그랬냐는 듯 원래대로 돌아와 있는 상황이었다.

"네가 말하는 것들은 모두 알고 있는 내용이고, 지금도 나를 노리고 있는 쓸개 빠진 놈들이 있다는 걸 모두 알고 있어. 중국으로 들어가면 제일 먼저 물갈이를 할 거야. 나는 이걸 창피하게 생각하지도, 후회하지도 않아. 그런 쓰레기들은 빨리 치워 버리는 게 영광스런 중국으로 만들기 좋으니까."

"……"

"하지만 그러기 전에 나처럼 조국을 위해서도 아니고, 대의라고는 쥐똥만큼도 모르는 미친놈의 목을 치고 돌아가야지. 그걸 전체 음식으로 하고 중국에서 메인 음식으로 정치인들을 모가지를 딸 거야. 그러니 목을 한 번 길~ 게 뽑아보겠나?"

얼굴은 웃고 있지만 눈동자는 살기로 번들거렸다. 주강

정도 실력자가 살기를 띠면 직접적인 영향이 간다. 그나마 상대가 밀러 회장이기에 먹히지 않을 뿐이다.

창준은 세 사람이 얘기하는 걸 듣고 앞으로 나서며 말했다.

"여기서 낭비할 시간이 없어요. 얼른 해치우고 올……."

"네가 한국의 버러지 같은 마법사였군. 너는 내 몫이 아니다."

"저기, 그건 내가 판단할 문제인 것 같은데?"

어이가 없다는 눈으로 창준이 말했다. 설마 자신의 힘을 가늠하고 겁을 먹은 것인가란 생각이 들 정도로 생뚱맞은 얘기였다.

밀러 회장은 피식 웃고는 입을 열었다.

"마스터가 전하라는 말이 있었다."

"뭔데?"

"크로노스. 이렇게 말하면 알 거라고 하시더군."

창준은 크로노스라는 말을 듣자 얼굴이 새파랗게 질렸다. 그리고 당장이라도 마스터가 있는 곳으로 달려갈 것처럼 조급해졌다.

"저 먼저 올라가도록 할게요."

"이, 이보게!"

"같이 가야지, 이 녀석아!"

페르낭과 주강이 소리쳤지만 창준은 뒤도 돌아보지 않고 날아올라 총알처럼 마스터가 있는 곳으로 날아갔다.

"대체 크로노스가 뭐기에……."

궁금하기는 하나 여기서 그것에 답을 해줄 사람은 밀러 회장밖에 없었다. 아니면 그를 빨리 처리하고 창준을 따라 위로 올라가든가.

"일단 목을 치기 전에 크로노스가 뭐를 말하는 건지 대답할 시간을 주도록 하지."

"안타깝지만 당신은 인류에 해가 되는 사람이니 여기서 편히 쉬어야겠소."

두 사람의 말을 들은 밀러 회장의 미소가 더욱 섬뜩하게 변했다.

"너희 두 놈은 내가 직접 잡아다가 키메라로 만들어주마. 재료가 좋으니 성과도 나쁘지 않을 것 같으니까 말이야. 크크큭!"

'크로노스라고? 제기랄!'

창준은 밀러 회장이 말한 크로노스라는 말에 머리가 쭈뼛 설 정도로 섬뜩함을 느꼈다. 여기서 그 이름을 듣게 될 거라고는 생각하지 못했다. 심지어 아스란의 세계에서도 몇 명을 제외하고 모르는 이름이었기 때문이었다.

마법을 배우면서 힘을 추구하다 흑마법과 연결되는 일은 어떻게든 벌어질 수 있는 일이다. 과한 욕망은 흑마법의 근원이 되는 마계와 연결되는 통로니까.

플라이 마법으로 날아오른 창준이 마법진이 있는 곳에 내려서자 마법진 중앙에 있던 마스터가 두 팔을 벌리며 밝은 목소리로 말했다.

"어서 오게, 아스란의 적자여."

창준은 마스터가 말하는 것을 들으며 지금까지 간혹 떠올렸던 생각을 다시 한 번 떠올렸다.

'마스터는… 아스란과 같은 세계에 있던 사람… 일지도 몰라.'

이건 상당한 부담이었다. 상대는 자신을 아는데, 자신은 상대에 대해 아무것도 모른다는 건 딱히 약점이 알려진 것이 아니라 하더라도 뭔가 불안하게 만드는 요인이었다.

"네가 크로노스를 어떻게 아는 거지?"

"역시 크로노스가 뭔지 알고 있는 건가?"

"네가 말하는 게 아스란이 있던 세계의 마신 크로노스를 말하는 거라면……."

마신 크로노스.

아스란의 세계에는 신으로 알려진 몇몇 존재가 있었다. 지금 이 세상에서는 신이 직접적인 이적을 발휘하는 경우가 드물지만, 아스란의 세계에서는 신이 세상에 직접적인 이적을 발휘하고 힘을 빌려준다.

마신 크로노스도 마찬가지였다. 단지 마신 크로노스는 마계의 신으로서 자신에게 영혼의 맹세를 한 흑마법사에게만 힘을 빌려주고, 다른 신들과 달리 주종 계약을 맺은 흑마법사를 통해 세상에 강림하려고 하는 욕망이 있다는 정도만 달랐다.

지금까지 흑마법사가 마신 크로노스를 강림시켰던 경우는 없었다. 시도를 하더라도 실패를 하거나 아스란과 같이 뛰어난 능력을 가진 영웅들이 그 시도를 무효화시켰기 때문이다.

하지만 사람들은 마신 크로노스가 직접 강림을 한 걸 본 적이 없다고 하더라도 크로노스가 무엇을 하려는지 익히 알고 있었다.

세상의 파멸.

마신 크로노스가 바라는 건 그것 하나였고 그렇기에 크로노스를 칭할 때는 파멸의 마신이라는 미사여구가 붙고는 했다.

마스터는 창준의 말에 미친 듯이 웃음을 터뜨렸다.

"으하하하! 네가 맞구나! 네가 바로 아스란이 남긴 일리미트 비블리어시카를 얻은 놈이었어!"

"그러는 너도… 아스란과 같은 세계에서 넘어온 건가?"

아스란은 일리미트 비블리어시카에 다른 누군가가 같이 넘어갔다는 말을 한 적이 없었다.

"내가 누구냐?"

마스터가 히죽 웃고는 머리에 쓰고 있던 후드를 넘겨 얼굴을 드러냈다.

대략 40대로 보이는 외모에 창백한 피부를 갖고 노란 눈동자를 가진 사내였다. 당연히 창준은 그가 누군지 몰랐다. 하지만 의심이 되는 사람이 있기는 했다. 그가 이렇게 젊은 모습일 거라 생각하지는 못했기에 확신하는 건 아니었지만 말이다.

"이제 알겠나?"

"포레스트 존 브레이크 맞나?"

창준의 말에 그가 슬쩍 웃었다.

"그렇게 불렸던 적도 있었지. 하지만 내 원래 이름은 아니야. 내 이름은 클라우디스라고 하지. 혹시 알고 있나?"

마스터, 클라우디스의 말에 창준의 얼굴이 살짝 어두워졌다. 그의 이름은 일리미트 비블리어시카에 분명 있었던 이름이었다.

아스란은 일리미트 비블리어시카에 지식만 남기지는 않았다. 자신의 상황에 대해서도 남겼었다. 그리고 거기에서

클라우디스는 아스란의 지식을 빼앗기 위해 누명을 씌우고 집요하게 아스란을 추적했던 마법사였다. 그것도… 8서클 마법사.

창준의 얼굴이 약간 어둡게 변했다.

원래라면 8서클 원소 마법사는 8서클 용언 마법사에 비교할 수 없다. 과거 아스란이 8서클 대마법사였던 클라우디스를 포함하여 소드마스터 두 명까지 한 번에 상대했던 걸 떠올리면 된다.

하지만 지금의 클라우디스는 흑마법사였다. 그것도 과거 8서클 대마법사였던 흑마법사. 산술적으로 클라우디스의 힘은 두 배 이상으로 강해졌을 것이다. 절대 만만히 싸울 상대가 아니라는 말이었다.

그리고 클라우디스가 포레스트 존 브레이크라면 대체 얼마나 긴 시간 동안 힘을 길러왔다는 말인지 알 수 없었다.

클라우디스는 여러 번 표정이 변하는 창준을 조롱하는 듯한 시선으로 지켜보다가 말했다.

"아스란은 내가 죽었을 거라고 생각했겠지. 나도 이 세계에 떨어지고 나서 내가 죽었다고 생각을 했었으니까. 하지만 이렇게 살아남았다. 이제는 아스란이 없으니, 그의 제자라고 할 수 있는 네놈이 내가 받았던 모든 고통을 받아야 하겠지."

클라우디스는 아스란이 만든 9서클 마법을 통해 이 세계에 떨어졌었다. 차원을 이동하면서 무슨 일이 일어난 것인지는 모르나 이 세계에 떨어졌을 때에는 그에게 단 한 줌의 마나도 존재하지 않았다. 뿐만 아니라 심지어 70살이 넘었던 그가 10대로 변해 있었던 것이다.

정말 힘든 시간이었다. 다시 8서클에 오르기까지 밑바닥부터 하나하나 새로 쌓아 올렸어야 하니까 말이다. 그리고 다시 8서클에 올랐을 때에는 자신도 9서클에 오를 수 있다며 의욕을 불태웠었다. 8서클에 올랐을 때의 그는 겨우 40살 정도밖에 되지 않았었으니까 말이다.

하지만 9서클은 도저히 보이지 않았다. 그리고 자괴감이 들었다. 왜 자신은 아스란과 달리 9서클에 오를 수 없는지. 그의 계산으로는 9서클은 인간이 오를 수 없는 위치였으니까.

그 자괴감 때문에 마음에 금이 갔는지 흑마법을 접하게 되었다. 그리고 그곳에서 9서클에 오를 힘을 얻을 수 있다고 판단했다.

그래서 완전한 흑마법사가 되었다. 그리고 지금에 이르렀고 말이다.

클라우디스는 아직 9서클에 오르지는 못했다. 하지만

마신 크로노스가 강림하는 것에 성공한다면, 드디어 그렇게 열망하던 9서클에 오를 수 있다고 확신했다.

"내가 그렇게 긴 시간 동안 온갖 방법을 동원해 힘을 기르면서 깨달은 건, 9서클은 인간이 오를 수 없는 경지였다는 거야. 그렇기에 아스란조차도 마법진으로 9서클 마법을 인위적으로 만들어냈던 것이지. 멍청한 아스란은 그걸 몰랐겠지만, 나는 알아냈다."

"네가 9서클에 이르지 못했다고 아스란마저도 9서클에 오르지 못한다는 건 헛소리일 뿐이다."

"그렇게 믿고 싶겠지. 아무튼 너에게 동의를 구하는 게 아니야. 너는 발밑의 마법진이나 살펴보시지."

창준은 그의 말에 마법진으로 시선을 돌렸다. 이렇게 거대한 마법진을 한 번에 이해하는 건 불가능했다. 하지만 이 마법진이 무엇을 의미하는지 알아내는 건 가능했다.

"이… 마법진은……."

마법진이 가리키는 건 하나였다. 이 세상에 내려올 수 없는 존재를 불러들이는 마법진. 대가만 충분하다면 그 무언가를 정말 소환할지도 모를 정도로 완성도가 높았다.

"이제 이해가 되나? 곧 크로노스 님이 강림하실 거고, 그분이 강림하시면 나를 9서클로 올려주실 거다. 그때가 되면 알게 되겠지. 내가 아스란을 뛰어넘어 최초로 9서클에 오를 수 있다는 것을 말이다.”

클라우디스는 제정신이 아니었다. 마신을 소환하고 자신이 9서클이 되는 게 무슨 의미가 있겠는가? 이미 그를 추앙해 줄 사람들은 모두 크로노스에게 죽임을 당하고 영혼마저 고통에 몸부림치고 있을 텐데 말이다.

이건 창준이 막아야 했다. 지금 클라우디스를 막지 못한다면 가족과 케이트의 안전이 문제가 아니라 세상이 모두 파멸하는 게 문제일 테니까.

마법진이 점점 빛을 발하고 있었다. 이 마법진이 슬슬 강림을 준비하고 있다는 사실을 증명하는 것이었다. 아마도 앞으로 2시간이면 강림을 시작할 것 같았다.

‘2시간이면 충분해!’

마법진이 방대하기는 하지만 빨리 클라우디스를 처리하면 마법진을 해체할 시간을 마련할 수 있을 것이다. 아니, 무조건 그렇게 만들어야 했다.

“네가 9서클에 오르는 일은 없을 것이다. 마신 크로노스는 이 세상에 강림하지 못하도록 내가 막을 테니까.”

창준은 클라우디스에게 말하려는 의도보다는 자신의 마음을 다잡기 위해서 말했다.

“크크큭! 네가 막는다고? 어디 한번 막아봐라. 마신의 서를 손에 넣은 이상, 네가 가진 8서클이라는 알량한 힘이 얼마나 무력한지 직접 겪도록 만들어주마."

클라우디스의 손에 들린 마신의 서가 빠르게 넘어가기 시작했다.

창준이 크로노스라는 말을 듣고 꽁지에 불이 붙은 것처럼 마스터가 있는 곳으로 달려간 이후, 밀러 회장을 상대하기 위해 남은 사람은 주강과 페르낭이었다.

주강은 창준이 새로운 경지를 이루고 그가 자신을 이미 훌쩍 뛰어넘었다는 걸 알았다. 이전에는 대략 창준이 자신과 비슷한 수준이라는 걸 본능적으로 느낄 수 있었는데, 새로운 경지를 이루고 난 이후에는 아예 감이 잡히지 않았기 때문이다.

그렇지만 창준이 자신보다 강해졌다고 하더라도 그를 의지하려는 생각은 없었다. 지금까지 살아오면서 무공을 가르쳐 준 사부를 제외하고 누구도 의지한 적이 없었던, 다른 사람에게 의지가 되었던 그였기 때문이었다.

창준이 새로운 경지에 오른 것에 호승심을 자극당해 그동안 잠시 소홀했던 수련을 다시 이어나가겠다고 새로운 다짐을 했다.

아무튼 창준이 없다고 하더라도 밀러 회장을 상대하는 것이 부담이 되거나 두려움이 생기지는 않았다. 오히려 반대였다.

'굳이 우연찮게 힘을 얻은 샌님을 상대하는데 둘이 같이 협공할 필요가 있을까?'

이런 생각을 하며 자신 있게 나선 주강이었다.

하지만 상황은 주강이 예상하는 것과 전혀 다르게 진행되었다.

"하압!"

밀러 회장의 앞에 나타난 주강이 검에서 검기를 줄기줄기 뽑아내며 밀러 회장을 베어갔다. 그걸 본 밀러 회장은 전혀 당황하지 않았다. 그의 몸에는 어느새 짙은 붉은색의 실드가 펼쳐져 있었기 때문이었다.

카카카캉!

한 번 검을 내치는 것 같았는데, 밀러 회장의 실드 위에서는 소리가 네 번 울렸다. 손목을 움직여 한 번으로 위장한 움직임이었는데, 그런 의중은 어차피 실드에 막혀 아무런 소용이 없었다.

자신의 검이 막혔다는 사실에 눈썹을 꿈틀거리는 주강에게 밀러 회장의 목소리가 들렸다.

"다크 스피어."

검은 마기로 이뤄진 사람 몸통만 한 화살들이 주강을 향해 날아갔다. 절대로 우습게 볼 수 없는 위력에 주강이 뒤로 빠르게 물러서며 화살들을 쳐내기 시작했다.

"데스 핸즈."

화살을 쳐내는 데 바쁜 주강을 향해 마기로 만든 거대한 손이 불쑥 튀어나와 주강을 잡으려고 했다. 그것에 잡히면 뭔가 곤란한 일이 벌어질 거라는 건 굳이 당하지 않아도 알 수 있었다.

"귀찮게… 합!"

주강의 검에서 검기와는 비교할 수 없는 눈부신 광채가 흐르기 시작했다. 검기에서 아스란의 세계에서는 마스터의 상징인 오러 블레이드라 불리는 검강을 사용한 것이다.

모든 것을 가르는 파괴적인 힘이라는 검강은 화살은 물론이고 마기로 만들어진 거대한 손마저도 일수에 잘라버렸다.

"본 월."

콰드드득!

하늘에서 생겨난 뼈로 만든 벽이 주강의 머리 위로 떨어졌다. 주강은 오만한 눈으로 피하지도 않고 검강으로 그것을 갈라갔다. 그때, 밀러 회장의 다음 마법이 시전되었다.

"본 익스플로전."

콰콰콰콰쾅!

"우와!"

뼈의 벽을 갈라가던 주강은 뼈들이 모조리 폭파되는 걸 보고 살짝 놀랐다. 뼈들이 폭파되면서 수류탄이 터진 것처럼 뼛조각들이 사방으로 비산했다. 뼈에는 독 기운이 숨어 있었는지 푸르스름하게 보여 하나라도 맞으면 무언가에 중독될 것 같았다.

주강이 황급히 검을 휘둘렀다. 그러자 그의 앞에 희미한 막이 생기는 것 같았다. 경지에 올라야만 사용할 수 있다는 검막이었다.

검막에 부딪친 뼛조각들은 모조리 박살 나며 검막을 통과하지 못했다.

주강과 밀러 회장이 이렇게 싸우고 있는 사이, 마법을 준비했는지 페르낭이 외치는 소리가 들려왔다.

"기가 라이트닝!"

콰르릉!

페르낭의 손에서 튀어나온 번개가 밀러 회장을 향해 밀려갔다. 6서클 마법인 기가 라이트닝은 손에서 발출하기는 하지만, 실제 번개보다 몇 배가 굵기가 굵어 번개보다 강한 위력을 가진 마법이었다.

"본 프리즌."

밀러 회장의 마법에 다시 한 번 뼈로 만든 벽이 만들어졌는데, 그것은 검막을 만들고 있는 주강을 둘러싸는 형식이었다. 문제는 이것들이 주강만이 아니라 마침 그 옆을 지나는 페르낭이 만든 기가 라이트닝마저도 같이 가뒀다는 것이다.

뼈로 만든 벽에 막힌 기가 라이트닝은 사방으로 난반사를 시작했고, 당연하게도 같이 갇혀 있는 주강에게 쏟아졌다.

"이런, 제기랄!"

주강은 자신에게 쏟아지는 번개의 아찔한 위력에 급히 호신강기를 두텁게 만들고 검강을 이용해 최대한 번개를 튕겨내려고 했다.

자신의 한 수를 이용해서 오히려 주강을 공격하는 밀러 회장의 한 수에도 당황하지 않은 페르낭은 침착하게 다음 마법을 날렸다.

"토네이도!"

거센 돌풍이 불기 시작하더니 맹렬히 회전하는 돌개바람이 일어났다. 고서클 마법인 사이클론처럼 강렬하지는 않았으나 사람 하나 정도는 우습게 집어삼킬 정도의 위력이었다.

밀러 회장은 페르낭이 만든 마법을 보며 히죽이더니 자신을 향해 다가오는 토네이도를 향해 마기를 흘렸다. 그러자 토네이도의 색깔이 마기의 검은색으로 물들기 시작했다.

뭔가 불길함을 느낀 페르낭이 서둘러 마법을 취소하려고 했다.

'허… 통제가… 안 된다…….'

마법의 소유권이 강제적으로 넘어갔다.

토네이도를 자신의 통제로 가져온 밀러 회장은 토네이도를 움직여 주강이 열심히 번개를 상대로 힘을 쓰고 있는 곳으로 이동시켰다.

"으악! 페르낭 이 자식아!"

페르낭이 토네이도 마법을 사용한 것을 들었기에 주강의 욕설이 터져 나왔다. 도와주는 것이 아니라 자신에게 똥을 던지는 느낌이었으리라.

자신의 마법을 막아내는 걸 넘어서는 밀러 회장을 보며 페르낭은 이 싸움이 자신과 주강 홀로 감당할 수 있는 수준이 아니라는 걸 느꼈다.

'일단 주강을 저곳에서 빼내야…….'

"다크 밤."

자신이 있는 곳으로 밀려오는 마기의 흐름에 페르낭이 다급히 엘리멘탈 실드를 사용했다. 무지갯빛 실드가 그를 보호하자 강렬한 폭발이 일어났다.

콰광!

폭발의 위력에 십여 미터는 튕겨져 나간 페르낭이 일그

러진 얼굴로 밀러 회장을 바라보자 밀러 회장이 비웃음을 담은 얼굴로 말했다.

"주강을 구해내려고? 그걸 내가 보고만 있을 거라고 생각한 건 아니겠지?"

밀러 회장의 입장에서도 한 명씩 상대하는 게 유리했다. 굳이 두 명을 한 번에 상대할 필요는 없었다.

페르낭이 다시 마법을 캐스팅하려고 하는 걸 보고 밀러 회장이 흑마법을 사용하려는 그때, 창준이 마스터를 만나기 위해 올라간 위쪽에서 무지막지한 폭발과 함께 마나와 마기가 소용돌이쳤다.

쿠콰콰콰콰!

두 사람이 마법을 사용하여 격돌하면서 뿜어내는 마나와 마기는 이곳에 있는 사람들 누구도 쉽게 받아내기 어려울 정도였다. 아니, 어쩌면 단번에 당할지도 모른다고 생각할 정도로 강렬했다.

그리고 이런 폭발은 한 번으로 그치는 게 아니라 연속해서 일어났다.

페르낭은 물론이고 밀러 회장마저도 잠시 그곳으로 시선을 돌렸다. 너무나 강렬한 위력에 자신도 모르게 반응을 할 것이었다.

그들의 시선이 잠시 돌아간 그 순간, 주강이 갇혀 있던 곳에서 단말마의 기합 소리가 들렸다.

"파(破)!"

콰콰쾅!

6서클 이상의 마법이 작렬한 듯한 위력은 주강을 가두고 있던 본 프리즌은 물론이고 페르낭이 사용한 마법과 밀러 회장이 조종하던 토네이도마저 단번에 날려 버렸다.

그리고 그 여파에 자욱하게 깔렸던 먼지가 가라앉기도 전에 눈에 보이지도 않을 정도로 빠른 무언가가 밀러 회장을 향해 돌진했다.

밀러 회장은 주강이 자신을 향해 검을 찔러오는 걸 보고 그가 사용할 수 있는 가장 강력한 방어막인 크림슨 실드를 발동했다. 지금까지 주강의 공격을 막았던 만큼 이번 주강의 공격도 효과적으로 막을 것이라 예상하면서.

하지만 이번 주강의 공격은 달랐다. 화살처럼 날아오는 주강의 모습은 그가 찔러오고 있는 검과 합쳐진 듯한 느낌을 주었고 검강으로 보여주던 위력과는 비교도 할 수 없었다.

주강이 펼친 건 신검합일을 이룬 검강이었다.

푸욱!

밀러 회장의 크림슨 실드를 두부처럼 파고든 주강의 검이 그대로 밀러 회장의 심장을 파고들었다.

믿을 수 없다는 눈으로 자신의 심장을 관통한 검을 바라보던 밀러 회장이 고개를 들자 머리카락이 번개를 맞은 것처럼 일어서서 낭패를 당한 듯한 모습임에도 입가에 득의양양한 미소를 띈 주강의 얼굴이 들어왔다.

"싸우는 도중에 다른 곳에 신경을 분산시키면 안 되지."

밀러 회장은 떨리는 손으로 자신의 심장을 관통한 주강의 검을 붙잡았다. 그걸 본 주강이 싸늘하게 웃으며 검을 뽑으려고 했다.

덜컥!

"…응?"

검이 뽑히지 않았다. 고개를 들어보니 밀러 회장의 경악했던 얼굴은 어디로 사라지고 잔뜩 비웃음을 머금고 있는 밀러 회장의 표정이 눈에 들어왔다.

무언가 잘못되었다는 본능적인 판단을 한 주강이 검을 놓고 힘껏 뒤로 물러섰다. 그러자 그가 서 있던 자리에서 마기가 폭포수처럼 쏟아졌다.

방심하고 있다가 마기를 뒤집어쓸 뻔했던 주강은 굳은 얼굴로 밀러 회장을 바라보며 입을 열었다.

"분명히 심장을 뚫었는데……."

"크크크! 그렇지. 네 공격은 분명 내 심장을 뚫었어. 아까 나에게 뭐가 부족해서 마스터에게 붙었냐고 물었지?"

밀러 회장이 말을 하면서 자신의 심장을 뚫고 있는 검을 뽑아냈다.

챙강!

주강의 검이 땅에 떨어지는 소리가 요란하게 들렸다. 그리고 밀러 회장의 뚫린 가슴도 빠르게 복구되는 게 보였다.

"나는 마스터에게 영생을 받았다. 리치가 됨으로써."

리치라는 말이 나오자 페르낭의 얼굴이 격하게 떨렸다. 정확하게 알고 있는 건 아니지만, 오늘 싸움이 있기 전에 창준이 말하는 걸 들었었기 때문이다.

—상대방이 리치가 되었다면… 일반적인 공격으로 그를 죽일 수 없어요. 그의 생명을 담고 있는 그릇을 부수기 전까지는…….

리치라는 어둠의 마물은 불로불사라고 했다. 그런데 밀러 회장이 바로 그 리치라니 어떻게 해야 할지 감이 잡히지 않았다.

하지만 하나는 확실하게 알고 있었다.

가만히 있으면 죽을 거라는 사실을 말이다.

페르낭과 주강의 눈에 투지가 불타오르기 시작했다.

창준은 빠르게 움직여 클라우디스의 눈을 현혹시켰다.

지금 자신과 클라우디스가 현격한 차이를 보이는 부분은 뛰어난 신체 능력이라고 생각했기 때문이었다.

그리고 잠시라도 클라우디스의 시선이 자신에게서 빗나갔다고 생각이 들면 바로 마법을 쏟아냈다.

"아이스 스톰!"

7서클 마법이 발동되자 사람 몸통만 한 얼음을 품고 있는 거대한 회오리바람이 클라우디스를 향해 밀려갔다.

클라우디스는 창준이 마법을 사용한 것을 직접 목격하지 않아도 느낄 수 있는지, 아니면 그가 들고 있는 마신의 서가 알아서 대응을 하는 것인지 몰랐다. 창준이 마법을 발출하기 무섭게 마신의 서가 빠르게 넘어갔기 때문이다.

페이지가 넘어가던 마신의 서가 멈췄을 때, 클라우디스는 펼쳐진 페이지의 마법을 읽었다.

"다크 파이어."

클라우디스의 펼쳐진 손에서 흘러나간 불길이 다가오는 아이스 스톰을 강타했다. 얼음은 순식간에 녹아내고 바람마저도 사라졌다. 그러고도 모자랐는지 창준을 향해 불길이 밀려왔다.

'제길…….'

창준은 시야에 닿는 범위로 바로 순간이동을 할 수 있는 8서클 마법 블링크를 사용해 불길을 피하고는 연속해서 마법을 사용했다.

"파이어 레인! 플레임 볼! 윈드 프레셔!"

연이어 펼쳐진 저서클 마법이 클라우디스를 노리고 날아들자, 클라우디스는 마법으로 대응하는 게 아니라 손에 들고 있던 마신의 서로 날아오는 마법을 후려쳤다. 마신의 서와 부딪친 마법들은 순식간에 소멸해 버렸다.

'저서클 마법은 신경도 쓸 필요가 없다는 말이냐?'

아까부터 5서클 마법까지는 그저 마신의 서로 후려치는 것만으로 무력화시키는 위용을 보이는 클라우디스였다. 아무래도 그가 들고 있는 마신의 서는 저서클 마법은 절대 방어를 할 수 있는 능력이 있는 것 같았다. 그렇지 않으면 범위마법마저도 사그라뜨리는 것이 이해할 수 없는 일이었으니까 말이다.

다시 마신의 서가 펄럭이며 넘어갔다. 클라우디스가 어떤 공격을 할지 몰랐기에 먼저 공격을 하려고 했지만, 이번에는 클라우디스의 공격이 먼저였다.

"저주."

마법이 발동되자 창준의 눈앞이 보이지 않고 머리는 혼란스러워졌으며 몸이 아파와 움직일 수 없었다. 그것만으로 부족했는지 오감을 빼앗는 느낌부터 십여 종의 저주 마법을 한 번에 몰아서 맞는 듯한 느낌이 들었다.

일반적인 마법이 아니었다. 단순한 흑마법이 아니라 그보다 한 차원 높은 마법처럼 느껴질 정도였다.

"폭염."

연이어 발출된 마법에 하늘에서 전체적으로 불길이 쏟아져 내렸다. 불길이 닿지 않는 위치는 없었으며 이것을 피하려면 아래로 뛰어내려야 할 것 같았다.

문제는 현재 창준이 모든 오감이 차단당한 것은 물론이거니와 움직일 수도 없을 만큼 저주를 당했다는 점이다.

하지만 창준의 육감이 위험을 감지했다.

'크윽! 위쪽에서…….'

창준은 하늘을 향해 손을 들어 올리며 소리쳤다.

"앱솔루트 배리어!"

부우웅!

하늘을 향해 뻗은 손에서 작은 공명음과 함께 지름이 3미터 정도 되는 둥근 막이 방패처럼 생겨났다. 간혹 일반적인 실드로 막을 수 없는 공격을 방어할 때 사용했던 포인트 실드의 강화판인 8서클 방어 마법이었다.

하늘에서 쏟아진 뜨거운 불길은 창준이 펼친 배리어에 막혔다. 하지만 끈적한 점성을 가진 것처럼 불길은 튕겨나지 않고 배리어를 타고 흘러내렸다.

마법을 유지하고 있는 상태로 마나를 움직여 몸을 뒤덮

고 있던 저주들을 받아넘기고 눈을 뜨자 클라우디스가 새로 마법을 사용하는 게 보였다.

"흑염."

이번에는 클라우디스의 손에서 튀어나온 검은 화염구가 창준을 향해 일직선으로 날아왔다. 아직 하늘에서 불길이 쏟아지는 가운데 배리어를 앞으로 돌릴 수 없었다.

창준은 남아 있는 한쪽 손을 펼치고 외쳤다.

"헬 파이어!"

지옥의 불길이라 불리는 8서클 화염계 궁극 마법이 튀어나와 클라우디스가 발출한 검은 화염구를 집어삼키는 것처럼 보였다. 하지만 헬 파이어가 검은 화염구를 집어삼킨 순간, 헬 파이어가 폭발하며 엄청난 화염을 사방으로 줄기줄기 뿜어냈다.

콰콰콰콰콰!

사방으로 뿜어져 나간 불길은 클라우디스에게도 적중하기는 했지만, 그의 앞에 서려 있는 붉은 실드를 뚫지 못하고 사그라졌다. 그렇지만 창준은 클라우디스와 달리 다리 하나가 불길에 휩싸이고 말았다.

"으아아악!"

발에서 느껴지는 끔찍한 고통에 비명을 질렀다. 사정없이 떨리는 눈으로 고통이 느껴졌던 곳을 바라보니 오른쪽

다리가 무릎 아래로 흔적도 없이 사라져 있었다.

창준은 떨리는 손으로 아공간에서 엘릭서를 꺼내 절반은 잘려진 다리에 뿌리고 나머지 절반을 마셨다. 그러자 고통이 사라지고 마치 도마뱀이 잘린 다리를 새로 생성하는 것처럼 다리가 다시 생겨났다.

기괴한 장면이기는 했지만, 창준은 다행이라고 생각하고 클라우디스를 바라봤다. 클라우디스는 조롱 어린 눈으로 더 이상 공격을 하지 않고 창준을 바라보고 있었다.

"크크큭! 살아남으려고 발버둥 치는 모습이 벌레 같구나. 이제 네 알량한 힘의 한계가 어디인지 느꼈나?"

"……."

"재미있구나, 재미있어. 네가 아스란이었다면 더 즐거웠을 것 같은데… 안타깝군."

창준은 이렇게 싸우고 있으면 자신이 패배한다는 걸 느낄 수 있었다. 이제는 상대를 시험하는 게 아니라 모든 것을 던져서 싸워야 할 시간이었다.

'이제 남은 방법은 하나…….'

지금까지 클라우디스는 창준이 사용한 8서클 마법을 아무런 부담도 없이 막아냈다. 하나의 마법을 펼치든, 다수의 마법을 펼치든지 클라우디스가 들고 있는 마신의 서는 범접할 수 없는 위력을 뽐내고 있는 것이다.

그렇다면 이제 창준에게는 아스란이 유산으로 남겨준 마법 하나만이 남아 있는 상태였다. 이 마법은 아스란조차 만들기만 했지, 컨트롤을 할 수 없었던 마법이었다. 그리고 창준을 다시 살도록 만들기도 했고, 이 세계에 이런 위기에 빠뜨린 마법이기도 했다.

창준이 마나를 움직여 몸에 깃든 9서클 마법진을 활성화시키자 그의 상체에 걸치고 있는 옷들이 찢겨지며 사방으로 날아갔다. 그리고 클라우디스의 눈에 창준의 상체를 가득 채우고 있는 문신들이 보였다.

잊으려야 잊을 수 없는, 그를 이 세상으로 내동댕이쳤던 바로 그 마법.

"너, 너는 아스란의 9서클 마법마저도!"

"다른 세상으로 꺼져 버려!"

창준이 크게 소리치고는 바닥에 손을 대자 그의 몸에 있는 문신들이 살아 있는 것처럼 움직이며 그의 팔을 타고 내려와 바닥에 좌악 펼쳐졌다. 그리고 마법진이 휘황찬란하게 빛나며 발동했다.

마법진을 중심이 빛나기 시작하면서 미약한 바람이 불기 시작하더니 바람의 세기가 점점 강해지기 시작했다. 그리고 마침내 미약한 바람은 엄청난 광풍으로 변해 세상의 모든 것을 빨아들일 것처럼 움직였다.

클라우디스도 경악한 얼굴로 점차 마법진을 향해 끌려오고 있었다. 그걸 본 창준의 얼굴에 이겼다는 환희가 걸리기 시작했다.

하지만 클라우디스의 입가에 히죽 미소가 걸리는 걸 본 창준은 뭔가 심상치 않다는 걸 느꼈다.

"멍청한 녀석, 내가 한 번 당한 마법에 대해서 아무런 대비도 하지 않았을 것 같더냐? 리버스!"

클라우디스의 마법과 함께 마법진의 성질이 바뀌었다. 클라우디스는 더 이상 마법진의 영향을 받지 않는지, 아무렇지 않게 서 있었다. 대신 지금까지 마법진의 영향을 받지 않던 창준이 마법진 중앙으로 빨려들기 시작했다.

"어헉!"

창준은 서둘러 바닥에 손을 박아 넣고 마법진의 흡수력을 버텼다. 그걸 보며 클라우디스가 광소를 터뜨렸다.

"네가 아스란의 힘을 이어받았다는 걸 알면서도 이 마법을 대비하지 않았다고 생각한 것은 아니겠지? 난 네가 이 마법을 알기를 진심으로 빌었다. 아스란의 마법으로 아스란의 힘을 이은 자를 죽인다. 이 얼마나 즐거운 복수인가. 으하하하하!"

클라우디스에게 완전히 당했다.

창준이 팔을 박아 넣었던 지면마저 들썩이더니 이내 창

준이 허공에 떠올라 빠르게 마법진으로 빨려들어 갔다.

"으으… 엘리멘탈 실드!"

그가 할 수 있는 최대한의 방어 마법을 펼쳤고, 과거의 클라우디스가 그랬던 것처럼 창준을 삼킨 마법진은 조용히 사라졌다.

클라우디스는 희열에 불타는 눈으로 창준이 사라진 곳을 바라보다가 손을 펼치며 말했다.

"이제 그분이 오신다."

그리고 그의 말이 끝나자 거대한 마법진이 불그스름한 엄청난 빛을 발하기 시작했다.

창준은 어처구니없게 자신이 만든 마법진에 스스로가 끌려들어 가면서 온몸이 부서지는 느낌을 받았다. 자신을 보호하기 위해서 사용한 엘리멘탈 실드는 전혀 소용이 없었다. 마치 실드를 전혀 사용하지 않고 뼈 하나하나를 망치로 박살내는 그런 느낌이었다고 할 수 있었다.

엄청난 고통에 눈을 질끈 감고 소리를 질러봤지만, 아무런 소리도 들리지 않았다. 그건 입에서 소리가 나오지 않은 것이 아니었다. 그냥 우주 공간에 있는 것처럼 소리가 들리지 않는 것이었다.

그런데도 눈을 뜰 수 없었다. 그만큼 참을 수 없는 고통이 뇌리를 뒤흔들었다.

그렇게 얼마나 지났을까.

온몸이 부서지고 영혼마저 갈기갈기 찢기는 듯한 고통이 씻은 듯이 사라졌다. 천천히 고통이 완화된 것이 아니라 한 번에 사라져서 지금까지의 고통이 착각이 아니었나 생각이 들 정도였다.

그제야 창준은 천천히 눈을 뜰 수 있었다. 다시 고통이 시작될까 창준의 눈꺼풀은 파르르 떨리고 있었다.

눈을 떴을 때, 창준의 눈앞에는 아무것도 보이지 않았다. 덜컥 눈이 멀어버린 것은 아닌가 싶어서 자신의 손을 바라봤다. 완전히 검은 공간에서 손이 보였다.

뭔가 신기했다.

아무것도 없는 검은 공간일 따름인데 자신의 손, 몸은 빛이 비추는 것처럼 잘 보이는 게 이질감도 들었다. 그리고 자신의 몸은 마치 우주 공간에 있는 것처럼 둥둥 떠 있기도 했다.

'여기는 어디지?'

창준은 자신이 통과한 마법진이 다른 차원으로 이동하는 마법진이라는 걸 알고 있었다. 하지만 이곳은 다른 차원이라고 부를 수 없었다. 하다못해 이곳이 우주였으면 별이라도 보였을 것 아닌가. 그리고 자신은 숨을 쉬지 못해 죽었을 것이고.

마법을 사용하려고 해보기도 했고, 수영을 하려는 것처럼 움직여 다른 곳으로 이동하려고도 해봤다. 하지만 아무 일도 일어나지 않았다. 마법은 발동되지도 않았고 혼자 허공에서 허우적거리는 것뿐이었다.

'대체 이곳은 뭐지? 다른 차원으로 가는 것도 아니고, 여기는 대체 뭘까?'

알 수 없었다. 단지 짐작을 하자면 원래 차원 이동 마법진이 클라우디스의 리버스를 통해 무언가 변질되며 다른 차원으로 가지 못하게 되었다는 것 정도였다. 그러니 이곳에 이름을 굳이 붙이자면 차원과 차원의 경계라고 할 수 있을 것 같았다.

시간이 얼마나 흘렀는지 알 수 없었다. 하지만 하나는 확실했다. 이곳에서 보낸 시간을 생각하면 미국이 발사한 핵무기가 벌써 떨어졌든지, 아니면 마신 크로노스가 강림했을 것이다.

'모두… 죽었을까?'

어머니가, 은미가, 케이트가 죽었다고 생각하니 가슴이 철렁 내려앉는다. 그럼에도 창준이 할 수 있는 건 아무것도 없었다.

아무것도 지는 것이 없으니 멍하니 있을 수밖에 없었다.

그렇게 있으니 시간이 얼마나 흘렀는지도 모르겠고 말이다.

그런데 아무것도 없는 공간에 무언가 일이 생겼다.

'뭐… 지?

황금빛의 무언가가 흩날리기 시작했다. 그것은 일정한 법칙에 의해서 움직이고 있었다.

닿지 않을 걸 알면서도 창준이 손을 뻗어보자 황금빛 무언가가 창준의 손끝으로 다가왔다. 그리고 손끝에 그것이 닿자 창준은 그것이 무엇인지 본능적으로 느껴졌다.

'이건… 마나? 아니, 마나가 아니야. 그것보다 더 고차원적인……'

황금빛 무언가는 더욱 많이 흘러나왔다. 그리고 창준을 중심으로 새로운 법칙이 생긴 것처럼 그에게 다가왔다.

창준은 아득한 무언가를 느끼며 서서히 눈을 감았다. 그의 입가에는 무언가를 얻었다는 듯한 묘한 미소가 떠올랐다.

클라우디스는 불길한 빛을 쏟아내는 마법진 앞에서 이제 곧 나타날 그의 신을 경건한 자세로 기다리고 있었다. 아직 밑에서 싸우고 있는 밀러 회장과 마물들은 그의 머릿속에 조금도 남아 있지 않았다. 어차피 그에게는 밀러 회장이든 마물이든 모두 소모품에 불과했다.

"신이시여……."

마신 크로노스를 부르짖는 클라우디스의 가슴은 격동으로 가득했다. 이제 곧 그렇게 염원하던 9서클에 오를 수 있다는 사실에 제정신이 아닐 지경이었다.

이변이 일어난 건 바로 그때였다.

찌지지지직!

종이가 찢어지는 듯한 소리가 나며 허공에 2미터 길이의 금이 생겼다. 클라우디스는 이것이 대체 무슨 현상이냐는 눈으로 그것을 바라봤다.

좌악!

한 번에 금이 벌어지며 검은 공간이 나타났다. 그리고 그곳에서 클라우디스에게는 절대로 보이면 안 되는 사람이 걸어 나왔다.

"차… 창준! 네가 어떻게!"

검은 공간에서 나온 창준은 조금 어리둥절한 표정이었다. 그럴 수밖에 없었다. 그가 검은 공간에서 보낸 시간을 생각하면 지금 광경이 이해될 수 없었다. 마치 차원 이동 마법진에 당하고 얼마 지나지 않아 나온 것 같지 않은가.

'아! 그런가? 그곳의 시간 축과 이곳의 시간 축이 달라서…….'

다행이었다. 다시 돌아올 생각을 하면서도 자신에게 소중한 사람들에게 무슨 일이라도 생겼다면 과연 버틸 수 있을까 걱정했었으니까.

이제 모든 것을 원래대로 돌리기만 하면 됐다.

창준은 경악한 눈으로 자신을 멍하니 바라보는 클라우디스를 보며 슬며시 웃었다. 황금빛 마나를 만나기 전에는 벽처럼 느껴졌던 클라우디스가 지금은 아무런 위협도 되지 않고 있었으니까 말이다.

"감히……."

클라우디스는 창준이 자신을 보고 웃는 것을 비웃는다고 판단했다. 그의 생각은 딱히 틀리지 않았다. 단지 창준이 의식적으로 비웃지는 않았을 뿐이다.

마신의 서가 빠르게 넘어가고 가장 강력한 마법을 찾아서 펼쳐졌다.

"멸뢰!"

콰르르릉!

위험한 소리와 함께 하늘에서 검은 번개가 창준을 향해 내리꽂혔다. 창준은 자신을 향해 떨어지는 검은 번개를 보면서 황금빛 마나를 통해 배웠던 의지를 실어 말했다.

"소멸."

엄청난 힘을 담고 창준을 한순간에 집어삼킬 것처럼 달

려들던 검은 번개가 사르르 사라져 버렸다. 굳이 큰 소리가 나지도 않았다. 그냥 처음부터 검은 번개가 없었던 것처럼 사라졌을 뿐이다.

그걸 본 클라우디스는 뭐라고 말도 못 하고 넋이 나간 것처럼 바라봤다.

"말도… 안 돼… 설마 9서클에 올랐다는 말… 인가?"

클라우디스는 9서클의 영역이 데미갓, 즉 반신의 영역이라고 판단했다. 그건 인간의 능력으로 오를 수 있는 것이 아니었다.

그리고 지금 그의 눈앞에서 창준이 그가 생각한 9서클의 힘을 자신처럼 마신의 서를 빌리지 않고도 사용하고 있었다. 이건 명백히 그가 온전한 9서클에 올랐다는 말과 같았다.

창준은 클라우디스를 보고 있지 않았다. 그의 시선은 마신 크로노스를 소환하려고 하는 마법진으로 향하고 있었다.

'이제 곧 열리겠어.'

아무리 창준이 9서클에 올랐다고 하지만 진짜 신의 반열에 오른 마신 크로노스를 소멸시킬 정도는 아니었다. 그건 아마도 실제 신이라고 할 수 있는 10서클에 올라야 승산이라도 있을 것이다.

마신 크로노스가 소환되기 전에 마법진을 닫아야 했다.

'하지만 먼저…….'

시선을 클라우디스를 향한 창준은 입을 열었다.

"죽어."

"컥……."

가볍게 한마디를 내뱉었을 뿐인데, 세상에 존재하는 모든 마나가 밀려와 숨통을 조이는 느낌이었다. 창준이 끝없이 커지는 것 같았고 그에게서 풍기는 위압감은 말로 설명할 수 없었다. 그리고 이것이 자신의 최후라는 걸 깨달았을 때는 그의 심장이 더 이상 뛰고 있지 않았다.

절명한 클라우디스를 두고 창준은 마법진으로 향했다. 그러는 도중 그의 눈에 밀러 회장과 싸우고 있는 주강과 페르낭이 보였다.

한눈에 밀러 회장이 리치라는 걸 알아본 창준이 가볍게 말했다.

"라이프 베슬 봉인."

순간 당황한 얼굴의 밀러 회장이 창준을 바라보다가 주강의 칼에 목이 잘리고 페르낭의 마법에 잿더미로 변했다.

마법진은 공명음을 뿜어내며 점점 바닥에 차원의 문을 만들고 있었다. 그리고 차원의 문 멀리서 어떤 존재가 다가오는 것도 느낄 수 있었다.

그건 창준만이 느낄 수 있는 게 아니었다. 주강과 페르낭은 물론이고 능력자들과 마물들까지 심상치 않은 무언가에 몸을 떨며 움직임을 멈췄다.

창준은 마법진에 손을 올리고 말했다.

"닫는다."

우우우우웅!

마법진은 창준의 힘을 거부하려고 했다. 하지만 9서클에 올라 데미갓인 창준의 힘을 마법진이 버틸 수는 없었다.

차원의 문 너머 어딘가에서 귀에는 들리지 않는 끔찍한 소리가 들려왔다. 그것이 분노한 마신 크로노스의 고함이라는 건 말하지 않아도 알았다.

차원의 문이 닫혀갈 무렵, 하늘에서 무언가가 엄청난 속도로 다가오는 걸 알았다.

하늘로 고개를 돌린 창준은 그것이 미국에서 발사한 핵미사일이라는 걸 깨달고 장난스러운 웃음을 지었다. 그리고 그가 손짓을 하자 핵미사일이 잠시 흔들리더니 곧 창준이 지정하는 곳으로 떨어졌다.

바로 마신 크로노스가 나오려고 했던 차원의 문이었다.

'원하는 걸 얻지 못해 미안하고, 이건 내 선물이니 고맙다고 할 필요는 없다.'

핵미사일이 구멍으로 떨어지고 차원의 문은 완전히 닫

혔다. 핵미사일이 안에서 폭발했는지는 전혀 관심이 없었다. 그건 이곳으로 오려고 하다가 실패한 마신 크로노스에게 주는 선물이었을 뿐이다.

'이제… 끝났나?'

모든 것이 끝났다는 생각에 홀가분한 마음이 된 창준의 앞에 주강과 페르낭이 걸어왔다. 창준을 보는 그들의 눈은 아득한 무언가를 보는 듯했다.

"자네… 완전히 달라졌군."

"설마 거기서 한 단계 또 올라섰다는 말인가? 자네는 대체 뭔가?"

두 사람의 의문에 창준은 웃었다.

"가족과 사랑하는 사람을 지키려고 하는 사람일 뿐이지 뭐겠어요? 아무튼 이제… 집으로 돌아가도 되겠네요."

이제 사랑하는 사람들 품으로 돌아가서 행복하게 살기만 하면 된다는 사실에 눈앞에 그들의 모습이 절로 떠올랐다.

집으로 돌아간다는 설렘에 빠져 있는 창준을 보고 주강이 입을 열었다.

"집으로 돌아가기 전에 할 일이 좀 있을걸. 미국에서는 핵까지 사용한 일에 대해서 나름 해명을 해야 할 거고, 아직 유전자 변형 마약은 완전히 해결되지 않았어."

"그리고 세계적으로 이번 일에 관련된 흑마법사들이 얼마나 더 있을지 모르는 일이니 그것도 해결해야지."

페르낭이 주강의 말에 덧붙였다.

그렇지만 그들의 말을 듣는 창준은 전혀 상관없다는 듯이 활짝 웃었다.

"유전자 변형 마약의 해독약은 이미 만들어져 있으니 저희 국정원과 얘기를 하면 될 거고, 미국에서 핵을 사용한 건 제가 나서지 않아도 두 분이서 잘 얘기할 것 같네요. 일반 시민인 제가 나서는 것도 웃기고요. 흑마법사는… 마스터가 죽었으니 아무런 힘도 쓰지 못할 겁니다. 정 불안하면 제가 마기를 탐색할 수 있는 물건을 만들어 보도록 할게요."

창준의 말이 틀린 건 아니지만, 스스로를 일반 시민이라 말하는 창준의 태도에 두 사람의 얼굴이 약간 떨떠름하게 변했다.

"대체 자네는 얼마나 강해진 건가? 얼마 전에도 가늠이 되지 않을 정도로 강해진 것 같았는데 지금은… 아예 짐작조차 할 수 없군."

"9서클에 오른 건가?"

"그게 중요한가요? 지금 중요한 건… 이제 고국으로, 집으로 돌아간다는 거잖아요."

창준은 말을 아꼈다. 대답을 해주고 싶지 않은 게 아니었다. 자신이 9서클에 올랐는지는 그 역시 몰랐을 뿐이다.

'앞으로 시간이 많으니 차차 알아가면 되겠지.'

이제 집으로 돌아갈 시간이었다.

에필로그

삐삐삐삐삐!

아침 7시가 됐다고 자명종이 맹렬하게 울렸다. 작은 원룸에서 울리는 자명종이었기에 소리가 무척 시끄러웠다. 요란한 자명종 소리에 침대에서 자고 있던 사이먼이 손을 더듬거리며 자명종을 찾더니 이내 알람을 끄고 다시 눈을 감았다.

그렇게 얼마 정도 있다가 눈을 뜬 사이먼은 다시 한 번 자명종을 봤다가 소스라치게 놀라며 벌떡 일어났다.

"7시 25분? 젠장! 늦었다!"

화장실로 들어간 사이먼은 서둘러 세면을 하고 나와 출근하기 위해서 정장을 차려입기 시작했다. 와이셔츠를 입던 사이먼은 잠시 시선이 가슴에 있는 문신에 닿았다.

'이제 2년… 앞으로 3년이면…….'

아직도 기억이 선했다. 2년 전 아버지인 패트릭의 친우라고 소개를 받은 사람이 자신에게 이런 문신을 새겨 버렸다.

—복종의 낙인이라고 하는데요, 앞으로 제 말대로 움직이셔야 할 거예요.

아버지를 잘 만난 이후로 제정신이 아니었던 사이먼은 무슨 헛소리냐며 반항을 했다가 그날 돌아가셨던 어머니를 만날 뻔했다.

그 사람의 말은 거짓이 아니었다. 그날부터 그 사람을 따라 평생 해보지 못했던 회사 평사원으로 취업을 해야 했다. 그리고 아버지의 유산을 받기 위해서는 5년 동안 시키는 대로 회사를 다녀야 한다는 것에 대해 승낙을 했고 말이다. 자신의 의지는 아니었다. 몸이 마음대로 움직였을 뿐이다. 그 사람이 시키는 대로 말이다.

그리고 그를 따라 이렇게 한국으로 들어와 그 사람이 회장으로 있는 알케미에 취업을 했다. 그게 벌써 2년이나 지나 있었다.

2년 동안 사이먼은 많이 바뀌어 있었다.

알콜중독에 가까웠던 술은 끊었고, 마약이나 담배도 모두 끊었다. 그 사람이 끊으라고 했기 때문이었다.

거부할 수 없었다. 그의 말을 거부하면 말도 못 할 고통이 찾아왔으니까 말이다.

언젠가부터 그 사람의 명령이 아니라고 하더라도 술이나 마약 등은 입에 대지 않았다. 술독이 머리에서 빠져나가니 정신도 명료해졌다. 그렇기에 2년이라는 시간 동안 알케미에서 근무를 하며 제법 인정받는 사원이 되었다.

이제는 아버지의 유산을 바라지 않았다. 사이먼에게는 새로운 꿈이 생겼기 때문이다.

"알케미의 계열사 사장 자리 하나는 내가 꼭 차지한다."

정장을 모두 입은 사이먼은 거울을 보고 언제나처럼 자신의 목표를 다시 한 번 외쳤다.

알케미는 2년이라는 시간 동안 눈부시게 발전해 이제는 전 세계에서 가장 높은 주가를 가진 회사로 거듭났다. 그 영역은 가전, 의학뿐만이 아니라 건축이나 조선업까지 빠르게 확장을 거듭하고 있었다.

이런 회사의 사장으로 임명을 받는다는 건 사이먼만의 꿈은 아니었다.

준비를 마친 사이먼이 시계를 보고 서둘러 오피스텔을

빠져나갔다. 버스 정류장으로 달려가 겨우 버스를 타고 회사로 향하며 창밖을 바라봤다.

회사로 가는 도중 정류장에 멈추자 아침에 등교하는 남학생 몇 명이 소란스럽게 얘기하며 탔다.

"이거 봤냐? 이번에 알케미에서 새로 나온 빗자루라고 하더라."

"우와! 스펙 봐봐! 제로백이 어마어마해! 거기다가 선회능력이랑 특수 기능까지 엄청나네."

"이제 곧 퀴디치 프로대회를 만든다고 하던데… 이 빗자루는 거기에 등록된 선수들이나 탈 수 있겠다. 여기에 일반 판매용이 아니라고 써 있잖아."

"아아… 나도 타보고 싶다……."

학생들이 떠드는 소리를 듣자 사이먼의 입가에 흐뭇한 미소가 떠올랐다. 자신이 직접 만든 물건은 아니지만 자신이 다니는 회사에서 만든 물건을 가지고 칭송하는 목소리를 들으면 기분이 좋아지는 건 어쩔 수 없었다.

'알케미 계열사 사장은 내가 차지한다!'

다시 한 번 각오를 다지는 알케미 평사원 사이먼이었다.

회의실에 있는 커다란 책상에 덕현과 백인 남성이 앉아서 서류에 사인을 했다. 그리고 일어나 서로 악수를 하자

회의실에 있던 사람들은 요란하게 박수를 쳤고, 사진기를 들고 있는 기자들은 바삐 플래시를 터뜨렸다.

"알케미와 포션 공급 계약을 체결해서 대단히 고무적입니다."

덕현과 악수를 하는 백인 남성, 미국 국방부 장관이 환하게 웃는 얼굴로 말했다. 이제는 영어를 능수능란하게 할 수 있는 덕현도 웃으며 말했다.

"더 빨리 체결했어야 했는데, 이렇게 늦어지게 돼서 오히려 미안합니다."

두 사람이 편하게 얘기하며 웃었고, 이들이 악수하는 사진은 아마 내일 신문에 대문짝만 하게 날 것이다.

펜타곤을 나와 대기하고 있던 차량에 덕현이 탑승하자 리무진은 부드럽게 펜타곤을 빠져나갔다.

"바로 공항으로 갑니까?"

"그래야죠."

가볍게 대답한 덕현은 장기 협상에 돌입했던 중요 계약을 체결했다는 만족감에 몸이 노곤해졌다. 그리고 창밖으로 시선을 돌렸다가 문득 자신이 미국 국방부 장관과 이런 계약을 체결하는 현재에 대해 생각하고 피식 웃었다.

'3, 4년 전만 하더라도 앞으로 어떻게 살아갈지를 걱정했었는데…….'

사람들이 이름도 모르는 중소기업 사원으로 바쁘게 살아가던 덕현이었다. 그런데 이제는 전 세계 셀러브리티들도 선망의 시선을 던지는 엄청난 회사의 사장이 되었다.

친한 친구가 자신을 믿고 회사를 맡긴 만큼 그의 신뢰에 보답해야 되겠다는 마음이 강했다.

웅웅! 웅웅!

정장 재킷 주머니에 있던 휴대폰이 울렸다. 확인을 해보니 아버지 전화였다.

"네, 아버지."

—아직 미국에 있는 거냐?

"이제 끝났어요. 바로 한국으로 갈 겁니다."

—그러면 회사에 들어가서 이번 납품할 제품이 내일까지 도착할 거라고 전해라.

"…아버지, 저 이제 제약 부분으로 옮겼잖아요. 담당자에게 말씀하세요."

—어차피 회사로 들어간다며. 그러니까 네가 전해. 그리고 오늘 밤에 집으로 와라. 네 엄마가 갈비 맛있게 해놨다고 꼭 오라고 전하더라.

"하아… 알겠어요. 다음에는 담당자에게 말씀하세요."

—끊는다.

무뚝뚝하게 말하고 전화를 끊는 아버지의 목소리에 덕

현은 고개를 저었다. 아마 어머니가 갈비를 해놨다는 말은 핑계일 것이다. 손녀딸 보고 싶은 생각일 게 뻔했다.

알케미 가전 부분의 핵심 부품을 만드는 아버지의 회사는 이제 한국에서는 물론 세계적으로도 손꼽히는 매출을 내는 회사가 되었다. 전처럼 작은 공방에서 소규모 물품을 만들던 시절은 까마득해 떠올리기도 힘들었다.

덕현은 휴대폰으로 전화번호를 찾아 '울 자기'라고 되어 있는 이에게 전화를 걸었다. 그러자 화면에 아름다운 부인이 이제 돌이 지난 아기를 안고 있는 사진이 나타났다.

—오빠야?

"우리 연주는 잘 있지?"

—오빠는 나보다 딸이 먼저야? 전화하자마자 그것부터 물어보네?

"아, 아니, 당연히 혜연이가 먼저지. 내가 미국으로 오기 전에 연주가 좀 아팠었잖아."

—으이그… 됐어. 연주는 이제 괜찮아. 오빠가 주고 간 포션 먹고 괜찮아졌어.

"다행이네. 그리고 아버지가 오늘 밤에 집으로 같이 오라고 하시더라. 갈비 해놨다고 하시던데, 아무래도 연주가 보고 싶으신가 봐."

—정말? 오랜만에 어머니가 만드신 맛있는 갈비를 먹을 수 있겠네. 그러면 오빠 언제 올 건데?

"이제 공항으로 가는 길이야. 늦기 전에 도착할 테니까, 미리 준비하고 있어."

—알았어, 조심해서 와.

전화를 끊은 덕현은 푸근한 미소를 지었다. 1년 전에 만난 혜연과 속도위반으로 아기를 갖고 이제는 어엿한 한 집안의 가장이 된 덕현이었다. 이런 행복한 가정을 이룬 것도 모두 창준 덕분인 것 같은 덕현이었다.

'포탈을 타면 늦지 않겠지.'

아직 비행기는 있지만, 얼마 전부터 알케미에서 만든 포탈을 이용하면 미국에서 한국까지 1분 만에 갈 수 있다. 아직은 미국과 영국, 중국 등 몇 개 국에만 설치된 포탈이지만, 언젠가는 전 세계를 반나절 생활권 이하로 줄일 수 있을 것이다.

덕현은 이제 곧 만날 사랑하는 부인과 아기를 떠올리며 공항으로 향했다.

—이제 그만 본국으로 들어와라.

리처드의 냉정한 목소리가 수화기를 통해 들리자 올리비아는 눈을 찌푸렸다.

"이제 이 얘기는 그만하자고 했잖아요."

—이 정도 시간을 들였으면 됐다. 이제 그 사람은 케이트와 결혼을 한다는 말도 있어.

리처드의 말에 올리비아의 눈동자가 살짝 흔들렸으나 이내 원래대로 돌아왔다.

"상관없어요."

—이 녀석이! 그곳에서 네가 뭘 어쩌려고 그러는 거냐!

작게 한숨을 쉰 올리비아가 말했다.

"세계에서 가장 유명하고 촉망받는 회사에서 고위직에 있는 사람이 저예요. 그리고 이곳에서 창준이 만드는 새로운 마법진에 대한 공부도 하고 있고요. 이것들이 모두 본국에 얼마나 도움이 될 건지는 아버지도 잘 아시잖아요."

—그러면 앞으로 계속 한국에서 살면서 결혼도 안 할 거라는 말이냐?

"누가 결혼 안 한대요? 아버지, 저는 아주 길게 보고 있어요."

—길게? 그게 무슨 말이지?

"창준이 케이트와 결혼을 한다고 하더라도 옛날 동화처럼 영원히 행복하게 살았습니다, 라고 끝날 건 아니잖아요. 저는 기회를 노리고 그의 옆에 있을 거예요."

—…굳이 그런 힘겨운 짓을…….

"아무튼 이제 끊어요."

—자, 잠깐…….

냉정히 전화를 끊은 올리비아가 눈을 빛냈다.

'지금은 내가 케이트에게 밀리지만… 앞으로 계속 그의 옆에 붙어 있다 보면 언젠가 기회는 올 거야.'

케이트가 알지 못하는 사이에 치명적인 경쟁자의 모습으로 바뀌고 있는 올리비아였다.

알케미의 부회장 자리에 있는 케이트는 항상 바빴다. 이제는 그룹으로 바뀌고 창준이 회장이 되기는 했으나 전혀 일을 하지 않는 창준 때문에 회장이 해야 할 일들까지 같이 처리하느라 바쁠 수밖에 없었다.

바쁘게 서류를 보고 키보드를 두들기며 업무를 수행하던 케이트가 시계를 바라봤다. 시계는 이제 12시 50분을 가리키고 있었다.

'이제 점심시간이 다 끝나가네.'

작게 한숨을 내쉰 케이트는 자리에서 일어나 사무실에서 나와 엘리베이터를 타고 창준의 집무실이 있는 꼭대기 층으로 올라갔다.

엘리베이터에서 내리자 한 사람이 책상에 앉아 있다가

그녀를 보고 자리에서 일어났다. 팔 하나가 없는 그는 바로 신우였다.

미국에서 일이 끝나고 한국으로 돌아온 신우는 국정원으로 다시 들어가지 못했다. 정식으로 사표를 냈고 수리가 끝난 뒤였기 때문이었다.

물론 그가 해낸 일을 생각하면 다시 국정원에 입사가 가능했지만, 신우가 국정원에 들어가기 전 창준이 그를 개인 비서 겸 경호원으로 고용을 했다.

처음에는 동정인 것 같아서 거절하려던 신우였다. 그러나 창준은 그가 지금까지 보인 모습을 보면 믿을 수 있는 사람인 것 같다고 말하며 그를 회유했다. 실질적으로 창준은 누군가의 보호를 받아야 할 그런 사람은 아니었으니까.

그렇게 알케미에 입사하게 된 신우는 확실히 국정원에 있을 때보다 훨씬 여유 있는 삶을 살고 있었다. 당장 그가 살던 아파트가 28평에서 55평으로 커졌으니까 말이다.

케이트는 신우의 손에 들린 가족사진을 보고 물었다.

"주하 언니는 잘 있어요?"

신우의 부인인 주하와 케이트는 친한 사이였다. 평소에도 시간이 되면 같이 카페를 가거나 맛집을 찾아다니기도 했다.

신우는 웃으며 말했다.

"잘 지내고 있습니다. 안 그래도 요즘 부회장님이 바쁜 것 같다고 보고 싶다고 하더군요."

"조만간 연락하겠다고 해주세요. 그리고 회장님은 안에 계시죠?"

"연락드리겠습니다."

신우는 책상에 있던 마법진에 손을 올렸다. 그러자 마법진이 살짝 빛났고 신우가 말했다.

"부회장님께서 찾아오셨습니다."

마법진의 불이 꺼지고 잠시 후 문이 열렸다. 문 너머는 일반적인 사무실이 아니라 그저 검은 공간이었다. 과거 창준이 잠시 머물렀던 차원과 차원의 경계처럼 보였다.

창준은 케이트를 보고 시계를 한 번 보더니 어색하게 웃으며 말했다.

"점심시간이었네요. 알았으면 미리 나왔을 텐데……."

"괜찮아요, 식사나 하러 가요."

차를 타고 회사를 나온 두 사람은 제법 분위기 좋은 곳에서 식사를 하고 차를 마시며 잠시 느긋한 시간을 가졌다.

창준은 요즘 10서클에 도전하고 있었다. 그걸 위해서 일부러 사무실을 차원의 틈으로 들어갈 수 있도록 만들어 놨다. 아직은 뚜렷한 성과가 없기는 하지만, 이전처럼 조급하게 생각하지 않았다. 이제는 그래야 할 이유가 없었으니까 말이다.

차를 마시던 창준이 고개를 들어 케이트를 바라봤다. 그녀는 여전히 아름다운 모습으로 차를 마시고 있다가 창준의 시선을 느끼고 그를 보며 살며시 미소를 지었다.

이제 그녀와 사귄 지 2년이 넘어가고 있지만, 아직도 이렇게 아름다운 그녀가 자신을 향해 사랑스러운 감정을 담은 미소를 보이면 가슴이 철렁 하고 내려앉았다.

창준은 주머니에서 느껴지는 작은 상자의 감촉을 느끼며 오늘은 애기하겠다고 생각했던 말을 꺼내려고 했다. 아마 케이트는 놀라지도, 거절하지도 않을 거라는 걸 알고 있었다.

세상은 마법이 적극적으로 사용이 되면서 많은 것이 바뀌게 되었다. 그 중심에는 창준이 만든 알케미가 존재하고 있었다.

사람들은 창준을 보고 많은 찬사를 보내며 새로운 시대를 가져온 장본인이라 말했다. 그리고 그를 보며 이렇게 불렀다.

알케미스트.

회사 이름 때문이기도 하고 포션을 만들었기 때문이기

도 하지만, 사실 연금술사의 핵심은 아무도 하지 못한 어떠한 것을 만드는 것에 있다. 그렇기에 창준만큼 이 단어가 어울리는 사람도 없을 것이다.

자신의 신분을 숨기기 위해 사용했던 알케미스트라는 이름이 이제는 창준을 대표하는 말이 되었다.

세상은 마법으로 점점 빠르게 발전을 거듭하고 있었다.

『알케미스트』 완결

멋진 인생

박선우 장편소설

FUSION FANTASTIC STORY

Wonderful Life

태어나며 손에 쥔 것이라고는 가난뿐.

그러나 내게는 온몸을 불사를 열정과
목숨처럼 소중한 사랑이 있었다.

『멋진 인생』

모두가 우러러보는 최고의 직장이자 가장 치열한 전쟁터,
천하그룹!

승진에 삶을 바친 야수들의 세계에서 우뚝 서게 되는
박강호의 치열하지만 낭만적인 이야기!